前野みち子 星野幸代 垂水千恵 黄英哲［編］

響きあう

台湾文化表象の現在《いま》

日本と台湾

あるむ

はじめに

二〇〇九年九月から十二月にかけて、名古屋大学大学院国際言語文化研究科の主催、台湾・行政院文化建設委員会の後援で、台湾から著名な作家・研究者をお招きし、四回にわたる連続講演会と二回のシンポジウム（統一タイトル「台湾文化の現在」）を開催した。そもそものきっかけは、指導生の台湾人留学生をとおして、日台文化交流の架け橋として活躍されている愛知大学の黄英哲先生と知り合い、ジェンダー論講座を有するわたしたちの研究科がこのような催しに参加することは、日台の学術交流としても意義が大きいと考えたからである。しかし、企画から実施に至るまで何度か話し合い、すべての講演会とシンポジウムに立ち会うなかで、わたし自身の台湾像と台湾理解がこれほど大きく変化するとは、ほとんど予想していなかった。

本書『台湾文化表象の現在《いま》』は、名古屋での催しと並行して、横浜、大阪、奈良においても開催された計十二回の講演会の記録である。ほぼ一年近くの時間的距離をおいて、今、こうして全体を通観してみると、これらの催しの全容とその意味が、改めて明確な姿をとって浮かび上がってくるように思われる。それはまず、台湾の専門研究者ではない一般的日本人としてのわたし、わたしたちにとって、日本において、台湾人をとおして直接的に台湾文化・文学と向き合い、日本と台湾の間に存在した過去、存在する現在を考え、あるいは考え直す絶好の機会となった。そしてまさしくそのことによって、「台湾」は学術的なテーマであるだけでなく、この催しに聴衆として参加した日台双方の人々にとっても共通テーマとなったのである。

「一般的日本人としてのわたしたち」という持って回った言い方は、あるいは逃げ口上なのかもしれない。その「一般化」は、多くの忘れっぽい日本人が、かつての帝国主義と軍国主義を忘れ、戦後民主主義のなかに生まれ育った「団塊の世代」以降はとりわけ、日本の過去に対する免罪符を自明のものとして、自身をアジアに位置づけることすらも忘れてひたすら欧米に目を向け続けた、その事実をカムフラージュすることにもつながっているからである。それは実際、このわたし自身の忘れっぽさでもあった。ここで少しばかり「わたくしごと」に立ち入らざるをえないのは、わたし自身のかつての知的視界が、ある意味で戦後世代のそれを代表するものでもあったのではないか、という推測に基づいている。

そもそも、ドイツ文学を出発点として研究の世界に入り、北ヨーロッパを中心とする文化史・文化学を長く表看板としてきたわたしが、なぜ今ごろになって台湾文化をテーマとする講演会やシンポジウムに関わることになったのか。

欧米の文化に強く惹かれた世代、「団塊の世代」の多くの知識人の卵たちは、戦後焼跡の日本が強いたデラシネ的生の方向を、自由主義と共産主義とに分岐させながら、冷戦時代の米ソの動向を追っていた。高校生の頃、真夜中にラジオのチャンネルを合わせようとして何かのはずみで聞こえてくる中華人民共和国の女性アナウンサーの声、その四声抑揚が奇妙に人工的に響く甲高い声に、共産主義の全体主義的臭いを感じ取りながら、それでもアジアのなかで屹立した存在である共産主義国に畏敬の念を抱かないわけではなかった。『毛沢東語録』を振る熱狂的な紅衛兵たちの姿がテレビに大きく映し出されると、日中戦争の泥沼から、共産主義のみが成しえた革命と人民の神話に心を動かされて画面を見つめた。その当時、蔣介石の中華民国・台湾のニュースは、一部の知日派、親日派が日本の政治家とコンタクトを持つような機会に報道される以外には、過去の出来事も含めてあまり注目されることがなかった。大多数の団塊の世代にとって、加害者としての日本の過去は大陸中国と結びついて意識されていたように思う。台湾は距離的には近いが、意識のなかでは遠い国だった。

わたしと台湾との関係は、一九九八年に名古屋大学に国際言語文化研究科が開設され、その後、わたしの所属する日本言語文化専攻に台湾からの留学生が増えはじめたことに端を発している。そもそもこの専攻に所属することになったのは、一九九三年から二年間、ドイツ中西部のある大学の共同研究員として、研究の傍ら日本語日本文化教育にも携わる機会を得たからだった。それ以降、次第に自分の足下が気になりはじめて、明治近代の西洋受容へと比較文化的視野を広げていったのである。しかしこのときもまだ、わたしの念頭にあった近代日本は欧米とのつながりが深く、アジア的連関をほとんど欠いたままだった。ところが、漢字圏からの留学生があふれる専攻の現実にあって、「比較」文化が意味したのは、日本と中国、日本と韓国（朝鮮）の比較だった。中国人留学生、韓国人留学生を受け入れ、送り出すそのたびに、わたしは悪戦苦闘し、一緒に資料を読み、学びながら、アジアのなかの日本を意識せざるをえなくなった。そして、二〇〇二年に初めて台湾からの女子留学生を自分の指導生として受け入れたとき、それまでわたしの頭のなかに徐々に実在感をもって描かれはじめていた東アジアの近代歴史地図に、まだぽっかりと大きな穴が開いていることにようやく気づいたのである。

しかし、わたしの念頭に、台湾、ひいては植民地統治時代の日本の姿が一挙にクローズアップされることになった真の原因は、意外にも、あの哈日族《ハーリー》の存在がもっとも大きかったのかもしれない。くだんの指導生が台湾の初期女子教育に関する博士論文を書き上げた直後に、ともに安堵の気持ちもあってか話が私事に及んで、日本留学のきっかけを尋ねたことがある。そのとき初めて、彼女の最初の動機が、台湾の日本ブームに刺激されての、「日本語が上手になりたい一心」にあったことを知ったのである。彼女にとって、子供の頃に時々目にした、古い日本語の本を手にして読んでいる祖父の姿は、不思議な思いを誘いはしたが、日本への、日本語への興味をかき立てるものではなかった。その彼女が、商業資本を巻きこんだ現代的日本ブームをきっかけとして、祖父の時代の、さらにはその前の世代の日台関係史にのめり込み、台北の国立図書館の書庫に眠る統治期の雑誌の和文欄、漢文欄に読みふけって、自分がどこにいるのか、いつの時代に生きているのかも忘れてしまう……そんな体験を、資料収集を兼ねた里帰りから戻ってくるたびに聞かせてくれるようになった。わたし自身もその話についつい引き込まれて、いつのまにか日台の幾層もの時空が交錯する近代史の記憶の堆積を一緒に味わい、そのなかに、日本人でも台湾人でもなく、まるで過去の時空を満たしていた空気のように自然に溶けこんでいく気がすることも何度かあった。

こうしてつい最近まで、台湾の「現在《いま》」に関しては、目の前にいる台湾人留学生の存在感がもっともリアルではないかと思えるほど無知蒙昧な状態にあった。名古屋大学で連続講演会を開催することになったとき、わたしはそのささやかな準備として、是非とも台湾の現代小説や評論を読み、映画を見なければ、と心に決めた。ありがたいことに、黄英哲先生が中国語の読めないわたしのために、多くの翻訳書をプレゼントしてくださった。名古屋での四回の講演会を終え、こうして横浜や大阪、奈良での講演や対談とあわせて編集された本書『台湾文化表象の現在《いま》』の校正刷りを前にしている今も、わたしは相変わらず少しかじっただけの一般的日本人である。したがって、以下に書き記すことは、台湾文化を研究対象とする専門家にはもちろん、台湾小説や台湾映画のファンにとっても、何を今さら、という類の感想文に過ぎないだろう。それは十分承知の上で、図らずも台湾文化表象の現在《いま》と向き合う幸運にめぐまれたこの機会を記念して、いささかなりともその感想を述べておきたいと思う。

講演会の準備として最初に読んだ朱天心氏の『古都』は、近年、欧米のものであれ日本のものであれ、現代小説といわれるものをまったく読まなくなっていたわたしに、小説の、小説だけがもちうるリアリティを本当に久しぶりに思い出させてくれた。台北という現代都市の、過去の記憶を急激に破壊しつつ、それでもなお、それを保とうとする意思を支えつづける時空そのものの生々しさが、現代の台湾人のアイデンティティの根幹にひそむものと通底しているのではないかと思った。それは、わたしが台湾の留学生たちから感じ取っていたぼんやりとした「なにか」を濃縮し、確かな技法で隠喩化し、そしてふくよかに時空を交錯させるテクストのなかに包みこんでいた。もちろん、日本語訳で読んだことがこの感想にどんな影響を与えているのかは残念ながら分からない。それから、陳玉慧氏の『海神家族』のほうはドイツ語訳で読んだ。衒いのない叙事的でシンプルな言葉と文体が女系家族の三世代史を物語る、そのストーリー展開の背景に、あるいはむしろ語間、行間に、日本の植民地統治と国民党支配のそれぞれ半世紀ずつの歴史が織り込まれていた。作者陳氏の言葉によれば、事実が半分、創作が半分とのことだったが、彼女の祖母は物語と同様、沖縄出身の日本人、父は国民党の軍隊と一緒に大陸からやってきた外省人だから、出自そのものが台湾近・現代史の激動と記憶にそのまつながっている。太平洋を渡り、大西洋を渡って西欧に新天地を求めた語り手自身の漂流譚《オデュッセイアー》は、イタケー島を出てから二十年後にようやく故郷にたどり着くあのオデュッセウスのように、同じく二十年という年月をかけて再び台湾島にたどり着くことになる。ギリシア神話の女神アテーネーがエーゲ海をさまようこの英雄をぶじ故郷へと導いたとすれば、語り手の長く波乱に富んだ人生の漂流を故郷へと導いたのは、海難の守り神、媽祖女神に付き随う二柱の男神である。彼女のもの語りは、ヨーロッパ世界の古典的英雄、オデュッセウスの漂流譚と奇妙に重なる軌跡を描きながら、同時に明白な差異を浮かび上がらせる。そしてそこにまさしく、現代台湾のナショナリティをめぐる寓意が読み取られることになるのである。

　故郷を忘れず、そこに回帰しようとする心の運動は、共同体のアイデンティティを形づくる記憶の質と量に規定されるだけでなく、現代にあってはとりわけ、個人の考えるナショナリティや個人の認識するジェンダーによっても規定されている。いやむしろ、共同体の記憶の質と量は、個人のナショナリティやジェンダーと、つまり個人のアイデンティティへの問いと緊密な相互浸潤関係にある。

　本書の目次を通観すればすぐ気づくように、台湾においてはジェンダー／セクシュアル・マイノリティ／クィアへの関心が異常《クィア》なほど高い。理論や評論と並んで、この分野の小説や映画など、創作活動も極めて活潑である。これらのテーマがすべて身体をめぐって、身体を介して展開されることは、そもそも事の本質であり必然的であると言ってよいが、紀大偉氏の言葉からも窺えるように、それらはあくまで観念上、想像上の関心とその展開であり、社会的現実からは乖離している。それでは、台湾という場に立つ観念と想像力はなぜとりわけそのようなテーマを設定するのかと言えば、そこにはやはり、台湾が自らの政治的身体において体験してきた過去とその記憶の積極的な関与が認められるだろう。セックス／ジェンダー／セクシュアリティは本来的に政治的である、政治性と切り離せないという一般論を超えて、現代台湾の文化表象の基底をなす両者の意識的、無意識的連関が、ナショナリティの歴史的混乱とゆらぎを対象化する自覚的な視座から生成していることはたしかである。張小虹氏がオーバーラップする性・政治・歴史を語り、梅家玲氏が青春の身体と政治を二重視するその必然性、その説得力もまた、さまざまな過去の時空を現在《いま》この時と交錯させるまなざしに支えられているのである。

台湾で思考し、想像し、創造する人々は、幾層もの記憶の間を行き来し、歴史の圧力が造り出した無残な断層を直視しながら、しばしばそれをしゃにむに飛び越えることを余儀なくされてきた。この「行き来すること」、「飛び越えること」がアイデンティティと化し、思考と想像力の型と化したところに、台湾固有の文化表象が生まれているのかもしれない、と思う。そうだとすれば、かつて植民地統治を行い、台湾人の記憶の断層を造り出した日本に生きる現代のわたしたちもまた、現代台湾が創出する文化表象世界の基底にはじめから深く関与し、無自覚にではあれ、そこに参加していたことになるのではないか。

最後に、二〇〇九年に計十二回にわたって開催された講演会の記録である本書が、台湾と日本の作家、研究者が行き来し、記憶を通わせ、生き生きと交流する場を証し立てるものとなっていることを心から願ってやまない。そしてまた、これらの場に聴衆として参加してくださった方々、本書の読者としてこれから参加してくださる方々が、今後、日台の文化交流の場をますます充実したものへと発展させてくださることを大いに期待している。

二〇一〇年十月

前野みち子

台湾文化表象の現在《いま》——響きあう日本と台湾　目次

I

往還するまなざし——自著を語る

『あまりに野蛮な』について

津島佑子

本稿は二〇〇九年九月五日(土) 県立神奈川近代文学館で行われた「台湾文学連続講演会 越境しあう日本と台湾の文学」第一回「私の本について話そう『あまりに野蛮な』」における津島佑子氏の講演を再録したものである。(編者)

皆さんこんにちは。津島と申します。

きょうは、自分の書いた本について語るという、それがベースになっているということで、たまたま私の去年(二〇〇八年)刊行した『あまりに野蛮な』という長編小説は台湾を舞台にしている小説でしたので、これを中心にあれこれと語らせていただくということになりますので、よろしくお願いいたします。

『あまりに野蛮な』というタイトルは、自分としては実はとても気に入っているんです。他人様がどう思うかは別として、野蛮な、野蛮な人間だ、というようなことばはずっと何となく自分自身に付きまとっているような感じがあったんです。どういうことかというと、たとえば学校時代、「津島さんて何て野蛮なの」っていうふうによく言われていた。もちろんそれに反発したり、「何を〜！」っていうときもありましたけれども、いくつになっても人間の基本的な性格って変わらないもので、だんだん年齢を重ねてくると、今度は野蛮っていうのは私の特性なのではないか、どこかでそれをちゃんと受け止めた方がいいんじゃないかっていうふうに思うようになったんですね。そもそも野蛮って、人が、というより、この日本の社会で、と言っておかなくてはいけないのでしょうけれど、この日本の社会で「あんた野蛮なひとね」という場合の「野蛮」ってどういう意味なのかな、とあらためて考えこむようになったわけです。これは本当に、子どものころから、私にはなじみ深いことばだったんです。いつかはこういうタイトルの小説を書きたいという願いが、胸の奥にあったわけですね。

どうして私が子どもの時から「あんたは野蛮ね、いやになるわ、どうしてそんなに野蛮なの」というふうによく言われたかというと、今風のことばで言えば、「空気が読めない」っていうことだったのかな、とも思うんですね。むしろ、私から言わせれば、「空気を読まない」っていう感じだったと思うんですけどね、読めないっていうよりは。そもそも空気というものがあるとも思っていなかった。ですから、私にとっては存在しない空気を読もうにも読めないじゃんっていう、そういう態度で通していた。それで、嫌われてたのかなと思うんですけれども。その「空気」って何なのか、ということもまじめに考える必要はあると思うんです。むしろ今、子どもたちの世界で、「空気」を読んで、ということが強くなっているみたいですね。まあ今の学校現場を残念ながら私は直接には知らないんですけど、話に聞くと、そういう姿勢が強くなっているってことですよね。何かこうみんなの暗黙の了解みたいなものがあるんでしょうかね。ここでは、それは言っちゃあいけないよっていうようなある種のルールが働いていて、みんなはそれをわかっている。というか、そういうことになっている。ところが、それを無視して、言いたいことを言えば、とんでもないやつだということになる。私の子ども時代から、そういうことはあまり変わっていなかったと思います。何も考えずに、自分の考えていることを率直に言うと空気が読めないやつだってことでひんしゅくを買う。私の場合も、まあそういうことだったみたいです。そうした暗黙の社会的な了解っていうものが、私、ほかの国の社会をそんなによく知っているわけではありませんが、少なくともこの日本の社会では、どうもそういうのがとても強いのではあるまいかっていうふうに感じるんですね。それがだんだん私自身にとっても、小説を書く場合のテーマとしても、こだわりが強くなってきた。じつはとても根の深い問題なのかもしれない、と思うようになったということなんです。

私が子どもだったころは、家庭的に言えば、知的障害のある兄がいたんです。母の方から見れば私は末っ子なものですから、知的障害のあるかわいい息子のおまけみたいな感じで私を育てたんじゃないかなと、内心疑っているんですけれども、そのせいだったのか、とにかく私には単独に行動している時間なんてなくて、いつもこの兄と一緒でした。後で考えれば、まあ見張り役を兼ねての、遊び相手だったんですね。いつもいっしょにいれば、自然に影響も受けます。私は妹の立場でしたし、兄に命令されれば、いやとは言えない。一緒に街を歩いていると、ひとの家だろうと、どこだろうと、行きたい所にどんどん行ってしまう。私はあとから歩いていて、おろおろするだけでしたけれど、そういうときに、社会の約束事、あるいは常識みたいなものが、兄にはないんだということを思い知らされました。目的地があるから歩くんじゃなくて、歩きたいから歩くだけなんですね。だから自分が疲れて動けなくなるまで、歩きつづけて、結局、迷子になってしまう。でも一方では、人を愛するとか、人を思いやるとか、そういうことには非常に深い理解力を持っている人だったと私は思っています。人間としてまったく何かが欠けているとか、そういう存在じゃ全然なくて、社会の暗黙の了解みたいなそういうものがわからないだけなんじゃないか、と。

そういう兄とくっついて育ったものですから、自分のほうがつまらないことでいつもくよくよしている、と感じさせられつづけたんですね。社会の常識ってなんだろう、とも思いましたよね。私のほうは、いわゆる健常児でしたから、健常児の学校に行かざるを得なかったわけですけど、兄が通っていた知的障害のある子どもたちのための特別クラスに本当に行きたかったんですよね。とても羨ましかった。私のほうはどうしてこんなつまらない学校に行かなきゃいけないんだって不満に思っていましたけれども、行かざるを得ない。学校という場では、私と兄は引き離されたんですね。健常児の方の学校に行ってみれば、こっちにとってはよくわかんないような子どもたちが、「君ん家の年収はいくら」とか、いやらしくこざかしい話をしたりしている世界になっちゃう。「ぼくのお父さんは弁護士だから、ぼくはそのあとを継ぐんだ」とか自慢げに話している。「この人たちは何をしゃべってんだろう」みたいな、私にとってはなんだか外国みたいな感じで、とっても窮屈でしたね。家に帰れば兄がいますから、そこでは好きに暮らしていた。つまり、ちょっとオーバーな言い方になるけれども、私一人の身で毎日、文明社会と野蛮な社会を行ったり来たりしていたような、何かそういう経験をしていたとも言えるのかなという気がするんですね。私がやらされているお勉強っていうものは、なにしろ、普通の学校ですから、いろいろと知識を押しつけられる。兄の学校とは、当然なんですが、勉強内容も全然違うんですよね。ああ、つまらない、つまらない、といつも思っていました。

あのころ、普通の子どもたちは「赤い鳥」、要するに日本の近代文学の流れをくんで書かれた児童文学ですか、そういうのを学校では読みなさいって言われていました。それでしかたなく、ちょっと読んでみるわけですが、どうにも、私には面白くなかったんですね。ダメだった。でも、何か読みたいことは読みたいんですね。当時は、テレビもない世界ですからね。子どもの娯楽がまったくなかった。ラジオも、覚えていらっしゃる方がいると思いますけども、六時過ぎくらいに子ども向けのラジオドラマの時間がありましたけど、それだけですよね。子どもにとってのそういう娯楽って。だから私みたいな子どもにとっても、本を読むことはとても大きな部分を占めていたので、暇つぶしにでも何か読みたいわけですよね。で、私が何となく学校の図書室なんかを漁ってみて、これなら面白いかもって思えたのが、世界の民話とか、お化け話とか、そういう分野でした。実際、それはとても私には面白くって、夢中で読み始めました。その傾向はずっと続いていたので、根っこのところでは、今にいたるまで変わらないみたいです。そういう意味では、日本の近代文学と言われているものに何だかあんまりなじみがないままになってしまった。いわゆる民話、人々の間に語り継がれてきたお話が好きなんですね。教養があるとかないとかそんなこと関係なく、お母さんが子どもに、あるいはおばあさん、おじいさんが子どもたちに語り聞かせるようなお話の世界に魅力を感じつづけてきたのは、私の出発点になっていると言えるのかなと思います。
　ただ一方では、私は劣等感も強かったから、中学高校とだんだん進みますと、やっぱり、みんなが読んでいるような小難しいようなものも読んでおかないと、という気持ちにはなるんですね。それでも自分で読んだとしてもあんまりよく理解できないし、何が面白いんだかわからない。おやおや、これじゃ、要するに私って馬鹿なのかしらって思いますよね。兄の立場とは違って、そこは世間というものが気になる俗っぽさがあるわけです。それで、常に私は文明人とはいえないのかもしれないと、そういう悩みみたいなものがつきまとっていました。逆に、文明ってそれじゃなんなの、とも気になる。それは私のたぶん死ぬまで続くテーマだと思うんですけどね。

　この『あまりに野蛮な』という小説の場合にはもう一つ、植民地っていう問題にやっぱりひっかかりつづけていたんですね。植民地って、一体何なんだろうと。私個人は植民地ってことばに何のなじみもなかったんです。実は、これはたまたま本当に台湾に関係した話になるんですけれど、ある機会に妙な「うわさ話」を聞きました。台北に駐在している日本の商社のマダムたちのお話だということで、私は直接聞かされたんですね。私に話してくれた人は、本当の話だと信じているんです。その話は、台北のどこかの高級マンション、居心地のいいたぶん天母あたりだと思うんですけど、その一室で、日本人の商社マダムたちが三人、お茶の時間を楽しんでいた。優雅なアフタヌーンティですね。そこに、突如、野蛮な刀を持った男たちが闖入してきて、そして一人はすぐに殺されて、一人はレイプされて、一人はたしか発狂したとか、そういう悲惨なことになった。けれど、その話を私にした人は、「いや、ほんとの話なんです。でもあんまり悲惨だから、会社で伏せられたんです」っていうふうに、まじめに言ってるんですね。「ちょっと待ってください、あなたは本当にそんな話を信じてるの」って思わず私は聞き返しました。あり得ないでしょうって。どこからその男たちが湧いて出てくるの、そもそも、マンションの部屋には、鍵を閉めてなかったんですかって。どうして、今どきそんな刀を持ってなきゃいけないんだってこともおかしいと思わなくちゃ、とも言いました。

この変なうわさ話には、「霧社事件」という、台湾にいる原住民の方たちの最後の反乱事件の記憶が働いているのかな、と思わずにいられなかった。原住民の方たちは、いろんな意味で日本人から抑圧されていたのですが、その反発から、ぎりぎり最後のところで、反乱を起こし、日本人を大量に殺しているんですね。当時の日本人にとっては、それは大ショックの、気味の悪い事件だったのだと思います。野蛮人はどうしようもない、という感想を持つ日本人も多かったのでしょう。現代の変なうわさ話を聞いて、当時の記憶が、あっ、こんな形で今でも日本人には生きているんだってことに気がつかされたんです。それはたぶん間違いない。遠い遠い記憶なんですけれど、集団の記憶って、簡単に消えるものじゃない。まあ今の若い方は知らないかもしれないし、私の世代ぐらいだって、もちろん直接は知らないです。けれど高砂族ということばとか、高砂義勇隊とか、あるいは台湾には首狩り族がいるとか、何となくそういうような漠然とした話は聞き知っていて、何だか物騒な「野蛮な人たち」が台湾の山の中にはどうもいるらしい、という程度のぼんやりした記憶が生きつづけている。それが流れ流れて、現代の商社の奥さんたちに語り継がれているという事実に、びっくりさせられました。そういう集団で共有するイメージ、その根強さってすごいものがあるようですね。それで、これはちょっと本気で考えなければいけないテーマなのかもしれない、と思うようになったんですね。きっかけはそんなものでした。

それとこの小説を書きたいと思ったきっかけとしては、インドに何回か行ったことも、私自身の経験として大きかったと思います。言うまでもなく、インドはイギリスの植民地でしたね。それで英語が今もインドの人たちの共通語になっている。もちろん、中流階級の人たちにとって、ということですが、インドも多言語社会なので、べつべつの言語の者同士が結婚したりすると、家庭でも英語を使わざるを得なくなる。そうした家庭で育った子どもは英語が母語になる。そうなると、英語を自分たちの共通語として積極的に認めるしかないわけですね。英語を植民地時代のことばだからという理由で、排除しようにも排除することができないから、もうみんなの共通語にしましょうと、さらに、英語を使えることをむしろ最近の国際社会では、自分たちの利益と考えて、作家も英語で作品を書いたりする。あるいは、ヒンディ語で書いてから自分で英語に訳したりする方もいらっしゃる。けれど、イギリス支配の時代っていうのは大きな痛みとしても残されていますね。インドとパキスタンに分離することが独立の条件だったわけですが、そうして宗教で分離したことで、いまだに紛争が絶えない。これを痛みと言わずして何と言おうって感じですよね。いつになったらイスラムとヒンドゥでお互いに憎しみ合うことをやめられるんだろうって思いますけれども、それも植民地時代のツケですね。こんなことを考えてみると、あれ?私たちのこの日本も植民地を持っていたんじゃなかったっけ?って、足もとの問題として気がつかされる。馬鹿みたいな話ですけれども、大人になって、インドまで行って、あれこれ考えないと、日本が植民地支配をしていたことに気がつかなかったんです。

それは何かっていうと、私が子どものころ大人たちは植民地ってことばをいっさい使わなかったんですね。「外地」というじつに変なことばを使ってたんです。だから私も「外地から引き揚げてきた」とか、そんなことばは、耳にタコができるくらいに聞いていたんです。ただ、この「外地」が植民地だとは思っていなかったんですよね。日本はこうした言い換えが得意なんですね。日中戦争のことも、戦争とは言わず、最近まで、「支那事変」と呼んでいた。「外地」に話を戻すと、本国のことは「内地」と呼んでいましたよね。「内地」と「外地」。何となくそれでわかっていたような気がしてたんですけども、戦争に負ける前はどういうふうだったか、ちょっと私にはあまりよくわかりませんが、少なくとも戦後の私たちの耳には、日本の領土拡大の経緯とか、植民地経営についてとか、いっさい聞かされていなかった。この空白って恐ろしいものがあるな、と思いました。日本も、イギリスとかの真似をして、植民地を持っていた。戦争に負けてそれを手放したという事実をきちんと日本人として認識しておかないと、さっき言ったような台北での商社マンのマダムたちのような噂話がいつまでも続いてしまうんじゃないかなっていうふうに考えました。野蛮な世界がそこにあるぞ、という認識が何も変わらないままなんじゃないか、ということです。

私は大学時代にE・M・フォースターというイギリスの作家ですけれども、『インドへの道』という小説を書いているんですが、これを読んで、よく意味がわからなかったんです。わからないからひっかかっていたんですけれどもね、ぐるーっと一回りをして、台北での日本商社マダムが野蛮な人にレイプされました、発狂したり、自殺もしましたというような話を聞いてから、あ、これはフォースターの『インドへの道』じゃないかって突然つながった。要するに植民地支配の状態っていうのは、宗主国から見ると、それはエロスの問題でもあるんだという、私にとってはじつに大きな発見だったんですね。それから俄然、『インドへの道』が面白くなっちゃったんです。

ちょっとご説明しますと、フォースターはまず同性愛者だったんですね。前に「モーリス」という映画がありましたが、これをご存知ですと、もうおわかりだと思いますが、同性愛は以前、タブーだった。とくにイギリスでは大罪だったんですね。フォースターは小学生のころに男の人からセクハラを受けたり、あと、学校でいじめも受けていて、非常にネガティブな心の傷を持っている人だったみたいなんですね。そういう独特の立場があったからこそ、彼がインドに行って、それで『インドへの道』という小説を書こうっていうときに、植民地の問題をエロスの問題として捉えることができたんじゃないかなって思うんです。この人はそれほどインドに詳しいわけではない。インドには二回しか行ってなくて、それぞれに一年ずつ、つまり、通算二年しかインドに行ってないことになるので、そんなに詳しいとは言えない。ただセクハラを受けて、結局その後同性愛になったという人にはそれなりの独特の視線があったことになると思います。イギリスの場合、非常に同性愛に厳しかった時代で、見つかれば牢屋入りだし、財産も、もし子どもがいれば親権も剥奪になる。フォースターはそういうおそろしい秘密を抱えていたことになる。そんな人が植民地であるインドに行って何が見えたか、どんなことを感じとったのか、ということを書いた作品が、『インドへの道』だったんだろうなって非常に納得できるものがある。『インドへの道』で学生のころの私がわからなかった要の部分は、いったいどの部分だったかと言いますと、あるイギリス人の若い女性が、インドに婚約者が赴任しているので、彼を訪ねてインドに行くんですね。はるばる、こんなに非常に珍しい所に来て、もうどこにでも行って、私は何でも見たいわって、非常に意欲的に元気よく思うんですね。現地で案内役を押しつけられるインドの若い医師は面倒くさいなと思いながら、イギリス人が言うことは断れないから、じゃあ今日はちょっと郊外の洞窟を見に行きましょうっていうことでセッティングをする。ところが、洞窟でたまたま、そのインド人とそのイギリス人女性だけになってしまう。当然、洞窟ってのは暗いですよね。ふたりきりで暗闇の中に取り残された状況で、イギリス人女性が突然、キャーって言って逃げ出すんですね。なぜ逃げだしたかっていうと、彼女が言うには、そのインド人が私に襲いかかろうとした、と。当時としては宗主国のイギリス人女性を植民地男性が襲おうとしたなんていうのは、もし本当なら、大きな犯罪行為になる。それで、裁判沙汰になるんですね。最終的にはそれがイギリス人女性の一方的な妄想だったってことが判明して、イギリス人女性は婚約も破棄して本国に戻るというような筋書きになっています。

私にはその洞窟の中で、何で彼女がレイプされそうになったという妄想に取りつかれちゃったかがわからなかったんですよ。ところが、どうも台北での商社マダムたちの話にしても、植民地問題にはどうやら、レイプ的な、エロス的なものが絡んでいるんじゃないか、と思い当たったんです。それで女性の立場から、植民地という状態を私も書いてみたいと願うようになりました。まあ植民地という状態は本来非常にねじくれた状況ですよね。私自身が考えた主人公、日本の女性を、当時植民地時代だった台湾にぽんと置いてみると、少しは私自身もわかるようになるかな、と期待したわけです。気になるけれど、わからないことがあると、小説を書きながら考えてみるっていうことを、私はくり返していますので、植民地という問題も、そういうふうにして探ってみようと思ったわけです。

さっきも申しましたように、「外地」ということばは、とても変なんですね。満州となると、これは植民地ではなくて、新しい国ができたんだ、ということになっていた。でも実態は、いわゆる傀儡国家ですから、日本人たちは「外地」と呼んで、実質的には日本の一部だと思っていたんでしょう。あるいは南方の島々にしても、占領しただけでも、全部ひっくるめて、「外地」と呼んでいたらしい。すごくあいまいな概念なんですよね。日本ってそういうあいまいなことばを作り出すのが好きみたいですね。たとえば、「シベリア抑留」ってことばもありますね。どうして「抑留」ということばを使うのかわからないところがある。ソ連側からすれば、これはれっきとした「軍事捕虜」なんですよね。あくまでも軍事捕虜としての扱いで、もちろん中には民間人も混じっていたっていう話ですけれども。この「シベリア抑留」はしかもシベリアだけじゃなくってソ連全域にまたがっていたんですね。モスクワ近辺の収容所にいた人たちだっている。それでも、「シベリア抑留」と言う。あるいはシベリアに関連すれば、「シベリア出兵」というのも、よくわからない。これは参戦でしょって思うんですね。でも参戦とは言わない。田中克彦さんというすぐれた研究者がいらっしゃいますけど、その方が最近本を出されました。いわゆる「ノモンハン事件」についてなんですが、まず田中さんは、これを「事件」と片付けてしまうのはおかしい、立派な戦争だったんだから、ということで、彼はその本のタイトルも『ノモンハン戦争』として刊行しています。まあ朝鮮出兵もそうですよね。とにかくそうやって、本来戦争ってきちんと言わなきゃいけないのをほかのことばでごまかすのは、当時としては、いろいろやばい部分を隠そうと思ったり、政治的な思惑があったんでしょうけどね。でも時間が経ったら、きちんとしたことばで言い直さないと、私たち自身が困ったことになる。自分自身を振り返っても、そうしたことばでちょっと何となくごまかされているっていうのかな、曖昧にしてきたことが結構あるなあ、と思うんですね。あるいはアイヌの方でも、「シャクシャインの乱」ということばで表現していますけれど、これもアイヌの側から見れば、立派な戦争なんですよね。「乱」ということばだと、まずとても原始的なイメージになりますね。アイヌが日本に抵抗して戦ったといっても、要するに、その程度だった、ということにできる。けれど、これを戦争と表現すれば、日本人側も、もっとちゃんと受け止めようって気持ちになるんじゃないか、と思います。

とにかくそうやって、ことばの上で日本っていうのはできるだけ、傷を和らげよう、和らげようとする傾向があるなと感じさせられます。それはいろんな問題にかかわってくる。日本の中でもアイヌ民族の問題があります。台湾で正式な呼び方になっている「原住民」と同じで、日本の先住民、先にいる人たちなんですね。でも、その人たちの文化は野蛮である、そして自分たちは文明人であるというような理屈で、その土地はいただいてもまったく問題じゃない、ということになった。条約も何もなく、なし崩しに、アイヌの方たちから日本人は北海道の土地をいただいちゃったけれど、それはアイヌの人たちを「文明化」したんだから悪いことじゃなかったんだ、ということになっている。台湾についてもそうした理屈は同じなんですね。台湾の植民地時代をどう捉えるか、ということが、日本でもいろいろとぶつかりつづけている。

ちょうど今、ＮＨＫの番組の問題が結構騒がれているみたいですね。その番組は、私も見ましたけれど、すごくまっとうな、普通の内容だと思っていたんです。ところが、どうもある種の、ちょっととくべつな立場で国を愛する人たちにとっては非常に不満な内容だったらしいんですね。台湾の植民地経営は素晴らしかったんだって。あれのおかげで台湾は文明化したんだ、それを、何か日本の都合で適当にやった、帝国主義の仲間入りをしようと思って、やったことだというふうに片付けるのはけしからんって怒って、署名を集めて、細かい数字を忘れましたけれど、八千人だかの署名をもう集めたという話ですね。ＮＨＫとしては頑として、内容的に何も片寄っていないと言ってるみたいですけどね。なにしろそういう問題になるぐらいに、さまざまな問題を正面からあまり考えたことがない。植民地の問題一つとっても、あるいは台湾の問題一つとっても、日本人はなんとなく流してしまう、それで曖昧にしておくのを好むんだなあ、というふうに私は思います。

台湾については、日本人の認識としては、三つのレベルがあるかもしれません。一つは、漠然と観光旅行のレベルですね。台湾人って親日なんですって、日本語もわりと通じるらしいし、おいしいものもたくさんあって、とても楽しい所だ、という、そのレベルの人たちが一番多いと思いますね。それからもう一つは、今言ったその植民地経営礼賛の人たちですね。文明をもたらしてあげたんだ、感謝せよっていうタイプの人たち、これも根強いです。植民地にしていたのが、何が悪いんだという態度ですね。それからもう一つ。これは、植民地支配して申し訳ございませんでしたという立場の人たちですね。大ざっぱに言って、そんな気がいたします。それぞれの人たちが自分の考えることを語り合えるような空気になるといいなと私は思うんですけどね。いろんな考えがあって当然なんですから。そうなればいいんですが、日本はなかなかそうならない。戦争のときの、軍隊の責任の問題とか、いろんな問題があったわけですが、そのつけがいまだに残されているなって思います。本当は、北朝鮮の問題だって同じだと思うんですけどね。

ここでは話を台湾にしぼっておきますけれども、そういうふうに考えると、台湾について、しっかりと、私の立場なりに、ということは、日本の女性として、考えたいと思いました。とくに、植民地独特のエロスの問題から、当時の植民地にいた日本の女性を書くことで、野蛮の意味も探りたかった。文明とは何か、野蛮とは何か、ということも含めて、もちろん、ものすごくむずかしいかもしれないけれど、小説を書くことで、一度、一所懸命考えなければならないな、と思ったんです。

思ったはいいんだけど大変だったんですよ、これが。まずはその時代をそんなによく知らないわけですから。とにかく資料を読んだり、あるいは当時の普通の日本人で台湾にいらしたという方、知り合いの知り合いぐらいの人たちをご紹介いただいて、お話を聞かせていただくこともいたしました。それで驚いたのは、ごく普通の日本人は、当時の台湾、なかでも台北が多いんですが、その土地で、日本人だけで島のように孤立して暮らしていたってことでした。そこだけは、「内地」と変わらない日本なんだ、という感じの島ですね。台湾で生まれた人たちはもっと台湾社会に溶け込んでいたようですが、何年間か、上級学校に進むまで台北に滞在していたという人に、日常的にどんなものをお食べになっていたんですか、台湾語で何か覚えていることばとかありますかって聞くと、まったく知らないんですよね。家にはお手伝いさんがいて、毎日和食を作ってくれたから日本食しか食べていない、そもそも、外で食べるなって言われてたって言うんですね。地元の台湾人がたくさん住んでいる場所には、良家の日本人たるもの近づいちゃいけないって言われていたから、学校帰りに映画館の多い西門広場とか、あんな所には行かなかった、まったく縁がなかった、そういう答えなんです。結局、城内って、昔の城壁に囲まれていた古い地域があるんですけど、その内側が城内で、そこに日本人は住んでいて、ほかの地域のことはあまり知らなかったらしい。そこには日本人でも高級な部類、つまり宗主国としての管理にかかわっていた日本人が多かったようです。そうした人たちは、ほとんど使用人とかあるいは行商人とか、台湾人との接触はその程度にかぎられていた。いわゆる友達としての接触は本当に少なかったようですね。もちろん例外の人たちもいらっしゃいますよ。けれど、ごく普通に、仕事などで台湾に赴任した日本人の多くは、そんなふうだったらしいですね。だから学者以外は、台湾の文化について積極的に自分から理解しようとか、あるいは台湾という場所に根付いて生きていきたい、というような覚悟があったのかっていうと、どうもそうじゃない。それが植民地主義ってもんでしょうけどね。当時、台湾にいた多くの日本人の考えとしては、自分たちは日本人である、台湾もこれから日本化していくんだから、自分たちはこのままでよろしい、台湾人が日本人化していけばよろしい。そういう考えに乗っかっていたのかな、と思うんですね。そういうのって戦後生まれの世代の人間としては信じられないような神経なんですけれど、とにかく、そうした考え方を平気で受け止めていた時代があったってことも、まじめに受け止めた方がいいと思うんです。

その頃どういうふうに台湾は受け止められていたのかな、ということで、調べてみると、戦後の、私たちの世代で言うと、加山雄三か何かの「ハワイの若大将」でしたっけ？そんなのがありましたよね。何かちょっとあれに似たノリがあったみたいですね。要するに「南国ムード」を非常に売りにして、台湾バナナ、椰子の木、マンゴーとかを前面に出して、台湾は南国で常夏ですごくいい所だよっていうようなイメージ。日本側としては、新しく獲得した植民地に日本人をどんどん送り出したいわけですから、できるだけ、魅力的に広告する必要もあった。満州の場合も同じですね。土地がいくらでもあって、自由な天地である、と宣伝していた。台湾でも、たとえば、椰子の木は南部まで行かないと自生していないのに、日本人がせっせと台北に植えて、イメージ作りにはげんだようです。そうした「南国」のイメージは、その頃の「内地」の東北地方の人たちには、本当に魅力的に見えたんだろうな、と思いますね。当時の東北地方は貧しくて、子どもを売ったりするほど飢餓に悩んでいたわけですから、常夏で、そこらへんにバナナが生えていて、好きなだけただで取れる、とか何とか聞くと、ああ暮らしやすそうだから移住しようかなって思う人がいたのも不思議ではなかったのかなと思います。

よくよく考えると日本が台湾を植民地にした時代っていうのは、まだ明治二十八年ですね。日清戦争の結果手に入れたわけですから。その時代は、日本という国も、まだ本当には国として体を成してなかったんじゃないかと思います。まだ建国して三十年も経っていない、新しい国なんですね。内実はまだまだ混乱していて、庶民にとっては、新しい国についてもよくわからないし、これからどんなことが起きるんだろう、という不安が大きかった、と思いますね。明治の初めのころは、新興宗教が続々と生まれる時期でもあるんです。民衆レベルで人間がころっと切り替わるもんじゃなくて、昭和になっても、私の親せきから聞いた話ですが、自分の家の表札に、「士族」、つまり侍ですね、わざわざ自分の身分を士族と書いている家がまだあったといいます。東北の田舎の方に行くと、驚いたことにまだ髪を断髪してない、つまり、ちょんまげ姿のままの人が結構いたって話も聞くんですよね。そんなのただの習慣ですから、長年の習慣を変えたくないっていうぐらいの単純なことだったのかもしれませんが、そのくらいに切り替わっていなかった。まして明治二十八年っていうのはまだまだ幕藩政治、それぞれのお国の殿様が、今の自民党みたいな感じで、何となく呆然として、「えーどうなるの?」みたいな状態だったと思います。特にお城のシステムが消え去ってしまったので、侍階級っていうのが失業していたわけですからね。困っちゃった人がいっぱいいたわけです。それが深刻な社会問題にもなっていたらしいんですね。で、戦争に踏み切った理由として、その侍たちのガス抜きもしなきゃいけないっていうような理由もあったらしいですね。もちろん当時の国際情勢のなかで、領土を広げたいというのが、第一目的だったんでしょうけれど。国内事情としてはそういうこともあった。明治二十八年なんていう時代は、まだ侍意識に凝り固まった人たちがそこら中にうろうろして、食うのに困って、プライドだけは高いから、ますます困った存在になっていた時代でもあった。ところが一方では、大正モダニズムって言われる時代も近付いてきている。つまり、インテリの金持ちたちはどんどん、海外に行くようになっている。漱石はイギリスに行ったりしていますね。インテリでお金があれば、盛んにヨーロッパにお勉強に行く。そのことでステータスを築いていく。留学が増えて、そんなに珍しい話ではなくなったという人たちも一方にはいる。

そういうふうに想像してみると、ものすごくアンバランスな世の中だったんじゃないかなと、だんだん想像がついてきますね。当時の男と女っていうことで考えると、やっぱり「文明」をトップで代表している人たちというのはパリ帰り、ロンドン帰りの紳士ということになりますね。まあベルリン帰りもいますね。あとはアメリカ帰りですか。とにかくどこでもいいんですけど、欧米に行った人は「文明」に浴した人たちということになっていた。ところが、外国留学と言っても、中国に行くのでは、そうした扱いにはならない。やっぱり欧米じゃなきゃだめだった。そういう人たちが「文明側」ですね。森鷗外なんかその代表だと思いますけれども。けれど、家庭レベルで見てみれば、日常生活そのものはまだ、そんなに切り替わっちゃいなかった、と思うんですね。まだ、家制度ってものがありましたからね。太平洋戦争で日本が負けるまでは、家制度があった。家庭で男たちを支えていた奥さんたちの世界、これはなかなか「文明化」はできなかったし、男たちも「文明化」しようとはしなかった。そのほうが都合が良かったでしょうから。それで家庭の奥さんの世界を「野蛮」扱いしていた。明治から大正にかけての、日本社会にはそうした矛盾があって、いつも何かギシギシいっていたような感じだったかなって思うんですね。これは日本近代文学の重要なテーマにもなっていますね。

そんなことから、あえて私の小説の主人公もちょっと類型的な設定にさせていただきまして、男の主人公の方は東京帝大を出て、パリに留学したということにして、将来もこのままいけば東京帝大の教授になれるだろうという、当時としては、ピッカピカの男性に設定をいたしました。でも、そういう人は今も昔も、大概マザコンなんですね。留学するためにはお金が必要で、その日暮らしの家で育った人だと、東京帝大なんかには行けないですからね、やっぱり。そうした男性が結婚する場合、お母さんのお眼鏡にかなったお嫁さん、つまりこちらもお金のある有力者の娘が理想的、となるようですが、そんなお嫁さんと結婚すれば、話は簡単なんですが、そういうお坊ちゃんほどわりと自分とは別の世界に生きているような、野生あふれる、元気一杯の女性にほろっといっちゃうんだろうな、と推測しました。それまで知らなかったタイプの女性に心惹かれ、ある意味、たぶらかされて恋愛してしまう。この時代は、大正モダニズムの時代ですから、インテリほど、恋愛至上主義だったんですね。それで、私の主人公たちも、典型的に愛か死かっていうような勢いで突っ走って結婚する。母親の意見は封建的な世界のシンボルと決めつけてしまうんですね。

彼の方は自分の出世街道の途中経過として、台湾に渡って、台北高校に赴任してフランス語を教えている、というふうにいたしました。これは、ちょっと調べましたら、私も実は直接知っている人なんですけど、島田謹二さんという比較文学の先生が戦前、台北高校でフランス語を教えていた時期があったことを知って、ほんの少しだけ、モデルにさせてもらいました。島田謹二さんはもう亡くなりましたけど、比較文学の大家です。けれど、そうなる前には、台北でフランス語の教師をしていた。なるほど、当時はそんなコースがあったんだな、と思いました。台北高校でフランス語を教えている先生。今の高校とは違って、当時の高校はグレードがもっと高かったようですが、それでも「内地」の帝大の教授になる前には、台北高校でしばらくがまんしているほかなかった。あくまでも台北高校は途中の腰掛けなんですね。そして自費ででもパリに留学をして、キャリアに磨きをかけて、最終的に東京帝大の教授になる、とそんなコースをたどっている青年です。そのためにも、自分のママは大切なんですね。でも勝手な恋愛だけはしてしまう。

一方、その青年を自分のものにしてしまった女性の方は、台湾については、もっと純粋に台湾ってどういうところかな、不安もあるけれど、憧れもある。たまたま、時間的にはさっきもちょっと触れましたけれど、霧社事件が起きた直後ぐらいの時期に、彼らは恋愛に突っ走り、台北で新婚生活を送りはじめる。霧社は台湾の山奥なので、台北にいる彼らも直接的には知らないんだけれども、これは当時日本でもかなり騒がれたニュースだったので、新聞などで知って、えっ、台湾の山の中にこういう人たちがいるんだ、という反応はあっただろう、と思いました。でも、私の女主人公は人一倍山が大好きな女の人なので、山の世界にはとくに興味があって、霧社事件を起こした人たちのことをただ野蛮だと切り捨ててしまうのもどうなのかなあ、と考えてしまう。夫のほうはパリ帰りの、ばりばりの「文明派」ですから、微妙に気持ちがすれ違いはじめ、だんだんすきま風が家のなかにも流れ、夫婦仲がうまくいかなくなってくる。夫のほうはセックスについても「近代思想」で女性が恥じらいを捨てて、できるだけ大胆に楽しまなければ、と主張して、妻もそれに合わせようとする。でも、それは妻にとって最初は「お勉強」という感じで、しだいに、強迫観念にもなってくる。夫も妻をなじるようになる。なぜ、もっと自然に楽しめないのか、というわけですが、セックスというものは押しつけられて楽しめるようなものじゃないですよね。それで夫婦は破局に向かっていく、と簡単に言ってしまえば、それだけの話なんですね。けれどその背景として、やっぱり当時の日本人たちの中に、文明と野蛮がぶつかり合っていた。男から見れば女は野蛮ってこともあったでしょう。簡単に片付かない問題が横たわっていた、と思えたので、それを今、私の小説であぶり出せたらいいな、と願ったわけです。

とはいえ、実際に書きはじめてみると、なかなかむずかしかった。まず、大正の女性たちが何を考え、何を読み、どういう歌に親しみ、あるいは夫婦生活も含めて、どういうものが常識だったのかってことも、これはかなしいことに調べなきゃ私なんかにはわからないんですね。それでとにかく、そうした時代的なことを調べはじめました。当時のことば使いもじつはよくわかりません。一つには、「外地」、「内地」という対比を出したかったこともあって、手紙の交換という形を利用したいと思いました。昔は無線はあっても、電話というものは、とりわけ国際電話はありませんでしたから。一般的には、とにかく手紙を頻繁にやりとりしていたんですね。自分の親の世代を見ても今のチャットみたいな感覚で、手紙をやりとりしている。でも手紙はチャットとは違って、現実のものが相手のもとに移動しているんですよね。そのあいだには、もちろん、時間もある。手紙というものを使えば、ある種の距離感をすごくうまく出せるんじゃないかな、と感じましたね。距離感とともに、じつは気持ちの微妙な駆け引きも生まれるし、焦燥感もあおる。恋愛には手紙を使ったらいけない、という戒めがフランスにはあると聞きましたけれど、実際、手紙のやりとりには奇妙な、恋愛感情をあおるものがある。そんなことで、書簡という形を使ったんです。でも、当時の女性が書いた手紙のリアリティを出そうと思うと、そのことばをある程度は使わないと、と思ったんですが、これがまた結構大変でした。字面としても、それらしさを出さなきゃいけないから、旧漢字とか、旧仮名をどうしようか、とも悩みました。最終的に、旧仮名までは使うことにして、旧漢字、今、台湾で使っていらっしゃる繁体字のことですが、あれまで使うと、今の日本人にとっては、取っつきが悪すぎることになるので、今の日本の漢字を使うことにしました。あとはちょっとした当時のことばですね。さようなら、という意味で、ハイチャ、といってみたり、「……遊ばせ」ということばとか。

そしてもう一つ、台湾を舞台に書くとしても、台湾での言葉の問題があるんですね。今は北京語を台湾では使っています。私たちが台湾に行けば耳に入ってくるのは、だいたい、北京語です。ところが戦前の私が書きたい時代は、北京語なんて台湾とはまだ縁がなかったんですね。いわゆる台湾語を皆さん話していた。台湾語という言い方はまずいよというご意見もあるので、ここでもまた、戸惑うわけですが、台湾には、いろいろな言葉があるわけですね。漢族の皆さんは大陸の福建省の言葉を使っていた。北京語とはまったく違う。そうすると、そのことばもある程度、理解しておかないと作品が書けない、と気がつかされて、これは大変だなあ、と感じさせられました。植物名、動物名、虫の名前とかも、戦後になってみんな変わっちゃったんですよ。国民党が台湾に渡ってきて、台湾をいわば占領したんですね。そして、「国語」を北京語に変え、動植物の名前までも変えてしまった。ですから、戦前、台湾の人たちがこの木なら木、花なら花を、どのように呼んでいたかも調べないとわからなくなっているんですね。そして私は以前の台湾にいた日本人を書こうとしているので、当時日本人はその花をどう呼んでいたか、ということもある。それぞれが違うんですね。当然、昔の日本人がどんなふうに動植物を呼んでいたかということなどはなかなかわからないんです。それで、わあ、これはとってもじゃないけど大変な世界なんだなあ、ということに遅ればせながら気がつきました。台湾とはまったく複雑なところなんですね。私も含めてですが、日本人はそういう複雑さに、やっぱり鈍感なんだとも痛感させられました。なかなか気がつかないんですね。

言葉の問題でいえば、漢族の人たち以外にも、原住民と正式に台湾では呼ばれていますけど、その人たちの言葉もあります。現在、原住民は十一民族くらい認定されているようですけど、そうすると、それぞれ十一の言葉がある勘定になるんです。もちろん、「高砂族」という一つの族があるわけじゃなくて、これは勝手に日本人がまとめてそう呼んだだけの話です。ブヌン族とかツオウ族とかタイヤル族とかいろいろ部族があって、現在は、その文化の復権運動が盛んになって、それぞれの言葉を大事にしましょう、そして部族の伝統的な名前に自分の名前を戻すということもはじまっているし、すばらしい作家も生まれている。ですから、漢族の言葉を「台湾語」というと、原住民の皆さんには納得いかないということになるんですね。言葉でいえば、さらに、植民地時代の日本語も残っている。とくに原住民の人たちにとっては、それぞれの部族同士の共通語として役に立っている。ある程度のお年の漢族の人たちも、日本語で育っているわけですから、日本語のほうが少なくとも、北京語よりは親しみがある、という現象もあります。そうした台湾の深みというのかな、深い影のような世界まで見届けないと、台湾という場所をきちんと描くことはできないなというふうに思い知らされました。台湾をいろいろと取材と称して一人でずいぶん歩きましたけど、歩けば歩くほどそんなことを思い知らされました。

たとえば、私がお会いした人たちのなかで、日本軍の正式な従軍看護婦として働いていた女性もいました。今は老人ホームにいらっしゃるんで、そこにお訪ねして、お話を聞かせてもらいました。彼女は何回も、小泉さん、安倍さんなど、歴代の日本の首相にお手紙を出して、従軍看護婦だったことに正式に日本国家として感謝の意を示してほしい、と訴えているそうです。別に日本を恨んでいるわけじゃない、ただ認めてほしい、切り捨てるんじゃなくて、というふうにおっしゃっていました。彼女にとって、それは自分の青春そのものの思い出なんですね。まだ十八から二十歳ぐらいの年ですからね。日本軍とフィリピンまで行って、そこの前線で働いていたそうです。ケガや病気で運び込まれてくる日本兵も若いですからね、そこでロマンスが生まれて、彼女のお話はその淡いロマンスの話になりました。「いや、何々さんはすてきだった」とか、「次の何々さんもよかった」、そういう話なんですけども、彼女の青春と戦争がそんなことで切り離せなくなっているんですね。台湾の老人ホームで私がうかがったように、今も日本人が訪ねていけば日本語で従軍看護婦時代の話をするというような方も一方ではいらっしゃる。私たち、今の日本で生きている人間は、「へえー」で済ませていいのかな、さまざまな面をちゃんと受け止めた方がいいよっていうふうに思うんですね。

この小説を書いているあいだに、結局、最終的に突きつけられたのは、やっぱり近代国家って何なんだろう、ということでした。あるいは近代国家が植民地を持って、領土を拡大しようとするときに、常套手段として言われていたのが、「文明化」なんですね。これはいつでもどこでも言われている。イギリス人もインド人に対してそう言っているし。ロシア帝国も周りのクリミア＝ハン国とか、いろんなモンゴルの影響が残っている国をやっつけるときとか、シベリアに進出するときにも、やはり「文明化する」という名分をかざしています。日本人も朝鮮半島、中国、台湾にも、同じことを言っていた。アメリカも先住民に対して、およそ人間じゃない扱いをしていますね。「文明化」ってそんなにえらいのかって言いたくなるんですね。でも今、大きな歴史の転換期に来て、そうした構造の見直しの時期に来ていると思います。さっき申しあげた「野蛮と文明」という対立項として世界を見るんじゃなくて、別の共存の方法があるんじゃないか、と考えるようになってきたと思います。

私たちの近代文学の世界も書き文字の世界ですから、これはどうしたって、書き文字から離れることはできません。けれど、文字を必要としない、口承だけで伝えられてきた物語の世界の魅力も、私たちは無視できないし、無視してはいけないと思うのです。どちらかを否定するんじゃなくて、お互いに融合した形で、新しい文学の可能性を探ることは大切だな、と思っています。文字信仰を脱して、この先の展望を何か見つけていければ、私はいいんじゃないかって思うし、流れとして現に、そうなっていると思うんですね。

たとえば太平洋のフィジー島とかサモア島とかからも、すぐれた作家が生まれています。あるいは台湾にも、蘭嶼島が南の方にありますけれども、そこにタオ族という、全部で四千人しかいないんですけれど、タオ族の作家も今活躍しています。少し前までは、考えられなかったことですね。彼らの特殊な文化や、習慣、身体の桁はずれた能力とか、精神世界などを「文明側」の人たちは興味津々で調べてきたわけですが、彼らが自分で小説作品を書くとか、映画を作るようになるとは、想像もしていなかった。その視線が完全に一方的だったんですね。ところが、それが根本から変わってきたわけです。そうしたフィジー出身の作家、あるいはサモア出身、クック諸島、そういう所から、自分たちの言葉と英語とか北京語などの「大きな言葉」を織り交ぜる工夫をして、自分たちのこれからを文学として探りはじめています。私は基本的に、彼らの書く世界が大好きなんですよ。なぜかと言うと、民話や神話の世界をとても上手に作品に取りこんでいて、口承の物語の魅力を現代社会に適応させているんですね。同時に、現代のマクドナルド的消費文化と自分たちの伝統的な文化をどのように捉えていけばいいのか、とまどいもユーモアも込めて、彼らは作品を書いています。そうした工夫から、作品を通じて、その土地の波の音が聞こえてきたり、空を飛ぶ鳥の声がなんとなく耳に入ってくる。

その土地の風土から生まれはぐくまれてきたのが、その土地のことばですよね。民話もそうです。それを大事にしていきたいという意志は、「野蛮」の積極的な受け止めだと思うんですね。文明はそれを今まで一所懸命否定してきた。文明ということばは、カルティベイト、つまり耕す、ということばから来ているそうですけど、要するに農耕ですよね。現在ある土地をみんな耕して畑にして、食べ物を確保する、それが「文明化」であるという発想から、このことばはどうも生まれているらしいけれど、文化ってのはそれだけではないだろうというような考え方を持つ必要があるな、と思うんですね。そういうことをなんとか私も一歩でも二歩でも、解きほぐしていきたいと願っています。フォースターの書いている世界も、彼自身は別に意識していなかったのかもしれませんが、自分自身の、個人的に非常に追い詰められた心境で、植民地とエロスの問題を書いただけだったのかもしれないんですが、今、読むと非常に新しいんですね。野蛮と文明の関係性を考えると、一方が抑圧し、一方がその文化を否定されるという、どうしてもそこに性の問題が入ってくる。

男と女という問題は、最近、性的犯罪を裁判員制度でどうするかという問題がちょうど話題になっていますけど、これはいつもどの時代でも問題なんですよね、そういう性的な問題というのは。しかも、私たちはちっとも正面から解決できていないですね。たとえば台湾の植民地問題についてしっかり考えることは、すごく遠い問題のようでいて、実は今の私たちの男女問題、女性が働く、女性が働きながら子どもを育てるとか、そういう問題に繋がっていると私は信じているんです。だから、今度の作品のようなものを書くわけですし、一つ作品を描いたからそれで終わりってわけにはいかないので、つづけて、満州の方に舞台を移した小説を書いているんですけれども、それも私にとっては切実に必要だと思えるからです。私なりの戦後処理じゃないけど、戦争を知らない世代としての見直しでもあるし、自分が女ですから、少しでも女性が仕事しやすい、男女が仲良く生きていける世の中になってほしい。戦争なんか起きてほしくないとも思うわけで、そのためにも、私にできることをしましょう、という気持ちですね。核兵器についても、日本はやっぱり堂々といばって核兵器廃絶を言う権利があると思います。そういうようなことにみんな繋がっていると思うんです。そんなことで、私はこれからも「野蛮路線」を守っていきたいと思っております。どうもご清聴ありがとうございました。

振り返れば
――『海神家族』から『茶人児』までの創作過程をめぐって

陳玉慧（許時嘉訳）

書くことは自分探しである

若い頃は分からなかったが、わたしの人生の思念が書くことによって形になったのだと今になってやっと悟った。多くのことを経験してきたのは、最後に落ち着いて物を書くために他ならなかった。数多くの経験や物語、数多くの悲歓離合は、何もかもわたしの（小説の）題材になった。書くことはわたしの輪廻であり、涅槃のありかでもあるのだ。

書くことは最初、自分探しと関係していた。

若い頃、台湾で学校生活を送っていたとき、その窮屈な教科書に耐えられなかったわたしは、小学校時代から、東方出版社の青少年向けの小説を読むのが好きだった。これらの小説は有名な文学作品から少年読者向けの読み物に翻案されたもので、侠義小説も少なくなかった。中学生になってから世界の名作を読み始めたとき、最初にドイツ作家ヘルマン・ヘッセ（Hermann Hesse）の作品『デミアン』に魅了された。わたしの思春期の煩悶が癒され、少なくとも自分が一人ではない、世の中にはシンクレアもいるのだ、と思った。

ただ自分の過ごしたい生活を過ごそうと思っただけだった。なぜそんなに難しかったのだろうか？

ヘッセの言葉がそのときのわたしの心境を物語っている。その後、『星の王子様（*Le Petit Prince*）』がわたしに少年時代の哲学の可能性を提供してくれた。王子様はこう自問自答する。「砂漠はなぜこんなにきれいなの？と王子様は言いました。砂漠のどこかに一つの井戸が隠れているからだ（Ce qui embellit le désert, dit le petit prince, c'est qu'il cache un puits quelque part...)」。非常に簡単な言葉だったけれども、含蓄が深く、子供時代のわたしを常に感動させた。また、ドイツの哲学者、例えばショーペンハウアーやニーチェの著作もわたしを魅了した。特に彼らの心を動かす風格のある文章のおかげで、わたしは易々と西洋の哲学思想の世界に導かれ、二人の平易な言葉遣いや文句に夢中になった。それから何年か経って西洋近代哲学を再び顧みたとき、何もかもニヒリズムに過ぎなかったとようやく気が付いた。つまり、それらに夢中になっていたわたしもニヒリズムの病を患い、孤独や根無し草のテーマに長い間ひたすら没頭していたのだった。

今のわたしは、すでに西洋哲学と心理学の世界から東洋的な精神思想の世界に戻ってきている。

高校時代から中国の古典、詩、詞も好きになりはじめた。最初に一番深い印象を刻んだのは人生の三段階を「衆裏尋他千百度、驀然回首、那人却在、燈火闌珊処（人ごみのなか何度もあの人を探し回す。ふと振り返ると、あの人はいた。消え入りそうな灯火のそばに）」と詠んだ王国維の詩、あるいは朱熹の「半畝方塘一鑑開、天光雲影共徘徊、問渠那得清如許、為有源頭活水来（半畝の方塘、一鑑《いっかん》［鏡の意］開く。天光雲影、共に徘徊す。渠に問う、なんぞかくの如き清《せい》を得たる。源頭より活水の来たる有るがためなり）」だった。これらの哲学的な言葉から影響を受け、わたしもそのときから似たような箴言を作り、物事をメモする習慣を身につけた。唐詩・宋詞が好きだったので、その後の大学受験で中国文学科のみに願書を出したのだ。

散文的文章を書き始めたのもこの頃からである。それらの多くは、北一女［台北市立第一女子高級中学］の学校同人誌に発表された。大学に入って、単に散文ばかりでなく、日記も書き始めた。現代の文学作品も次第に視野に入ってきた。例えば陳映真、黄春明、七等生、陳芳明等の小説、散文を渉猟した。そのときに読んだものは現代文学を中心に、特に写実主義的な作品が多かった。多くの日本人作家の文学作品にも触れ、特に川端康成と三島由紀夫の作品に親しんだ。

読書のほか、映画を見るのも好きだった。ハリウッド系、あるいはフランス、ドイツのニューウェーブに没頭していて、とりわけトリュフォー（François Truffaut）、ゴダール（Jean-Luc Godard）、フェデリコ・フェリーニ（Federico Fellini）等の映画がわたしの心を掴んだ。その頃、外国映画は試写室でしか見ることができなかった。それゆえ、同好の仲間がよく誘い合って十数人から二十人ぐらいを集めて一つの試写室を借りた。山ほどの映画の中で一番気に入っていたのは、フェリーニとトリュフォーの映画だった。

モンタージュによって各ショットを組みあわせて映画の叙述を進行させるフェリーニの手法は、イタリア人の伝統文化に対するのんびりしすぎる性格を十二分に表していたし、わたしにも大きな影響をもたらした。試写室で映画『ローマ』を見たときの、ローマの映画館の観客が映画を見ている途中にトマトを投げつけられたシーンを今でもはっきりと覚えている。長い間、イタリアを旅行するのが好きなのは、フェリーニと深く関わったためかもしれない。

トリュフォーの映画はフランスのヌーヴェル・ヴァーグ特有の人間性と温もりを反映していた。彼と小津安二郎がのちにわたしの最も好きな映画監督になった。彼らの映画はわたしの心の裏を反照し彷彿させる。二人の作品を見るといつも涙があふれでる。

大学時代、作家朱西甯が台湾の中国文化大学で授業を行っていて、わたしも聴講生として参加していた。彼がわたしに小説の創作を勧めたので、そのときから家族史的な小説を書こうと思っていた。タイトルも決めていて、『桃樹人家有事』と名付けるつもりだった。その後、演劇を研究するためにパリに渡ったが、何年かかっても書けなかった。結局、朱先生の娘朱天文氏の方がそのタイトルを使って散文を書いた。実は「桃樹人家有事」というタイトルは胡蘭成の影響から生まれたものだった。二〇〇〇年頃に『海神家族』を書き下ろしたのは、そのときの創作理念を多少受け継いだ結果である。

二十二歳のときからフランスに留学し、その前後からお金を稼ぐために『時報雑誌』と『人間副刊』で政論的な文章を書き始めた。それらの内容は政治、社会と関連したもので、中国大陸の傷痕文学や台湾の美麗島事件など時事的題材が多かった。当時、『時報雑誌』の毛主編はこれらの社説が大学を出たばかりの若い女性の手になるものとは信じられなかったので、わたしは長い間、年輩の婦人と思われていた。

パリに渡った後、著名なジャック・ルコック(Jacques Lecoq)国際演劇学校で学んだ。有名な先生方の独特な指導法のおかげで、観察と模倣のテクニックを学びながら、演劇のみならず、すべての創作が大自然の模倣から始まったことを知った。小説を創作する際に人物間の行動、反応の描写を重んずる傾向があるのは、おそらく演劇を専門的に学んだことと関わっているだろう。

フランス滞在中は読書が減った分、演劇や映画を多く見るようになった。アラン・ルネ（Alain Resnais）、ジャン・ルノワール（Jean Renoir）、マルグリット・デュラス（Marguerite Duras）、ヴェルナー・ヘルツォーク（Werner Herzog）らの映画をよく見た。演劇も。毎週演劇を見にいくのはわたしの日課であり、決まった娯楽でもあった。演出にも参加したりした。授業のなかでの芝居や、街道や小劇場で演じ、「テアトロ・デュ・ソレイユ（Theatre du Soleil）」で実習経験を積んだ。そして、ヨーロッパの各地を巡遊して芸術祭の上演に参加した。

喜劇を演じたこともわたしの人生のもう一つのエピソードとなった。それはスペインに居たときの話で、わたしはスペインのボーフォン劇団（Bouffons）の一員として、スペインの各地を巡り歩き、黙劇を演じていた。

当時は演劇と映画の世界に没頭し、文学の世界から遠く離れていたので、いつか文学に関わることになるとは思わなかった。文学は神聖な仕事で、わたしのような凡人は決してその任を負えないだろう、と思ったのだ。

当時は、文学創作者という意識を持っていなかったが、散文を書き続けていた。ヨーロッパ滞在中の随想を記録するほか、原稿料を稼ぐためでもあった。これらの文章が散文集『失火』と『我的霊魂感到巨大的餓［魂の大いなる飢餓］』に収録された。今になって振り返ってみれば、これらの散文創作は当時のわたしの人生を反映しており、後に小説を創作する際の原動力にもなった。その当時の散文にはある種やるせない青くさい憂鬱が漂い、本来の自分を探し求める内面の真実の声が響いていて、今も非常に気に入っている。

青春時代を旅の中で送ったのは、知識欲からだったのか、あるいはただ自分の個性によるものだったのか、もう分からない。フランスを離れてから、アメリカに渡ってオフ・オフ・ブロードウェイで監督と俳優をかけもちでサミュエル・ベケット（Samuel Beckett）の劇を上演した。

ニューヨークに滞在中、アルバイトがほしかったので、新聞社に職を見つけた。新聞記者の仕事は全く新しい領域で、意外にもわたしの世界を拓いた。ちょうどそのとき、中国時報の海外部門のポストが空いていて、面接試験を受けてからすぐ採用された。そんなに早く決まったのは、写真の現像と広東語ができると嘘をついたからだ。編集長はそれを試さなかったし、わたしも智慧を絞って相手に合わせてうまく売り込んだ。こうして、新聞記者の生活が無事始まったのだ。

数年後、台湾『聯合報』のヨーロッパ駐在記者となって、ヨーロッパに派遣された。九〇年代、仕事の関係で、ヨーロッパやアフリカの大統領や政府要人、著名人を訪ねてインタビューし、戦争の現場を見たり、軍事的スキャンダルを追って軍需産業のボスや司法界の大物と接触したりして、多くのスクープを報道した。国際ジャーナリズムの仕事がわたしの人生を多面的なものにし、視野も広げた。また、特派員の仕事のおかげで、旅行もよくしたので、ドイツをわたしの停泊地にした。その間、報道の仕事の傍ら、再び小説を読み始め、ヘミングウェイ（Ernest Miller Hemingway）、コンラッド（Joseph Conrad）、アン・ビーティ（Ann Beattie）などの作品に多く接した。その中で最も大きな影響を与えたのは、アメリカ短編小説家レイモンド・カーヴァー（Raymond Carver）だった。

演劇を学ぶことによって物事を観察する要領を身につけたとすれば、新聞報道の仕事はわたしの文学創作にどんな影響を与えたのだろうか。あえて言えば、物語を分かり易く素朴に組み立て、語りの言葉も平易明瞭なことだろう。深意のある詩的なものが好きで、文飾過多には耐えられないのだ。さらに、報道事件から人生そのものを見てとり、あるいは社会の出来事の成り行きについても推し量りやすくなった。

あるいは、作品を書くときに行為の描写を重視し、内面的告白の過剰を嫌い、エピソードをつなげていく際に常に人物間の行為と動作に焦点を当てるようになった。「対話よりも行為」というハリウッド映画の脚本創作の要領をいつも目指しているのだ。対話が好きではないし、過剰な告白も嫌いだった。

それから何年も経った現在、強いていえば、文学は読者に二つの効果をもたらすと思っているし、創作中も常にこのことを心掛けている。一つは教化性、もう一つは娯楽性。両者が並んで進むときにのみ、人間性の浄化と向上が可能になるのだ、と。これは優れた小説の必要条件なのだ。トルストイは前者に傾き、ショーは後者に傾いているかもしれないが、優れた作家ならばその二者の間でバランスをとるべきだと思う。

家族史小説の誕生――『海神家族』

以前「在一個無名的国度」という文章で簡単に触れたことがあるが、『海神家族』の創作動機は「台湾」の民族意識の不確かさと関連している。わたし自身の人生に対する懐疑も、過去にいくつかの散文で触れたことがあった。これらすべての問題意識がこの長編小説創作の素材となった。

まず『海神家族』を書くにあたって、物語の主軸を台湾の公的歴史認識におくことを決めた。長い間海外で生活していたので、身近には台湾のことを知らず、理解しない友人が多かった。国際的な場では台湾はアイデンティティの重大な危機に曝されているのだ。

「台湾ってどんなところ?」という疑問が友達の眼に現れている。

創作を始めたときに、読者を台湾人に限定しなかった理由はそこにあった。最初の動機が自分自身に台湾のアイデンティティ問題の答えを与えることだった。そして次には海外の友人たち、新婚の夫の「台湾ってどこ？台湾って何？」という質問に答えようとしたのだ。

『海神家族』に収めた夫明夏（Michael Cornelius）との対話で、わたしはこう述べている。小さい頃から、特に二十二歳で海外に渡ってから、自分のアイデンティティの不確かさをずっと感じ続けていた。一方では、自分の居場所が分からず、自分はどんな人間なのか分からなかった。他方では、台湾がどんな場所、どんな国なのかはっきりしなかった。それでこれらを素材に物語を構想しはじめ、一つの家族の歴史に焦点を絞ることにした。

『海神家族』の出版後、研究界ではよくこの小説がナショナル・アレゴリーであると指摘されている。これはわたしが当初は予期しなかったことだった。

執筆中は、台湾史を反映しようとするという意図もあったので、真実の自伝に即して描くのではなく、台湾の歴史の脈絡に沿って多少のフィクションを加えてこの家族史小説を書いた。したがって、混合的な自伝小説といえる。

『海神家族』を書いていたときには、身体的な病や痛みがよくあったので、書くことそのものについて、自分の居場所、家族の来歴、ナショナル・アイデンティティなどについての疑問が生じ、創作への迷いが深まり、何度も筆を擱こうとした。しかし結局あきらめずに最後まで走り続けた。

世の中には文学作品が山ほどあるのだから、わたしのこの程度の小説など出版する意味があるのだろうか、という考えが頭に浮ぶこともあった。わたしはこう自問自答した。至るところに小説があるのは確かだし、ヘミングウェイやトーマス・マンは絶対にわたしより優れている。とはいえ、彼らがこの作品、『海神家族』を書くわけにもやはりいかないのだ、と。

『海神家族』を書くことは単にナショナル・アイデンティティを模索することであっただけでなく、書くプロセスそのものがアイデンティティを模索するプロセスでもあった。換言すれば、書くことはすなわちわたしという個人のアイデンティティであり、書くことを通して初めて自分のアイデンティティを掴むことができた。知り尽くす必要はないし、自分が誰なのかを証明する必要もない。ただ腰かけて書くことができればそれでよい。

二〇〇七年、台湾国家文学館の台湾文学賞を受賞した際に、わたしはこう言った。昔から、あなたはいったい何人なのかとよく尋ねられた。言葉を費やして自分の来歴を説明しても、また別の人があなたは何人なのかと尋ねる。あなたの父親は外省人だから、あなたも外省人でしょう、というのがいつもの結論だった。しかし、表彰台に立った今、あらゆる疑問が去り、過去のものとなった。わたしは台湾人で、わたしは台湾人作家なのだ。

長年のドイツでの生活を経て、ドイツ社会との実質的なつながりを求めて、ドイツ語で出版する可能性を探した。その間、二つの困難にぶつかった。ある著名な大手出版社が版権を得る予定だったが、契約直前に小説の「祭祀説明」を削除してもよいかとわたしに聞いてきた。その理由は、各章の前に置かれた「祭祀説明」が小説を読む流れを滞らせると、ある編集者が主張したからだった。当時は作品の全体的構成を考慮してその要求を拒否したが、驚いたことにその後出版社は契約予定を取り消した。わたしにはとても奇妙なことに思えた。

その後、ドイツ語版『海神家族』の出版は他の出版社が引き受けた。先の大手出版社と異なり、「祭祀説明」は非常に興味深い文化的要素を含んでいるので、是非保存すべきだとこの出版社の関係者たちは考えた。小説の原風景を保つことができて、非常にありがたかった。

台湾人文学研究者陳芳明教授が興味深い視点を提起したことがある。『海神家族』という作品の中には、二つの時空が交錯している。一つは神的時空、もう一つは人間的時空である。物語もまた二つの旅の行程を含んでおり、神々の旅を意味すると同時に、人間の旅をも意味している、と。こうした見方に従えば、あのとき祭祀説明を削除していたら、小説の全体性が毀れてしまったかもしれない。

ドイツ語版のもう一つの困難は翻訳にあった。出版社は翻訳をある著名なドイツ人中国学者に依頼した。彼はこの小説が非常に気に入ったが、トーマス・マンの『ブッデンブローク家の人々』との間に似かよった雰囲気を認めて、彼の文体を模倣する翻訳を試みた。わたしはその出来栄えに納得がいかなかった。わたしの文体はむしろ女性的で、簡潔な叙事的雰囲気をもっているのに対し、彼の訳文にはドイツ語特有の副文が数多く付加されて、文が長く、わたし本来の文とは全く趣を異にしていた。

このような事態にわたしは非常に苦慮した。翻訳者はこの仕事にまる一年間も費やしていたのに、結果は思わしくなかった。その後、編集者と力を合わせて、わたしがドイツ語で新たに叙述し、字句を一つ一つ修正し、過剰な副文を削除してようやく、本来の文体と作品の雰囲気を取り戻した。そしてやっと完成した。翻訳し直す過程は辛かったが、時を経ずして多くのドイツ人読者から、修正したドイツ語版が非常に読みやすかった、という反応があった。『海神家族』の出版に伴い、ドイツの大小の都市を巡遊して、一連の講演を行った。二〇〇九年九月、ドイツの第一テレビ局（ＡＲＤ）の特別インタビューを受けるに際して、インタビュアーのドニ・シェック氏（Denis Scheck）がわざわざ台湾を訪れ、台北の龍山寺で録画が行われたので、『海神家族』の創作過程についていろいろ話すことができた。

『海神家族』がドイツで出版されて以来、多くのドイツ人読者に歓迎されたことによって、台湾人読者のためだけではなく、外国人読者のためにも創作ができる、というわたしの信念が強まった。それがきっかけとなって、『China』という作品が生まれたのだ。

東西の文化交流に没頭する——『China（磁器）』

『海神家族』ドイツ語版の出版後、ドイツ人読者と接する機会が増えたため、次の作品のテーマを考えるにあたって外国人読者のために構想しようと考え始めた。その結果、東洋・西洋の文化交流を素材とするのが自然の成り行きとなった。文化交流（Interculture）というコンセプトに焦点をあて、異なる文化を架橋する小説の構成を考えるようになった。

新たな作品を構想するにあたって、わたしは、地域、文化、言語の隔たりを超え、国々を、境界を越える作品を目指して大きな一歩を踏み出すことを望んだ。

そのとき、すぐに想起したのは、China——磁器だった。磁器は西洋人に親しまれる中国的文物であり、中国文化の記号でもあるので、わたしのような人間が作品のテーマとすることによって、その名前に潜む意味はさらに二重化する。

China、昌南という言葉は磁器を意味すると同時に、中国そのものを意味してもいる。わたしはこの作品のテーマを、そして中国がわたしにとってどんな意味を持っているのかを繰り返し考え続けた。

磁器がこの小説の重要な物語の軸をなして各節をつなげ、その物語と文化背景は中国に由来するのだ。中国人は玉を愛し、玉石が好きな民族である。人工の玉を作り出そうと苦心して磁器を発明するに至った。磁器は最も実用的な美学を主張し、抽象的な美観を美しい器の形と融合させることができた。

東西の、そして新旧中国の社会的落差が広がり、中国と中国の工芸が没落していったことにわたしは気付いた。

十八世紀以降、西洋諸国が磁器の製造法を発明してから、一躍西洋の磁器工業が興隆し輝かしい発展を遂げた。今では、西洋の磁器製造技術は東洋をはるかに上回り、磁器の元祖である中国と比べてもはるかに優れている。

この作品のもう一つの焦点は「真」と「偽」の交錯にある。宮廷から民間まで磁器の蒐集にはすべて本物と贋作が交じり合っており、変装する男／女も登場する。歴史上の人物と出来事の場にも実話と虚構が入り交じり、真とは何か、偽りとは何か、という判断は読者に任されている。あるいは、真実の判別はもはや重要ではない。小説とはそもそもフィクションではないか。歴史小説もまた然りだ。

ドイツに移住したその年、ドイツが統一したばかりのときに、ベルリンの街で初めてマイセン磁器を見た。そのときからわたしの脳裏にマイセン磁器への強い印象が刻まれた。

それ以来、わたしはお茶を飲むのが好きなので、ティーカップのセットを集めるようになった。ある日、長い間使っていた日本の天目茶碗が壊れたのがきっかけで、マイセンのコーヒーカップセットを購入し、ティーカップとして使うことにした。そのときから、わたしは本当にマイセンの磁器に目を開かれたのだ。

それで、磁器（China）に関する小説を書こうと思い立ったのだから、マイセンとの関わりは深い。

磁器の資料を真剣に蒐集し始めるや、マイセン磁器の精彩に富んだ物語と様々なエピソードに没頭してしまった。今になっても思うのだが、マイセンの工芸史はスパイ映画のごとく、緊張感と刺激に富んだハリウッド的な場面に満ち溢れていた。

まず、マイセンのために磁器の製造法を掴んだヒーローのベトガーは、実は錬金術にはまり込んだやくざものだった。嘘を付くのが大好きで、恨みを買ってやむをえず逃亡生活を始め、プロイセンからザクセン王国へと逃げたが、アウグスト強健王までも彼に興味を持つとは予想しなかった。その頃、アウグスト強健王は国力を拡張するために金がほしかったので、ベトガーが錬金術師を自称するのを聞いて、彼を監禁し、その術で金を作ることを命じた。しかし、ベトガーは錬金に成功しなかった。

ところが、磁器の製造に一定の経験と見識を積んだ科学者チルンハウス伯爵が二十余歳のベトガーを説得した。彼らは強健王の協力を得て、各省から集められたカオリンを使って実験し、畢生の力を費やして磁器を作ろうとした。ベトガーはカオリンと長石類の割合を細かく分けて一つ一つ実験した。温度も大切な要素だ。当時のヨーロッパ人はほとんど低温で磁器を焼いていたので、出来上がったものは品質が悪く軟弱だった。これに対して、ベトガーが高温を用いたのは技術上の最大の突破口となった。磁器は白い金である、強大な王から自由を獲得してアルプレヒト城から逃げ出すには、磁器を作り上げるしかない、と彼はようやく悟った。いつか中国人と肩を並べる磁器を焼き上げなければいけないと彼は決心した。

ベトガーは若い頃から半生以上も軟禁され、自由を失っていた。感情を託す相手もいなかったので、毎日酒浸りだった。仕事中毒の彼は日に夜を継いで働き通したあげく、ようやく中国の硬質磁器の原料の配合比を導き出した。気の毒なことに、彼の恩師は成功の果実を享受できなかったし、彼自身はその後何年も経たないうちに逝した。わたしはかつてアルプレヒト城の壁画に、窯に向かって酒を飲むベトガーの憂愁に沈む姿が描かれているのを見たことがある。彼がいかなる大志を抱いて昌南に想いを寄せたのかがよく察せられた。

ベトガーは宜興壺を模倣することから始めたが、宜興壺には紫砂が必要なことを全く知らなかったのだろう。彼の手で作られたポットは大きすぎてコーヒー用にしか使えそうもなかったが、幸い彼は早く気持ちを切り替えて白磁に集中し、成功した。彼の製造法は何十年もの間、全ヨーロッパの最大の秘密であり、彼の死後もそれを知っているのは二人だけだった。

マイセン磁器を深く理解するために、ドイツ東部のザクセンに何度も足を運んだ。マイセン博物館やドレスデンのツヴィンガー博物館に出かけたり、図書館でマイセン磁器の文書資料を探したりした。なるほど、マイセン磁器工場には様々な文書が徹底的に保存されており、ベトガーの作業日誌だけではなく、磁器工場の管理委員会の資料や書簡も完璧に整理されていた。絵付け師ハイロットとモデル製造師クンデラの何年間にもわたる争いに至るまでもマイセンの資料データベースにすべて保存されているのだ。

そのおかげで、わたしはようやく分かった。ベトガーが何パーセントのカオリンと何パーセントの長石類を合わせて、何度の高温で焼き上げ、何万回の失敗を重ねて繰り返して実験していたのかが分かった。戦争と貧困のために、アルプレヒト城から逃げ出して、自分が本物と思い込んだ製造の秘密を、磁器製造を望む他国の王公伯爵たちに売りまわった人々がなんと多かったことか、と。また、逃げ出せなかった人も多かったのではないか。アルプレヒト城の高い壁を乗り越えようとして矢に射られたり飛び降りて死んだりした人もいたのではないか。あるいは、ヘンゲーやストールズアのように、製造の秘密を知ったと思い込んで他国に出かけても、カオリンが違ったり、配合比が違ったりしてマイセンのような硬質磁器を製造できない人も少なくなかった。よく考えれば、十八世紀のヨーロッパ各地に東インドの磁器、つまり中国の磁器に魅了され、日々休まずそれを求め続けた人は、なんと多かったことだろうか。

これはおそらく人類史上二番目の集団的な大フェティシズムに違いない。それ以前に、ヨーロッパ人は中国人の生糸の製法を知ろうとした。ヨーロッパの商人たちは中国から桑の葉に包まれた蚕をシルクロードを通して持ち返ったが、これは余談になる。

今年、マイセンは三百周年を祝った。この三世紀の間に、マイセンは十一回の戦争、六つの政治制度、ドイツの分裂と統一を経験してきたが、工場は一度も休んだことがなく、今日も六百人の作業員を雇用し、これまでに二十万点以上の作品を生産してきた。三百年来その工場で製造された十七万五千点の磁器のモデルが今も完璧に保存されているのを見たならば、磁器の発明者である中国人はきっと驚いて汗顔の至りだろう。マイセンではいつでもこれら三百年来の作品を複製することができるのだから。

マイセン学派の偉大さは絵付の画風や様式や美的品格に止まらず、ドイツ工芸ならではの驚異的な力強さを、そしてドイツ民族とその文化的特質そのものを代表しているのだ。ドイツと比べて、中国の工芸史の記録と保存がはるかに劣っているのを見て、わたしは非常に残念に思った。中国は磁器製造の記録に欠け、民間の窯業は振るわず、製造方法の伝達も口承によるものばかりだった。景徳鎮の官設窯や御窯が唐英（一六八二―一七五六、清王朝の有名な製陶器管理官）によって記録されているが、科学的数値に欠けている。その他に清朝宮廷の『活計档』の保存記録しか当てにできないが、そのうち内務府太監記による記録は皇帝の要求のみを対象としており、瓶の口が狭すぎる、あるいは顔料の色合いが悪い、さらには図柄までも変更しろというような命令ばかりだ。いずれも専門的立場から磁器製造を考えるのではなく、ただ皇帝一人の趣味を想い量るものにすぎない。

磁器を愛する東洋人として、わたしは宋の磁器の優雅さと温もりが好きだ。西洋磁器の宮廷的高級感と華麗な雰囲気も気に入っていて、マイセンはなかでも最も優れたものである。一七九三年、イギリス大使ジョージ・マッカートニーは誇りを持ってウェッジウッドのボーンチャイナを乾隆帝に捧げた。そしてマイセンの生命の鐘もおそらく皇帝の愛顧を受けて円明園の一角に据えられたのだろう。中国人は磁器の盛名によって昌南という名を得た。昌南、すなわちChinaである。中国の最後の隆盛は乾隆帝時代にあり、中国磁器工芸も頂点に達したが、その後、国力は再び以前の勢いを盛り返すことはなかった。それとともに苦難に満ちた民族史と工芸の没落史の一頁が開かれたのだ。

だから、現在の中国が景徳鎮の新たな造営を重視したことは怪しむに足らない。

『China』を執筆するにあたって一番困ったことは、『海神家族』の場合と同じだった。十八世紀東西両洋の歴史文化資料を収集するために中国語、英語、フランス語、ドイツ語の文献を広範に読んだので、相当の時間がかかった。それで執筆の速度は緩慢だった。大量に読んだのは文学作品ではなく、歴史と一次文献、特に東西両洋の文化交流史、工芸史あるいは磁器史が中心だった。イエズス会の歴史文献も渉猟した。全体的にいえば、書く方が読むよりもずっと早かったので、完成はそのために遅れることになった。

その上、小説の主人公は男性で、外国人であり古人でもあるがゆえに、従来の叙述の形式を超越した。これは新たな試みといえるだろう。

日記体、記録体、書簡体が交じり合う叙述もわたしにとって新たな挑戦だった。小説においては文字の視覚的効果と重ね合わせて磁器の華麗で優美な雰囲気を意図的に作り出し、それを恋の意味と相互連関させている。一つの語句がこの小説全体の主題をうまく伝えていると思う。すなわち、磁器と恋は世界中で一番壊れやすいものである。なお、小説の意図に戻るならば、わたしが注目するのは古い中国と新しい中国の社会なのだ。実際には、新旧の中国には大した差はないと思う。現在の中国もいまだに世界の覇権を握っているし、宗教もいまだに自由ではないのだ。

十九世紀の台湾に戻れ――『茶人児（茶業職人）』

『China』を書き終えてから、東西の文化についてある程度の認識を得たが、一部の台湾人読者に大中国主義者と思われてもいる。しかしわたしはあまり気にしていない。ただ、中国文化にまた注目したいと思っているし、自分の視野を広げたいとも思う。台北に生まれ育った台湾人として、長年台湾を離れていたとはいえ、ずっと台湾のことに携わってきた。だから今度の創作で再び台湾に回帰することになったのは自然の流れなのだ。そして今度は十九世紀の台湾に戻ることになる。

新たなテーマは「烏龍茶（Formosa Oolong Tea）」のルーツを求めることだ。たまたま友人との会話で烏龍茶の話になった。台湾烏龍茶、それはまさしく台湾を代表する文化的記号だと思った。十九世紀には、烏龍茶が台湾の輸出市場の五、六割以上を占め、世界各地に売りさばかれていたからだ。それは台湾にとって初めてのグローバル化活動だったといえよう。

当時の台湾烏龍茶はニューヨーク、ロンドンなどに売り出され、国際市場で大きなシェアを占めていた。『茶人児』の主題も『China』と同様に、烏龍茶を扱い、そして恋も扱っている。物語は烏龍茶の歴史を背景におき、そこで恋が育まれるのである。

『茶人児』は一人の主人公ではなく、茶業に関わる多くの人々をめぐる物語である。

十九世紀頃の茶商人たち、中国福建から台湾に渡ってきた多くの茶商人も含めてのことだが、彼らはグローバル化する市場において烏龍茶の普及に大きく貢献した。それだけではなく、わたしも茶芸術の美と茶文化の精妙な深みと広がりを知った。

台湾の茶葉史を探求すると同時に、多くの台湾茶葉商人と付き合い、名茶鑑賞会に随伴することによって、百年に一度という稀有の名茶を堪能した。これはわたしにとって意外な驚きだった。

小説の始まりは一八六〇年の台湾である。一人のイギリス商人ジョン・ドット（John Dodd）が台湾での商業的チャンスを求めて廈門から渡ってきた。彼は台湾の緯度と気候が福建安渓の風土と似ており、台湾も茶の栽培に適していると判断した。彼は廈門出身の李春生に中国安渓の茶の苗を台湾に運んで植付けるよう説き勧め、提携した。

その一方、李は多くの台湾農民に茶を栽培するよう説得し、安渓から茶葉の専門家を招いて、現在の大稲埕の辺りに烏龍茶の手工業産業を興した。東方美人茶（Oriental Beauty）、すなわち白毫烏龍茶は、あるいは膨風茶とも呼ばれるが、ドットによって世界中で販売されて、イギリスのヴィクトリア女王の称賛までも得たという。

物語には三人の主要人物が登場する。ドットと李春生は実在した歴史上の人物で、もう一人の江上雲は女性でわたしが創造した人物である。彼らの物語が烏龍茶の歴史の流れに沿って展開し、彼らの間の友情、ドットと江上雲の恋愛の交錯するさまが描かれる。

茶が磁器と似ているのはともに中国文化を代表するからである。茶の歴史は長く庶民生活に親しんでいる。「柴米油塩醤醋茶」という表現は、中国人の日常生活が茶の慣習と切り離せないことを見事に説明している。

執筆上の困難をもたらしたのは、参考資料が極めて少ないことだった。とりわけ十九世紀の庶民生活史に関する資料は皆無で、手元に集まったのは茶葉史に関わるものばかりだった。また、ドットに関する資料はわずかに『北台封鎖記』しかない。彼は医者マッケイの親友で、台湾に二十七年間（一八六四—一八九〇）滞在した後イギリスに帰ったが、彼に関する伝記は皆無に近い。この人物の生い立ちと人生を考察するのも一つの挑戦である。『China』と同様に、書くよりも読むのに多くの時間がかかった。よく思うのだが、材料が豊富であれば、書くスピードも上げることができるだろう。また、茶に関する大量の書籍を読むうちに、日本漫画の影響を受けて茶商人たちの思考の経路を案出したことを言っておかなければならない。それは亜樹直とオキモト・シュウの『神の雫』である。この漫画が酒の感覚的で神秘的な世界を漫画の形で表現しえたこと、漫画の可能性を示したことは実に賞賛に値する。相当に趣に富んでいる。わたしも小説の創作において茶の精神とその美の神髄を如実に伝えることに腐心した。

仕事は半ばを越えたがまだ完成していない。

終章

創作を始めた頃、自分は一体どんな人間なのか、とよく考えた。創作を続けてきた現在、自分は一体どんな作家なのか、将来どんなものを書くべきなのか、あえて言えば、この世にどんな作品を残すべきなのか、とよく考えるようになった。

こうして、誰のために書くべきなのか、という問題にまで至っている。

作家は誰のために書くのか、という命題は、それ自体かなり興味深いし、その答えも人それぞれである。しかし、作品をどのように書くべきか、何のために書くべきか、という問題についてはまだ定説はない。わたしに言わせれば、創作の過程には相当に苦労が多く、小説を作ること自体も非常に困難で、それを定義することなどできはしないと思っていた。ところが、何年か経ってようやく悟った。どんな人間であるかによってどんな小説が書けるかが決まる。自分の創作を分類したり定義したりすることは全く必要ないのだ、と。

英語、フランス語、ドイツ語ができるといっても、外国語で創作するつもりはない。作者の思想をうまく伝えるのは母語だけだから。とりわけ中国語の文法と構文は非常に特別で、太極やモンタージュの映画の技法のように巧妙で自由自在なので、文字と文字との関係は図像と図像を結合するように、映画の各ショットを切り貼りするような技術が必要になる。様々の理由から、中国語の文字には視覚的な詩意があり、文法的構造の拘束が緩い分、創作者に多くの自由を与えてくれる。外国語の場合、わたしのできるフランス語やドイツ語を例にとれば、まずその複雑な文法構造に親しまないと創作などとてもできないことが中国語とかなり異なっている。いくつかの外国語を学んだからこそ、中国語で創作できることの幸福と光栄がよく分かるのだ。

わたしはこれからも中国語で書き続けるつもりだ。また、中国文化を題材としつづけるかもしれない。台湾出身のわたしがなぜ台湾社会の様々な現象をテーマとしないのか。その理由は台湾を遠く離れてからすでに長い時間が経っているからなのかもしれない、ということである。台湾の現代社会に関しては、日常生活の対応によってではなく、ほとんどインターネットを通じて理解してきた。それゆえ、台湾現代社会の中心問題に触れるのは不安で、何かを感じとっているとはいえ、勝手に筆を執ることはできなかった。

金剛経に曰く、「応《まさ》に住する所無くして、其の心を生ずべし」。近年、仏教の修道に興味を持ちはじめてから、創作がわたしにとっては修行のようなものであると思うようになった。修行が自己の心の制御を必要とするならば、創作とはあるテーマに挑み、無から有を生み出す行為であり、これもまた自己の心を制御することである。

さらに、テーマも個人の生活や個性によって生み出されるもので、性格や生き方によって自然にそれなりのテーマと出会うのだ。だから、作家が強いて創作のテーマを探す必要はなく、テーマそのものが自ずと作家に巡り合うというのはそのとおりなのだ。また、わたしは今のところは中国文化から創作の種を得ているが、しばらくしたら今まで予想もしなかったようなテーマに出会うかもしれない。

ただ、これからも書き続けることだけは何よりも確かだろう。書くことは自分探しの方法であり、わたしにとっては現世における修行でもあるのだ。

「美しい」日本の私

朱天心（赤松美和子訳／星野幸代監修）

私はかつて川端康成の『古都』を本のタイトルとして無断でお借りしたことがありますが、今回も川端康成のものをもう一度拝借いたします。

長年、私は関東に参りますと、どんなに忙しくても、いつも必ずある場所に行きます。青梅線の福生駅で下車し、西口を出てまっすぐ、奥多摩街道の左側を歩き（多摩川の匂いが漂ってくると心が躍ります）、約一キロ進んでセブン・イレブンを右折し、民家を数軒抜けると、そこは清岩院墓地です。私は日本人のお墓参りの作法を見て覚えましたので、小さな手桶と柄杓を携えます。左に曲がって二番目の道を行くと、塀の外の歯医者さんの看板に向き合っているのが、私の師、胡蘭成先生のお墓です。

私は墓前に捧げる花を花屋では買わずに、あるときは吉野梅郷でそっと手折った梅の小枝を一本、あるときは玉川上水の分水道の紅葉、またあるときは、多摩川土手で見つけたタンポポ一輪というふうにその季節によって決めます。

日本人のするように墓石に水をかけると、先生が生前にお書きになった「幽蘭」の筆跡がくっきりと現れてきます。

これは、台湾でも、日本でも、私にとって唯一の墓参りの経験なのです。母方の曾祖母と祖父母のお墓は台湾にあり、それぞれ三十年前と五年前に亡くなりましたが、一度も行ったことがありません。私たちは父と離れ難く、十一年間というもの、父の遺骨は母の枕元に置かれたままですので、いつでも見ることができますし、法事もしていません。ときどき上で猫が寝ていて、父の生前、執筆中によく膝の上で猫が寝ていたようすを思い出します。

こうした純粋で、甘美で感傷的な、敬慕に近い墓参りの気持ちがつい私の文章に現れてしまい、よく物議を醸してしまうのはなぜでしょう？　その理由はもう少しあとでお話ししたいと思います。

三十年前、私の先生である胡蘭成――彼は第二次世界大戦で汪精衛の南京国民政府の宣伝部と法制局で働いており、また中国の有名な作家張愛玲の最初の夫でした。こうした政治的な経歴が台湾政府に歓迎されなかったため、一九七六年、胡蘭成は戦後逗留していた日本に帰って来ました――が、まだ大学生であった私と姉の朱天文を招いて下さり、その年の一カ月と翌年の同じころまた一カ月間、胡先生のご指導で日本のさまざまな文化芸術、美学の見聞を広げました。例えば胡先生の友人と弟子の中には、能楽師の野村和世、陶芸家の岡野法世、石刻画家の山田光造、岐阜護国神社宮司の森磐根などがいました。私たちは彼らの家で茶道、華道、書道の所作や、代々伝わるこまごまとした和装小物や着付けを見せていただきました。私たちは歌舞伎や能楽、文楽を鑑賞したり、桜、書店、お寺や神社、さまざまなお祭り、デパート（胡先生は生きた現代博物館といっていました）など身の回りに起こったありとあらゆることを見物しました。まるでリュック・ベッソンの映画『フィフス・エレメント』

で、地球を救う使命を負ったコーネリアス神父が、地球に降りたったばかりで白紙のようなヒロインの頭脳に、有史以来の出来事を短時間で一気に注ぎ込もうとしたように。

ではそれまでの私は、日本に対して、本当に白紙の状態だったのでしょうか?

私たちは誰しも近現代史の縮図といえましょう。私の父とその家族は、近現代史における日本人の中国大陸侵略により故郷を失い、家族は離れ離れになってしまいました。父は、第二次世界大戦で戦火を逃れるために転々とし、学校を十数回変わり、倍の時間を費やして中学校の課程を終えました。四九年に台湾に退いた国民党政府は、日本と共産党による悲惨な経験を積んだことから、抗日と反共を愛国教育の二大柱としましたから、私が幼いころ育った軍人村(国民党の中下級軍人とその家族が住んでいた集落)は、国の仇と家の恨みという二重の緊張がみなぎっていました。

一方、私の母方の親族と生涯の記憶は、父親とは正反対です。私が二歳のときに妹が生まれましたので、母は子ども三人の面倒を見きれず、私を母方の祖父母の家に預けました。母方の祖父は客家の小さな町の医者で、日本植民期の台湾帝国大学医学部出身で、祖母は京都の高等女学校出身でしたので、私の母語は客家語で、外祖母の膝の上で覚えた十曲の歌はすべて日本の童謡です。私が聞いた物語は鶴の恩返し、かぐや姫、うぐいす長者、浦島太郎などで、そのころから日本の昔話はいつもむなしく終わるとひそかに感じとっていました。祖母が初めて浦島太郎の話をしてくれたときのことを、私ははっきりと覚えています。浦島太郎が村に帰ると太郎を知る人は誰もいませんでした、という場面に来たとき、夕暮れどきで部屋がうす暗かったので、私が明かりをつけてと頼んでいるのに祖母はかまわず、太郎は玉手箱を開けてしまいましたと話し続けるのです。私は起き上がって祖母の口を塞ぎ、その先を話させまいとしましたが、立ちのぼる白い煙と私の泣きわめく声の中、太郎はついに白髪のおじいさんになってしまったのでした。

私はよく下駄を履き、おじやおばが幼いころ着ていた浴衣を着ていました（その前はきっと祖母のものだったのでしょう）。祖父母の日本の友人が来ると、私は浴衣を着て客間の畳の上で日本の童謡を歌ったものです（祖父の家は、戦後祖父が自ら設計して建てたもので、和洋折衷で、侯孝賢監督の映画『冬冬の夏休み』の撮影に使われたことがあり、現在は歴史的建造物として政府に寄贈されています）。そのとき、「おじいちゃん」、「おばあちゃん」の目に涙が光っていたのを私ははっきりと覚えていますが、当時はその涙の意味を理解できませんでした（冬にはひどく寒くなる祖父の家は、いつも炭火と、炭火に焙られた鯖、スルメイカ、お餅の匂いが立ち込めていました。何年も経って、日本のとある田舎を旅していて、同じような匂いが漂ってきたとき、私も涙がこみ上げてきました）。

祖父の家は日本植民期のいわゆる「国語家庭」で、食事、生活、お風呂に至るまで日本式（もちろん冬も夏も、大きな釜いっぱいに湯を沸かし、祖父がお湯を使ったあと、家族は男女長幼の順に入るのです）であったことが、後に私が日本に旅行した際に明らかになりました。祖父は私たちをピクニックや登山に連れて行き、植物や昆虫を採ってきて標本を作ったりし、夏休みのある日に家族全員で海水浴に出かけるのが年中行事でした。……後になって私は黒柳徹子の小説から、これが日本式の医療的鍛練でドイツに由来するという手掛かりを得ました。

そんな私が抗日の雰囲気の濃い軍人村に帰り、どうやって適応したのでしょうか？

日本文学の翻訳を仕事とする母は、味噌汁を好み（私たち三姉妹にとって、村の小売店に味噌を買いに行かされることが一番嫌なおつかいでした。村人たちはそんなものを知らないので、泥だとか汚いなどと言って笑われましたから）、原稿料をもらったときは、街に出て刺身を買いました。私たちの家のレコード・プレーヤーから流れるのは、隣家の安徽省の地方劇や京劇あるいは当時の流行音楽ではなく、母は日本の童謡をかけて私たちに聴かせ、また日本で発売されたクラシック歌曲や、シンフォニー、オペラを聴くのです。壁の薄い軍人村では、そういった周囲から浮いた行為は不安になるほどでした。しかし記憶のかぎり、真っ先に矢面に立つであろう父は全く心配していないらしく、いくら忙しくても必ず時間を割いて母親の翻訳の原稿の校正を手伝っていました。父は誤字をチェックしただけではなかったに違いありません、私と同世代の台湾の大作家張大春は、情報が制限されていた時代に、父の創作は同世代の作家たちよりずっと早くモダニズムや多くの技法の実験に成功していると断定し、母の翻訳する日本語作品から学んだのであろうと述べています。

しかし父がどのように国の仇や家の恨みを忘れることができたのか、私が理解できたのはずっと後になってからのことでした（もちろん必ずしも忘れたとは限りません、多くの作家にとって、国の仇や家の恨みは一生尽きることのない傑作の原動力でもありますから）。父は早くから現実の国家を離れ、「文学共和国」に移り住んでいたのです。その共和国の国民は、美しい、あるいは美しくない草や花を育てながら、それらが人目を引き、人心に響くかどうかだけを気にかけており、その共和国は、人種、性別、年齢、信仰に関わりなく……欲得ずくで人の納税能力をはかることもなく、現世の権力や地位にも構わず、書かれた作品だけを見てくれるのですから、私の父がすぐに溶け込み、共和国の仲間を賞讃し、彼らを光栄に思ったのも当然です。

七〇年、三島由紀夫が演説した後に割腹自殺をとげ、国内メディアはそれをこぞって報道したため、三島のファンで翻訳したこともあった母は、新聞社からの急な依頼で『憂国』を急いで訳しました（忙しい数日間、私たちはご飯がないのでお菓子ばかり食べて楽しんでいました）。『憂国』が出版されたとき、私は中学一年生で、私の家庭を知る歴史の先生が授業中に三島を取り上げ、生徒たちに向かって、新聞に掲載されている三島の作品を読みなさい、君たちのクラスの何々さんのお母さんが翻訳したものなのですよと言ったのです。翌日、「あなたのお母さん、どうしてあんなポルノを訳したの？」と、ある同級生に尋ねられたのを覚えています。私は三島も、母も、文学も弁護しなかったし、ブームに乗って『憂国』を読みもしませんでした。なぜなら、そのとき私が夢中になって繰り返し読んでいたのは、ナボコフの『ロリータ』だったからです。こんな中学時代の私は、三島ファンになった今の私からは、とても想像がつかないでしょう。長いこと私は日本に行くたび、「ああ、目の前にあるのは三島がいなくなってから□年後の世界なんだ」とため息をついたものです。この□の中の数字は「八」から始まり、時は流れて今ではもうじき「四十」になります。

そうです、日本童謡の歌声と冬の日の炭火の匂い、祖父の薬局の冷たくさわやかな薬の香り、祖父が庭でシェパードを訓練していた日本語（おすわり、立て、お手、走れ、もどれ）、祖母の漂わせる京都の匂いなどが、当時の私から次第に薄れ遠のいていきました……、そして、アジア近代史の知識、愛国教育がますます鮮やかに強まっていったのです……強力に形作られていくナショナリズムに個人の記憶が乗っ取られることは、いかなる時代、いかなる国家においてもあったし、今でも起こっています。それに対して一個人のささやかな記憶を守ることこそ、小説家にとって重要な創作の原動力なのではないでしょうか。――これも長い年月を費やして、ようやく少しずつ気付いてきたことです。

そうなのです、あのときの私は、文学好きの同世代の人たちのように、日本文学作品を夢中で読んではいませんでした。

ですから胡蘭成先生が私と姉を日本に迎えてくれたとき、私は間違いなく一枚の白紙でした。二十歳の私は、優雅だけれどまどろっこしい茶道、華道が好きではありませんでしたし、睡魔に襲われる能楽は我慢の限界で（渋谷の「観世能楽堂」に何度も連れて行っていただいたのに）、やっぱり中国の京劇のように華々しくにぎやかで現世的な方がずっといいと思っていました。しかし、私は四季のはっきりした日本の自然は大いに気に入り、厳かで静謐な日本のお寺も、神社も好きです。コーヒーを飲んでチーズを食べるのも、デパートも好きですし、サンリオ・キャラクターのキキとララには情けないくらい夢中になりました（キキとララのために「星星小孩（星の子ども）」という作品を書いたほどです）……。姉の天文の方は良い生徒で、小さいころから美術が好きだった彼女は、大きな目を見開いて静かに感動し、身の回りのものすべてを吸収していました。私はときどきイライラの発作を起こしては、胡先生に「すべては急いで結論を出してはなりません、先人の良いところを見てこそ、学ぶことができるのです」と叱られました。

そのほかに私が大好きになったものは、奈良の唐招提寺です。奈良に行くより前、一週間京都を旅行したとき、私と天文は古い建物や町並みが目に入るたびに、「唐代はきっとこんな感じだったのかしら」という視線を交わしました。当時、鴨川のほとりの京阪鴨東線はまだ地下を通っておらず、電車が川沿いに五条、四条、三条を通過するとき、川向こうの店に店名が記された赤提灯が掛かっており、川風が正面から吹いて来て、私たちは李白の詩に出てくる長安の少年になったような錯覚におちいったのでした。

私たちはまだ他人の国を見ながら、自分自身のもの思いに耽ったり、自分自身を想像し、中国を想像していました（当時、台湾と中国とはまだ冷戦状態で、台湾は戒厳令中であったため、郵便のやりとりや帰省は禁止され、違反すれば重犯でした）。ですから、唐に由来し日本でよく保存されてきたソフト面、ハード面にわたるたくさんの遺跡は、私たちが歴史や詩歌、郷愁をかき集めて募らせていた中国への憧れを裏付け、満たしてくれたのです。

台湾に帰ってから、私はさっそく井上靖の『天平の甍』を引っぱり出し、鑑真和尚と留学僧の物語に深く心を打たれるとともに、胡先生との議論に勝ったと思ってちょっと得意になりました。というのは、唐招提寺へ行く前日に京都の龍安寺へ参ったときのことです。龍安寺は禅宗の枯山水庭園として名高く、私たちはその午後ずっとその石庭に向かって廊下に座って過ごしたので、私がまたイライラしてくると、胡先生は「これはじっくりと見るべき場所ですよ」とおっしゃいました。翌日、唐招提寺で私は言ったのです、これこそじっくりと造られた、じっくりと見るべき場所でしょうと。なぜなら、この寺を作った鑑真和尚は海を渡るのに何度も失敗して目が見えなくなり、ようやく念願かなって、最後に見た故国の寺の記憶を頼りに、弟子と職人たちを指揮して、少しも妥協することなく建立したのですから。

これをきっかけに、私は手当たりしだいに井上靖の作品の翻訳、『敦煌』、『桜蘭』、『蒼き狼』、『孔子』などを読みつくしました。他には志賀直哉、谷崎潤一郎、石川達三、遠藤周作、安部公房、太宰治、夏目漱石、大江健三郎を少し読みました。もちろん川端康成と三島由紀夫もです。この読書リストには系統がなく、傾向や脈略も見出せませんが、私がそのほかの文学を読みながら、日本文学を臨機応変に取り混ぜて読んできたことを、鮮やかに反映しています。私は日本文学を通じて日本を知ろうとしたことはなく、日本文学という花をさまざまな神々の花園にごく自然に配置し、他の花と比較し、対照させ、鑑賞したのだと言った方がいいかもしれません。寛容に、また手厳しく。

胡蘭成先生は私たちの二度の訪日の翌年、突然の心臓病で亡くなりました。その後長年にわたり、私たちは胡先生の門下生、弟子、友人たちと連絡を取り合っており、顔を合わせて他愛もない話をすると、まるで親を亡くした子どものようですが、幸福な気持ちになります。胡先生には娘さんとお孫さんがいらっしゃるので、墓前は決して寂しいわけではありません（私がお参りすると、いつも新しい花が供えてあります）、ですが私は頑なにお参りに行くのです。巡礼僧のように、必ずそっくり同じ順路をたどることで、心が癒されます。そっくりそのまますることとしては、奥多摩の山歩きもあります。胡先生と一緒に行ったハイキングをまねて、奥多摩の山あいで気ままに一つの駅を選んで下車し、山道か渓谷にそった道を三、四駅分歩きます。するといつも思うのです、その辺の山林の奥深く、あるいはその角を曲がったところに、中国服を着た胡先生の影が見えるのではないかしら、と。

長年決まって訪問していますので、例えば小さな町の変わったところ変わらぬところをはっきりと観察することができます。ただこれは今日の話の目的ではありません。八〇年代後半、親友の侯孝賢が映画監督であるため、日本の友人何人かと知り合いました。例えば私たちはかつて、ヨーロッパ映画に出てくる貴族の邸宅のような川喜多和子さんの家に招かれたことがあります。当時私たちはこの典型的な日本女性が伊丹十三の先妻だったとは知りませんでした。そのことについては何年も後になって大江健三郎が『取り替え子 チェンジリング』に描いています。当時私たちは若い夫婦で、二人でフランスのヌーヴェル・ヴァーグの中の無鉄砲なカップルのようにヨーロッパでスポーツカーを乗り回していたので、川喜多さんが、私（当時は痩せていましたので）のことをヨーコ・オノ、鼻が大きく鬚をはやしていた私の夫唐諾はジョン・レノンのようだと言ったのも無理はありません。

川喜多和子さんは二、三年後に亡くなり、侯孝賢監督と姉の天文も葬式に参列し、お骨も拾いました。厳かで静粛で、美しいその光景は、後に天文の『荒人手記』に描かれています（この『荒人手記』は池上貞子先生の翻訳で、国書刊行会より出版されています）。

それから黒澤映画のスタッフであった野上照代さん、私たちは何年も彼女が送ってくださる「新潟味のれん本舗」の米菓をいただいています。一昨年、彼女の自伝的回想をもとにして撮られた映画『母べえ』を見てはじめて、彼女の人生を知りました。

それからある夜、私たちは二十数人で四方田犬彦先生の月島の家に集まりました。二階を合わせても二十坪にも満たない家に、本を除けば人、人、人で、私たちは二階の畳に立ち、もし家が倒壊したら、笑ってくだを巻いて、もろともに道連れというのも悪くないと思ったものです。

ほかにもたくさんの知り合いと一度顔を合わせただけの友人たちが、みな私の美しい日本を彩っています。

九六年、台湾で初めて総統の直接選挙が行われ、自ら一票を投じて自分たちの統治者を選ぶことができるようになりました。誰が当選しようと、ついに真に自分の家の主となり、良いことも悪いことも二度と外来政権のせいにすることはできなくなったのです。ですから、私は『古都』という小説を執筆中、アイデンティファイしない自由（あるいは思想や芸術表現の自由）について先取りして語ろうと妄想していたのでした。私たちは自信を持つべきであり、過去十年間高らかに叫んできたアイデンティティという主張を通り抜け、今こそ前へ進んで異なる考え方・主張・価値を寛容に受け入れる時なのだと思ったのです。私はあまりに楽観的過ぎて、その後ますます激しくなるナショナリズムに向けて、影響を及ぼすこと、また警告を発することが少しもできなかったのです。

九八年、私は北海道大学の教員である清水賢一郎氏と台北で待ち合わせ、台湾の本の日本語翻訳計画について話を聞きました。愛知大学の黄英哲先生と東京大学の藤井省三先生が本を選定し、台湾の文化建設委員会の賛助で、日本の国書刊行会より出版する予定で、清水さんは『古都』の翻訳の担当でした。清水さんの中国語は非常に流暢なだけでなく、作品の行間を読み取る力があり、当時三十歳になったばかりでしたが、台湾の中央研究院に一年間滞在して『楊逵全集』の翻訳に協力されており、当時の台湾に対する敏捷な観察と知識は現地人のようでした。対談が終わったとき、私は清水さんにこう問いかけずにはいられませんでした。「台湾の現在の総統は親日的で、他のアジアの国々のように第二次世界大戦や植民時代について追及しないから、あなた方日本人は研究や翻訳の資源を台湾に割り当ててくれるのかしら？」清水さんは慎重に答えました。「そういうきらいがありますね。」というのはこれより数年前、私は短いエッセイで次のように述べたことがあったのです。「ここ数年、私は多くの台湾の作家と同じように、自分が携わっている領域において台湾文学のポジションを捜し求めてきました。私たちが知っているとおり、長い長い間、外国の中国文学研究者にとって、中国文学とはすなわち大陸文学でした。そこには無論、現実を考慮した打算も働いていますが、大部分の人たちが大ざっぱに認識しているのも確かです。すなわち、貧困と、苦難と、抑圧に立脚した大陸文学は台湾文学よりも明らかに重みがあり、尊厳があり、はるかに正義感があるのだと（台湾文学の形式と技巧ははるかに大陸を凌ぐ、と研究者の大多数が認めているのに）。こういった見解のもとでは、台湾文学はまるで満ち足りていながら無病の呻吟をしていて、書く価値が少しもないかのようです。ほんとにそうなのでしょうか？　もし私たちがこの見方を受け入れれば、台湾文学は存在価値を失ってしまうではありませんか。それなら私たちも、いつかある日大陸のＧＮＰが台湾と同じくらいになり、ようやく公平なレースができるまで、手をこまねいて待たねばなりません。ハングリーな状況にはハングリーな文学があり、満腹になれば当然満腹になったものの文学がある。この二つの文学にはもともとの優劣はなく、さまざまな異なる状況に直面した人間性のあり方を、文学家が捉えることに成功するかどうかにかかっている。しょせん私たちがみな知っているように、人類は決して単なるエコノミック・アニマルではなく、衣食足りたとき、驚くべき欲望と問題が生じるというのが常なのです……」

ちょっと脱線しますが、日本もすでにこうした小説をうまく書くことが難しく、書くことで尊敬されるのが難しい時期に達しているでしょう。私と清水さんは「何でも話し、語りつくした」初対面に始まり、一年に一、二回は顔を合わせ、互いの国のさまざまな状況から個人的な近況にいたるまで語り合うようになりました。私がパソコンを使いませんので、清水さんは電話で訳文の問題点を確認するしかありませんでした。電話の向こうで赤ちゃんがワーワー泣いていたのをはっきりと覚えています。（清水さんはその数年間に、三人のかわいい娘さんを授かったのでした）。清水さんを通して、私は星野智幸さん、丸川哲史さんと知り合い、何度か密度の濃い話をする中で、私の中の日本は異なる画像を呈してきました。これでようやく、夕暮れどき祖母のふところに抱かれて日本の童謡を聞いていたゆりかご状態から地に足がつき、幼かった子どもはようやく本当に大人になったのです。

二〇〇〇年十二月三十一日の夕刻、私は清水夫妻と星野智幸さんと、台湾の最北端の廃鉱金瓜石に立ち、根跡だけを残す黄金神社を背に、足下には海風に吹き倒されたススキが密生する中、世界最大の海洋を眺めていると、地球上のあらゆる地をめぐったことのある星野さんは、ずっと前から世紀末の最後の時にはどこにいるだろうと考えていた、ここだとは思わなかったが、ここであって嬉しい、と言っていました。私もそこで世紀末を迎えるとは思ってもみませんでしたが、この地で、異国の友人たちと一緒に迎えられたことを嬉しく思いました。

というのはそれより二年前の九八年、十数年を費やした五十五万字の長編小説『華太平家伝』を未完のまま残して、私の本当に理解できない他の国へ父が行ってしまったのです。私はそのために糸が切れた凧のように、どのくらい高く遠くまで飛んでいけるのか見てみたいけれども、その気持ちが素晴らしいのか悲しいのかさえ分からなくなってしまいました。そこで、私は山田洋次監督の「寅さん」シリーズをもう一度見てみました。理性の上では、黒澤明や成瀬巳喜男を好きなのが通であり映画鑑賞家と言えると知ってはいるのですが、私は山田洋次の映画が好きです。つまるところ、私は寅さんみたいにトランク一つ提げて、あちこち旅してまわってみたいのです。（寅さんみたいに小さくてみすぼらしい旅館を選んで、浴衣を着て、お酒を飲んで、夕暮れの涼風の吹くベランダから外の街を見下ろしたいとよく思います）。寅さんを演じる渥美清が亡くなってから何年も経ちますが、私は何度も葛飾柴又を訪れ、寅さんのように小さな駅から下りて、時代に取り残されたようでありながら活気のある商店街を眺め、心の中で寅さん映画のオープニングを歌いながら、帝釈天へと向かい（笠智衆はもっと早く亡くなりました）、そこを回って渥美清記念館に行き、それから寅さんと同じように、江戸川の土手で座って物思いに耽っていると、割と近くに彼がときどき船に乗って去って行った「矢切りの渡し」が見え、私はとても嬉しくなって穏やかな気持ちになりました。私が見ている空と雲は、彼がかつて見ていたのと同じだからです。

寅さん映画の、とりわけ前期の作品は、映画の中の人々も、町並みも、生活のリズムも、音声も、私の記憶の中にある、幼いころの外祖父宅の小さい町の風情や人情にそっくりで、まるで時間のトンネルに入ったようでした。もちろん、面白いのは、多くの日本人がやはり侯孝賢監督の映画『冬冬の夏休み』に懐かしさを覚えて、すでに空き家となった私の外祖父の家を訪ね、まるで昭和初期のころに帰ったようだと思っていることです。

二〇〇五年の年末、意識の高い日本の作家たち、津島佑子さん、松浦理英子さん、星野智幸さんなど数名が台湾へやってきました。その前に、彼らはすでにインド、中国、朝鮮などの意識の高い作家と交流を持ったのでした。それはどんな意識でしょうか？　あるいはこういうべきでしょう、私たちそれぞれが住んでいる地や国は、本当にアジアに存在するのでしょうか、と私たちはみな問うのです。

私たちの眼はいつも遠くの方を見ており（もちろん通常はいわゆる西洋の方を）、いつも国民所得が自分たちよりも低い国家のある地域には見向きもしないため、私たちは互いの理解に乏しく、異なる国家を細かく歴史的に理解することができず、互いに耳を傾け、交流することもできません。さらに一歩進んで言えば、私たちは示し合せたようにそれぞれの社会や、政治的に当然とされる主張を脱出したいと思うあまりに、もっとも人生の真相を捉え反映しうる文学界でもって互いに接触し認識しようとします。まさに私の尊敬する台湾社会学者の友人趙剛が言うとおりです。「私たちは民族国家にみられる多様な主体（特に社会的・経済的・文化的に弱者である集団）

に学ぶべきであり、権力者や支配者によってイメージされる「民族」を学ぶのではない、そうすることで「民族」が我々の感情に与える影響は、相応に制約されるのである。」

共に過ごし議論した数日間（台湾方はほかに近年活躍がめざましい本土の作家舞鶴と原住民作家のシャマン・ラポガン）、私が驚いたのは、同世代の松浦理英子さん（私の母は松浦さんの『親指Pの修業時代』を翻訳しています）の鋭さ、真面目さ、落ち着きで、それは本当に私にこのうえない勇気と支えを与えてくれました。同じように私は、星野智幸さんのここ数年間の自己を打ち破るための努力について、意外な思いで聞きました。最も私小説の伝統を受け継ぐ資格を持ち、作品において力強くそれを展開してみせる、私より一世代若い作家は、「まだ民族の差異／差別はない上に、まだ大きな階級格差もない」日本で、血路を開こうと努力し、私小説と公共空間との間にあるべき対話を探求することを、未だ放棄していないのです。

もう一度趙剛の言葉を引用したいと思います。「我々はそれぞれの民族国家における自我の肯定だけを望む文化構造と歴史意識に対して、批判しなければならない、それらが平和、自由、多元性、平等といった諸々の価値に対する脅威であることを指摘し、これらの価値の防衛と切実な利害関係にある人たちの話を拝聴し、彼らと（トランスナショナルな）公共空間の中で出会わなければならない。」

趙剛のこの進歩的な意義に満ちた言葉は、二〇〇一年八月に行われた、小林よしのりの『台湾論』をめぐるシンポジウムにおける発言です。

でも実のところ、私たちはとっくに（トランスナショナルな）公共空間で出会っているのではないでしょうか？松浦理英子さんにしても、星野智幸さんにしても……、私たちの文学共和国において。

ここ数年、現実の国家は、いずれも国内外の不況あるいは統治者の力不足によって社会および市民生活のさまざまな苦境に直面しており、いまや人間性が最も厳しく試される時期かもしれません。豊かな時代には、私たちはみな大らかで、気前よく、寛容になり、共感し合えると思っていますが、逼迫した現在では、弱者の人権や、異なる種族に対して利己的で、冷淡で、邪推し、排除して良しとしている、これが真相なのではないでしょうか。その中で、唯一利益を受けているのは小説家でしょう。中国の古い格言に「江山の不幸は詩家の幸（国家の不幸は詩人の幸せである）」といいますが、ミラン・クンデラもかつて似たような言葉でカフカを描写しています。「彼は生命の家を壊し、その煉瓦で小説家の家を建てるのだ」と。とっくに現実的な人生の家を壊してしまった私たち物書きが、残酷な真相を忠実に指摘し、反映するとき、神託を告げる役割を兼ねて、人々がかつて持っていた美しい神秘性を守り、思い出させることができるのではないでしょうか。

ちょっと前に、私は香港のブックフェアに参加しました。この第二十回ブックフェアのテーマは「多元と創意」でしたので、私は講演でこの命題に挑戦して述べました。「本気なのでしょうか？　多元性に賛成しますか、と百人に聞けば、反対する人は一人もいないでしょう。でも、月並みですが出版や読書の状況を花園にたとえれば、実のところ私たちの大多数が好むのはやはりバラの花であって、ほかに加えるとすれば牡丹、菖蒲、菊の花がせいぜいでしょう、かたや同じように健気に生えているタンポポや雑草の方は、一目見ただけで、何の気なしに抜いて捨ててしまうのが常です。私は雑草や野の花を受け入れ愛でてこそ、多元的な価値を真に擁護することができると思いますが、私たちは本当にこうする準備ができているでしょうか？」

多元的であるためにまず必要な条件は、胸襟を開き、主流派になびかず、市場の神様の誘いに乗らないことです。開くといえば、横浜の開港が近代日本にもたらした意味は明らかではありませんか。

こうしたひと、こと、ものは、流れ星のように私の人生をかすめていくものもあれば、恒星のように永遠に私の人生にとどまるものもありますが、私は順序立てて論理的にそれら一つ一つの私との関係や意義を説明することはできません。しかし疑いなく、すべてがすでに私の生命の長い河のさまざまなひとこまにおいて、私自身のDNAにしっかりと結びつき、織り込まれています。

長年、奈良へ行くたび、志賀直哉旧居近辺をまわることにしています（母が彼の作品を翻訳したことがあり、必ず赴くことにしていましたので）。私は旧居に入ったことはなくて、いつも通りを隔てて正面にあるガーデンカフェ「たかばたけ茶論《サロン》」で一休みするのです。聞くところによると志賀直哉は訪問客が多すぎるとき、ここへやって来たそうです。もちろん、現在の御主人は当時の店主のお孫さんの代に当たります。私は同行する友人とコーヒーを飲んでおしゃべりするときもありますが、大体の場合は娘と一緒で、三、四歳のころから連れてきており、来ると娘は辺りのいろんな花の種を拾っていたものです。そうして娘が大学へ入った年、私たちは娘の従妹、つまり私の妹の娘を連れて旅行しにやってきて、志賀直哉旧居にさしかかったとき、後ろの方で娘が従妹にこう紹介するのが聞こえました。

「これは私の小さい時からの悪夢なんだけど、いつの日か私も〝朱家文学旧居〟の入口で、チケットを売っているおばあさんになってしまうのじゃないかしら。」

これは文学館にまつわる小さな笑い話ですが、笑い話はこのくらいにしておきましょう。たぶん、私はその私たちの国家のささやかな殿堂の中で、感動のあまり涙を流してしまうのではないかと思います。

II

召喚されることば——クィア・テクスト論の先端

周縁からの声
——戒厳令解除後の台湾セクシュアル・マイノリティ文学

劉亮雅（小笠原淳・西端彩訳／濱田麻矢監修）

台湾において、同性愛は今日でもなお主流である異性愛の周縁にあるものと見なされている。このことはカミングアウトする個人の少なさと、同性愛運動の多くが集団アイデンティティ方式で進められていることから窺い知ることができよう。一九九三年、映画評論家の林奕華は、香港から持ちこんだ「同志」という言葉によって同性愛を表した。それには、性的指向のアイデンティティを、アイデンティティ・ポリティクスと見なそうとする意図が多分に含まれていたが、同時に一定の脱情欲化（de-sexualized）(1)ももたらしてしまい、一九六九年、西洋の同性愛運動で「陽気な（gay）」という言葉で自らを命名した、いわゆるゲイ・ムーブメントほどの積極性をもちえなかった。台湾において、「同志運動（セクシュアル・マイノリティ運動）」という言葉は現在も多くの場合、女男［訳注＝以下、「男女」ではなく、原文通り「女男」とする］の同性愛（lesbian and gay）運動を指している。しかし時には酷児《クィア》（queer）*1運動をも意味するのだ。したがって、セクシュアル・マイノリティ小説もまた、このふたつの意味を含むことになる。セクシュアル・マイノリティ小説の定義をめぐって、西洋では多くの議論が闘わされているが、その原因のひとつは、西洋のセクシュアル・マイノリティ運動が、その異なる発展段階においてセクシュアル・マイノリティに与えてきた定義がすべてが同じではないことにある。[2] もうひとつの原因は、九〇年代以降のクィアの論述がしばしば、異性愛と見なされてきたテクストに同性の愛情を読み取ってきた、いわゆる「歪んだ読み」に求められる。

本稿はセクシュアル・マイノリティ小説のなかでも、同性への愛欲及びクィアジェンダーをテーマ、主体とする小説に焦点を絞って検討を進める。次節からは戒厳令解除後の台湾セクシュアル・マイノリティ小説の性別《ジェンダー》と情欲《セクシュアリティ》のテーマ及び政治《ポリティクス》の変遷を検討していくが、その前にまずはマクロ環境の流れをざっと確認しておく必要があるだろう。

一九八七年における台湾の戒厳令解除は、ジェンダーとセクシュアリティ意識の戒厳令解除を意味した。それはフェミニズムの興隆を可能とし、セクシュアル・マイノリティ運動の勃興をもたらしたが、時間の上では欧米からは二十年近く遅れていた。欧米の文脈においては、百年二百年かけて経験した多党民主政治の蓄積がまず存在する。それから六〇年代に至り、新左派による主流へゲモニーに対する批判は、ベトナム反戦運動、黒人民権運動、反帝国主義から性解放へと広がり、一九六九年のフェミニズム運動の第二波とセクシュアル・マイノリティ運動が同時に旗を掲げて決起した。それによって、新左派批判意識の礎が築かれたのである。台湾の戒厳令時期を振り返ってみれば、一党専政の権勢統治が黙認していたのは、流行文化を通して新左派思想を吸収する場合のみであったと言ってよく、それ以外は地下で流布したものだった。政治運動と学生運動が直面したのは、書籍の取り締まりから、反逆罪で牢獄に繋がれる運命に至るまで様々なことに及んだ。一九七九年美麗島事件後の十年はまさに、このふたつの運動の黄金時期であったというのに。思想上の足枷がこのような状態であったため、戒厳令解除前のフェミニズム運動の言論は軽視され、その力は薄弱であり、局面を打開することは困難であった。セクシュアル・マイノリティ運動に至っては言うまでもなく、目にすることもできなかった。戒厳令解除後、一党独裁を打破する動きが成功した後、社会運動が重視されるようになってはじめて、ようやくジェンダーとセクシュアリティの問題に注目する余地が生まれたのである。

戒厳令解除後、フェミニズム運動が盛んになり始め、レズビアン運動もその中に身を寄せた。一九九〇年、レズビアン団体「我們之間」が先だって発足し、一九九四年には洪凌、紀大偉及び但唐謨が編集した『島嶼辺縁』の特集号「酷児QUEER」が、クィア運動の旗印を打ち出した。しかしそれ以前に書かれた梁濃剛の『快感与両性差別［快感と両性の違い］』（一九八九）と張小虹の『後現代／女人［ポストモダン／女性］』（一九九三）が、すでに異性装などのクィア理論を紹介していた。こうした時間上の接近は、欧米では同性愛とクィア運動が二十年隔たっており、後者は前者の基礎の上に築きあげられたという事実をほとんど消し去ってしまった。そのかわりに、戒厳令解除後、新思潮を吸収しようとする切実な願いと、長い禁制後に運動家ががむしゃらに運動を推進しようと急ぐありさまが浮き彫りになった。一九六九年から開始された欧米の同性愛運動では、同性愛の楽しく健康的でポジティブな形象と同性愛アイデンティティが強調された。このアイデンティティ・ポリティクスを基盤として、多数の個人がカミングアウトした。九〇年代に入り、エイズの蔓延によって引き起こされた同性愛コミュニティに対する抑圧の中、クィア運動がこの機運に乗じて生まれる。同性愛運動が「陽気な（gay）」という言葉で名乗ったのに対して、クィア運動は主流社会の非正統的な異性愛者に対する汚名「怪異（あるいは怪胎、変態）（queer）」を回収した上で、再びそれを捨て去った。その運動の戦略と姿勢は、挑発的、諧謔的、かつ扇動的である。クィアもまた女男の同性愛に限定されるものではなく、女男の両性愛、異性装欲、性転換欲、両性具有者などを含むものだ。それが強調するのはセクシュアリティの流動性、性別を行き交うことであって、アイデンティティではない。それが台湾に導入され「酷児《クィア》」と翻訳された時、すでに「queer」が持っていたもともとのコンテクストが失われ、しかしそれは素早く商品化されて、流行文化の一部分となり、マジョリティである異性愛社会との正面衝突をうまく回避した。それはあたかも、「gay」が「同志」と翻訳された如き暗喩であり、プレッシャーを軽減し、ホモフォビア（Homophobia）の思想検閲を避ける効果があった。また「クィア」という護身符を得たことで、性的指向がもつ敏感性を避けることが可能となった。疑いもなく、これは台湾セクシュアル・マイノリティ運動の独自の成功と限界を示している。

セクシュアル・マイノリティ的サブカルチャーは早くから台湾に存在していたが、セクシュアル・マイノリティ運動と多くの接点があったわけではなかった。同性が集合するコミュニティ、例えば女子校、男子校、軍隊、監獄、劇団は、同性愛関係とその小さなサークルに発展の機会を提供していた。また、台北新公園（現在の二二八和平記念公園）、紅楼劇院、西門町中華商場の公衆便所及び一部の喫茶店はかつて、男性同性愛者たちが互いを慰め合ったり、または性行為の機会を探し求めたりする拠点であった。女性の同性愛者たちはおそらくもっと秘密裏に、喫茶店や家庭で落ち合い社交を深めていたであろう。八〇、九〇年代になると女男の同性愛者たちは、次第に同性愛バーや学校のクラブなどを社交場にしていった。

言うまでもないことだが、小説家が必ずしも運動家であるわけではなく、また台湾本土化運動の発展に関心を寄せているとも限らない。彼／彼女が同性愛をテーマに作品を書いたのは、おそらく自身の体験と観察に基づくものであり、また欧米の同性愛／クィア運動、小説、映画、ＭＴＶ及び中国小説等に影響されてのことだろう。曹雪芹『紅楼夢』と陳森『品花宝鑑』における同性に対する愛欲の描写はとくに注目を集めたし、欧米作家では、例えばプルースト、トーマス・マン、ジッド、フォースターの同性愛小説も早くから人の知るところであった。八〇年代後半、おそらく国外の同性愛／クィア運動の高まりと戒厳令解除の影響によるものだろうが、メディアはすでに大々的に同性愛の紹介を始めていた。また、八〇年代中頃から欧米の同性愛／クィア映画とMTVが一大流行したことで、戒厳令解除後はこれらの情報と商品を、以前に比べて遥かに迅速に手に入れることができるようになった。金馬奨国際映画祭には一九九〇年から同性愛フィルムが登場し、また一九九三年から連続開催された同性愛／クィア映画祭が旋風を巻き起こしたように、学界、文化界への影響はかなり深まりつつあった。欧米や香港の通俗映画、MTVにおいて同性愛／クィアの題材がさらに多いことは、言うまでもないだろう。李安の『ウェディング・バンケット（囍宴）』と蔡明亮の『河（河流）』は、一九九四年と一九九六年にそれぞれ国際映画祭の大賞を受賞し、朱天文の『荒人手記』と邱妙津の『ある鰐の手記（鱷魚手記）』は、一九九四年と一九九五年に時報文学賞を受賞、台湾におけるセクシュアル・マイノリティ芸術の確立に貢献した。あるいはこれらの動向から、台湾の同性愛／クィア運動が極めて小規模な運動であるのに、戒厳令解除後にはセクシュアル・マイノリティを題材とした作家が五十人[3]を下らない理由を説明できるかも知れない。父権社会のジェンダーとセクシュアリティに対する根深い禁忌に向き合いつつ書く、という行為そのものが、魂のレベルにおける戒厳令解除の始まりだったのである。

一方で、マジョリティである異性愛の覇権を一朝一夕に軟化させることは不可能である。戒厳令解除後に書かれたセクシュアル・マイノリティ小説はその数こそ多けれども、イデオロギー面ですべてが進歩的であるわけではない。またイデオロギーが進歩的なテクストであっても、芸術的に優秀だとは限らない。たとえ作家自身が運動家であるとしても、教条的な作品になるのを避ける必要があるのだ。優れた小説家というのはいつも、台湾セクシュアル・マイノリティ文化の諸相を描き出すことができるし、セクシュアリティとジェンダー・ポリティクスの微妙で複雑な側面に触れることができるものだ。しかもそのようなテクストは、運動と相互に参照し合うことが可能なのだ。初期の同性愛小説、林懐民の『蝉』（一九七四）、『変形虹』（一九七八）と白先勇の一部の短編小説において、その同性に対する欲望の表現は朦朧たるものだった。しかし李昂の「回顧」（一九七四）、「莫春」（一九七五）、朱天心の「浪淘沙」（一九七六）と白先勇の『孽子《げっし》』（一九八三）等の戒厳令解除前の同性愛小説は、すでに台湾セクシュアル・マイノリティ小説の伝統のために基礎を築き上げている。

次節では、セクシュアリティとジェンダーという二つの大きなテーマ、そしてセクシュアリティとジェンダー・ポリティクスの変遷という観点から、戒厳令解除後のセクシュアル・マイノリティ小説について検討する。できるかぎり出版前後の状況に基づいて論ずることで、全体的な発展の流れを浮かびあがらせたい。資料があまりに多いため、遺珠を拾えぬ悔しさからは逃れられそうにもないことを、先に謹んでお断りしておきたい。

セクシュアリティのテーマとセクシュアル・ポリティクスの変遷

まずはセクシュアリティのテーマについて論じよう。戒厳令解除後のセクシュアル・マイノリティ小説においてしばしば言及されるのは、アイデンティティおよび「クローゼット」[*2]と流動する欲望の間で錯綜する複雑な関係である。この点は、解除前に書かれた李昂「回顧」、「莫春」、朱天心「浪淘沙」と白先勇『孽子』を継承したものだ。「回顧」、「莫春」と「浪淘沙」が描いているのは、異性愛化したジェンダーのヘゲモニーと、女性が身体や情欲を追求することをよしとしない文化下における、女性同士の激しい友情である。「回顧」と「莫春」は、女の女に対する片思いに着目する。第一人称で書かれた「回顧」の語り手は、醜く鈍感な身体に自覚的な、性への好奇心に満ちた少女である。彼女は成熟した柔らかで美しい女体に恋い焦がれ、とりわけその乳房の虜になる。彼女は異性愛の体制を認めようと努力し、ひそかに燃えあがる同性への欲望を直視しようとしない。「莫春」の唐可言は、Annという女性の淑やかさと異国情緒に強く恋い焦がれるが、自己の欲望を直視する瞬間にはパニックを起こし嘔吐してしまう。彼女は男と寝ることで、自分が「正真正銘」の「完全」な女であることを証明しようとする。奇妙なのは、彼女がほとんど男体の醜さと向き合う術をもたないということである。そして一年後、Annと別の少女が親密になったことを知った彼女は、鋭い痛みに心を絞られるのだ。「浪淘沙」もまた、女性の友情がレズビアンという禁忌に触れることで破綻しパニックに陥る姿を描いている。しかし何と言っても興味深いのは、台湾のレズビアン文化によく出現するT婆〔T＝tomboy. レズビアンにおける男役、タチ、Butch. 婆＝老婆。つまりTの妻役のこと、ネコ、Femme〕のペアについて触れていることである。物語中の大学一年生は、女子高校時代のT婆のペアを続けている。語り手である小琪（婆）の前後二人のT（張雁、龍雲）に対する情欲は明らかだが、Tもまた女であるという事実に向き合えていない。小琪のレズビアン・アイデンティティは、まだ無知蒙昧の段階であり、彼女が認識しているT婆のペアからは、伝統的な「假鳳虛凰〔名ばかりの夫婦のこと。とくにセックスレスな夫婦関係〕」の影が見てとれる。しかし張雁はというと、自分がレズビアンであることを認めているようであり、小琪のホモフォビアからくる焦りを故意に避けようとしているにもかかわらず、小琪が自ら進んで帰ってくるのを待っている。また、龍雲がボーイフレンドをつくって異性愛に身を委ねていくと、小琪は断腸の思いを味わうことになる。

白先勇の『孽子』は、台北新公園における男性同性愛の地下王国とゲイバーを描いている。ゲイである彼らはみな自身の性的指向を認めているがために、主流社会がつくりだした「クローゼット」を直接的に刺激することになった。白先勇が用いた「孽子」というこの言葉（不肖の子、妾腹、さらには妖怪、禍根の意味をもつ）は、六〇、七〇年代の台湾父権社会における男性同性愛の処遇が、今なお宗法思想である「伝宗接代」（父系を代々継承する）の観念から抜けだせていないことを表し、家庭／主義の同性愛に対する抑圧という台湾の同性愛者にとって最も克服しがたい問題を表面化させている。そして「青春鳥」という言葉によってひそかな挑発も試みているのだ。やがて新公園は家や学校を追われたゲイたちの避難所となっていく。白先勇は一方で男娼として生きることの痛ましさと肉親の情（とくにその父親）への渇望を描きだし、他方では反体制である地下王国の挑発的な態度をほのめかす。「ぼくたちはあきっぽく、新しいもの好きな、規則を守らない国族だ」（『孽子』三頁。和訳は小笠原による。以下同）と書かれているように。物語中の男性同性愛者が集う際のカーニバル的なムードは、男性同性愛コミュニティの勢いを体現していて、それまでの台湾文学の意表を突くものだった。小説はキャンパス、軍隊（時に抗日戦争時の中国の軍隊にまで遠く遡る）における同性愛行為にも触れている。しかし全編を通してみれば、「良家の子弟」の男性同性愛関係はあまり描写されておらず、王夔龍と阿鳳の悲恋は神話化されている。また家庭と情欲をめぐる、悲劇を過度に強調する描写は、もともとの男性同性愛への偏見に陥りやすく、その濃厚な家国道統［古来中国の知識人が考えてきた国家を中心とする伝統的道徳観や理念］の思想（とくに王夔龍と傅老爺等の人物を通した）は、物語の挑発性を弱めていると言えよう。

「回顧」、「莫春」、「浪淘沙」と『孽子』という先達の優れた仕事を礎として、戒厳令解除後のセクシュアル・マイノリティ小説が扱ったアイデンティティや「クローゼット」、欲望の流動はさらに複雑化し、マジョリティに対してもさらに多くの批判が生まれてきた。曹麗娟の「童女の舞（童女之舞）」（一九九一）は、「浪淘沙」における女同士の恋愛期間を延長した。高校時代は固い絆で結ばれたT婆のペアだったが、大学を経て社会に出るころになるとその女性同士の関係に亀裂が生じる。語り手の童素心もまた婆《フェム》であり同じように無知であった。しかし異なるのは、「浪淘沙」の小琪たちがロマンチックな愛情に終始したのに対して、童素心は身体接触によって情欲の高ぶりを感じることである。ある砂浜で鍾沅が童素心の身体にオリーブオイルを塗る行為に及ぶとき、二人の戯れは頂点に達するのだ。小琪がTを女と認識したとき、嫌悪を感じていたのとは違い、童素心が実感していたのはむしろ社会的禁忌下におけるやりきれなさ、憂い、畏怖であった。「童女の舞」におけるT婆はその後、異性愛と両性愛の仮面を被るが、しかし二人の変わらぬ愛はその痛みの中でこそ強く訴えかけてくるものがある。

邱妙津『ある鰐の手記』（一九九四）で強調される同性愛の悲恋は、『孽子』、「童女の舞」に勝るとも劣らない。そのアイデンティティと「クローゼット」への丹念な検討は、このテクストを、戒厳令解除後におけるセクシュアル・マイノリティ小説のバイブルへと押し上げるものである（劉亮雅（b）一一一―一五二頁、「世」を参照）。「浪淘沙」、「童女の舞」とは異なり、『ある鰐の手記』の語り手拉子はTである。拉子はその冒頭で自分は女性を愛する女性であるということを宣言しており、『孽子』の李青が家や学校を追われ新公園という地下王国に入っていったのと同じように、マジョリティがつくりだした「クローゼット」に揺さぶりをかけるのである。繊細で気性の荒い拉子と、彼女の憂鬱な女男の同性愛者の友人たちは、その頽廃した生活スタイルによって、異性愛による抑圧に対して怒りと不満を表現している。それと同時に、『ある鰐の手記』では、大学キャンパスと同性愛バーに女男同性愛者たちが集うさまと、そこでの彼らの団結が描かれている。拉子と水伶、至柔と呑呑、夢生と楚狂など数組のカップルの関係は複雑だが、極めて丹念に描き込まれていて、かつ互いを際立たせている。その他にも、全編に挿入されている鰐の段落は、異性愛主義（heterosexism）とホモフォビックな恋愛心理に対する様々な揶揄と風刺であり、まるでセジウィック（Eve Sedgwick）『クローゼットの認識論（*Epistemology of the Closet*）』[(6)]の不条理風刺劇版のようである。鰐には二重の意味が背負わされている。マジョリティが同性愛者を畸形、異類、非人として見なしているということだけではなく、同性愛者は汚名を回収し、それを可愛らしいクィアの記号（例えばアニメーションによる鰐の図案）として転用しているのだ。

同性愛アイデンティティを主題とする小説は、しばしば成長小説のスタイルで書かれる。「莫春」、『孽子』、「浪淘沙」、「童女の舞」と『ある鰐の手記』も例外ではない。そこで描かれているのは、成長の過程で自我の同性傾向を認めること、欲望と社会的要求の衝突、そしてこの衝突に個人がどう順応するかということである。しかし、レズビアンがセックスとジェンダーという二重の抑圧を受けるからだろうか、レズビアン小説ではアイデンティティを獲得することの難しさがかなり頻繁に描かれる。「浪淘沙」と「童女の舞」において、女同士の愛がいかに激しく描かれようとも、ひとつとして性的関係へと発展することなどできない。『ある鰐の手記』の女男同性愛者たちが異性愛の価値体系及びホモフォビアに影響され自らを恨み、著しく歪んだ性的関係をもったとしても、ゲイの夢生と楚狂には性生活が可能なのに対して、拉子は自身の身体に向き合う勇気がなく、性関係をもつことはほとんど不可能だったのである。

李昂の「禁色的愛」（一九八九）は、『孽子』が描き出した新公園の男娼コミュニティを継承しているが、そこからは悲劇の色彩が消え失せ、しかもその描写対象は、ロサンゼルスのゲイ社会における人種を越えたセクシュアリティ生態にまで延長されている。物語は名のない女性の語り手を媒介として、マジョリティとゲイ・コミュニティの異なる価値観、ゲイ社会の階級、文化（省籍、エスニシティを含む）の差異を描く。「禁色的愛」は、普段は「酷薄で恩知らず」な米国帰りの知識人王平が、男娼林志明に二年間も感情をささげたにもかかわらず、捨てられてしまったことを皮肉っているし、王平とその米国のボーイフレンドを嘲笑している。なぜなら彼らは、林志明の抵抗と拒絶を、愛情の欠落した第三世界の貧困家庭に育ったがゆえの愛に対する無能だと考えているからだ。語り手女性の目に映る林志明は物静かで利発な人物だが、しかしふとした折に見せる妖艶な眼差しには、燃えるような情欲のエネルギーが現れる。そして林志明が「小蜜糖《ハニー》」や玩具になることを拒むとき、その主体性がより強調されるのだ。

もし「童女の舞」と『ある鰐の手記』におけるレズビアン・アイデンティティには絶望が感じられ、女性同士の愛は抑圧と悲哀に満ちたものだと言うのならば、「禁色的愛」と朱天文の「肉身菩薩」(一九九〇)、『荒人手記』(一九九四)中のゲイ・アイデンティティは泰然としており(たとえ『荒人手記』の語り手小韶が、マジョリティのゲイに対する偏見を偽善者ぶって復唱したところで)、しかも男性間の愛は、性愛ユートピアでのほしいままの情欲のため、後戻りできないところまできている。『孽子』では追放者の冒険が描かれているのに対して、「禁色的愛」では階級や文化的な差異が、また「肉身菩薩」と『荒人手記』では、おあつらえむきの隠れ蓑を得たヤッピー族が、安逸と享楽を堪能するさまが描かれる。「肉身菩薩」の小佟は、エイズが蔓延した後、閑散としたサウナのなかで性欲の衰えと倦怠を感じつつも、かつての歓楽にまだ微かに思いを馳せている。『荒人手記』の小韶は、親友/同性愛運動家の阿堯をエイズで亡くし、痛みと過去を懐かしむ感情にひたりながら、同性愛者の境遇に思いをめぐらせる。小韶はクローゼットに身を隠し、ゲイの楽園に深入りしたこともあったが、しかし決まった同性のパートナーができた後は交雑を拒絶し、異性愛の一対一の価値を讃えるようになる。しかし結局、彼はやはり自己の性的指向を認めており、阿堯が死ぬまで雑交していたこと、ラディカルな同性愛運動家であったことに対して、軽蔑と羨望の感情を抱いている。

小韶は少年時代、阿堯と十分瀑布で追いかけっこをして戯れた。互いの鼻息がかかるほど接近したその瞬間、二人は心臓の高鳴りを覚えたが、それを行動に移すことはなかった。[7] 本来ならこのシーンで起きてもおかしくなかった恋物語は二人の心に響き合い(小韶は故意に記憶を塗り替えて、これを否定していたけれども)、二十数年後に二人が太平洋を隔ててようやく互いを認め合う場面は、格別に感動的である。その他、『荒人手記』に見られるヤッピー族のゲイ・コミュニティ及びセクシュアリティ生態への描写は、『孽子』の延長線上にあるものだと考えられる。

『ある鰐の手記』の意識的な改作であるかのような、曹麗娟『関於她的白髪及其他〔彼女の白髪についてその他〕』(一九九六)は、一部のレズビアンが愛欲を抑制していることを皮肉り、マジョリティである異性愛価値観の影響を受け続けているものの、一部のレズビアン・コミュニティが性愛のユートピアでもあることを側面から描いている。語り手費文はTであり、幼年のトラウマが彼女を愛と性の不能者にした。そのため自らをTと認めているにもかかわらず、つきあったガールフレンドとはプラトニックな童年の愛を維持し、老いてのちようやく枯木や灰のようになった自身に気づき、愛情の廃墟のなかに身を置いていることを知るのだった。反対に、彼女を愛する潔西は婆で、早くからグループ内の一人ひとりとベッドを共にしていた。潔西は愛欲を礼賛し、また身体の老いを恐れることもなかった。グループ内の女性の多くは結婚を経験し、また離婚し(潔西も含めて)、年をとってからカップリングしている。物語は情欲と老いを対比する以外にも、レズビアン・コミュニティにおける相互扶助の力を表現し、台湾レズビアン社会におけるT婆の世代差を側面から描いた。さらには人工授精によって懐妊に成功したレズビアン家庭/ママにも触れている。

主流社会の同性愛セクシュアリティに対する禁制と抑圧は、多くの同性愛者を異性愛と婚姻によって覆い隠し、異性愛や両性愛を偽装するよう強いてくる。『孽子』、曹麗娟の「関於她的白髪及其他」、「童女の舞」、邱妙津の「柏拉図之髪［プラトンの髪］」（一九九一）、『ある鰐の手記』、朱天文の「肉身菩薩」、『荒人手記』、朱天心の「春風蝴蝶之事」（一九九二）、「古都」（一九九七）、紀大偉の「儀式」（一九九五）、洪凌の「擁抱星星隕落的夜晩［星降る夜を抱きしめて］」（一九九五）、陳雪の「天使が失くした翼をさがして（尋找天使遺失的翅膀）」（一九九五）、「蝴蝶的記号［蝴蝶の記号］」（一九九六）、林俊穎の「焚焼創世紀」（一九九七）はすべてこの主題に触れたものだ。「春風蝴蝶之事」で、有頂天に性の知識をひけらかす男性の語り手が、その美しい妻が過去の同性との愛情を魂が抜けるほどに恋慕していることに気付く場面は、独自の爆発力をもっている。「焚焼創世紀」では、異性愛である女性のボーイフレンドが兵役後にゲイになる。けれども彼女は自らを欺きながら関係を継続させる。その姿はあたかも熱愛をしている二人のゲイに「クローゼットに閉じこめられた」ようでもある。しかし彼女はそれでもやはり、彼との結婚を準備するのだった。これはつまり逆説的アイロニーである。

異性愛主義に対してさらに挑発的なのは、紀大偉の「儀式」である。テクストは、自身を異性愛者だと考えている男性の成長過程（家庭、学校、軍隊）における同性への欲望を、メタ手法を用いていろいろなレベルでサーベイしながら曝いてゆく。これはいわゆる異性愛者すべてが、その同性への欲望を潜在意識のクローゼットに封じ込めて自覚していないということを暗示したものだ。「儀式」が揶揄するのは、異性愛マジョリティの価値観は儀式化の過程を通じて個体形成されるが、しかし社会化されればされるほど歪められるということである。こうした状況下における、異性愛の夫／父というのは名ばかりであるだけでなく、実質的な感情を欠いたものであり、その上自分の思想を検閲することで、記憶と自己のアイデンティティを歪曲しているというのだ。

同工異曲なのは、洪凌の「擁抱星星隕落的夜晩」と陳雪の「天使が失くした翼をさがして」、「蝴蝶的記号」である。前二篇は書くことを扱ったメタ小説で、夢と現実の入り混じった追跡プロセスを通じて、同性愛アイデンティティを探し出すというものである。その夢の背景は、脱社会化（de-socialize）を暗示し、潜在意識に沈潜してゆく。「擁抱星星隕落的夜晩」の男性作家は、創作者という神の位置に自身を置き、様々な女性の登場人物たちに弄ばれることを幻想する。最後に彼は、自分が渇望しているのは父親似の恋人であることに気がつき、それが原因で輝かしい社会的地位を放棄してしまう。「天使が失くした翼をさがして」の小草は書くという行為を借りて、母への憎しみと（無自覚な）マザーコンプレックスを治療しようとする。母親に報復するために娼婦となった彼女は、異なる男性の間を転々とするが、しかし結局愛については不能のままである。彼女は母親に酷似した妖艶な女と巡り会って（あるいは召喚したと言うべきだろう）、ようやくこれが自分の愛慕のあるべき姿だと知る。陳雪「蝴蝶的記号」の小蝶は、良き娘、良き妻、良き先生、良き友、良きママという社会が期待する要求に迎合しようと努力するが、しかし小葉と知り合い、同性愛が原因で自殺した女学生の事件と関わったことで、次第に自分の生活の虚偽を曝き、真の愛欲を取り戻すことになる。

注目すべきなのは、戒厳令解除前後では同性愛と家庭関係の処理のされ方がまるで異なるということである。『孽子』における同性愛者は家から放逐されたにもかかわらず、伝統的な家国思想をしぶしぶ受け入れている。戒厳令解除後は多くのセクシュアル・マイノリティ小説が家庭主義を批判し、セクシュアル・マイノリティ意識の台頭を表明した。『荒人手記』における小韶の姿勢は、どちらかと言えば『孽子』の家庭主義的アイデンティティの延長だが、面従腹背である。また過激な阿堯は、家庭においてもその同性愛アイデンティティを声高に主張していた。『ある鰐の手記』では家庭はほとんど存在せず、ないがしろにされている。拉子にとって、家庭とは国家が主流イデオロギーに従わせるための工具のひとつに過ぎない。最も挑発的なのは、紀大偉、陳雪、曹麗娟及び洪凌の怪胎《クィア》な家庭ロマン史に対するエクリチュールである。紀大偉は「儀式」の中で異性愛家庭を転覆させ、叙述者にとって妻や娘は全く意味のない存在であることを皮肉っている。彼は一面識もない父親の写真に向かい合うと、ひそかに同性に対する情欲を感じてしまうのだ。陳雪の「天使が失くした翼をさがして」では、母娘の愛が母と娘の間の対立と衝突を解決する。陳雪「蝴蝶的記号」の小蝶は後になって、母と自分がクローゼットに隠れているレズビアンだということに気がつく。曹麗娟の「関於她的白髪及其他」では、家を追われたレズビアン費文は後になって、その三番目の兄もまたゲイであること、むかし家出をした母は女と駆け落ちし、死ぬまで互いを愛し続けたことを知る。また費文の性と愛の不能は、解決されていないマザーコンプレックスと関係している。曹麗娟の「関於她的白髪及其他」と「在父名之下［父の名の下で］」は、葬礼習俗における異性愛主義が、同性愛者をいかに強引に家庭的異性愛の経済システムのなかに組み入れているか、それがいかに歪曲され、偽りであるかを揶揄する。

同性愛と両性愛の愛憎関係は、もうひとつのテーマである。レズビアン小説において、このテーマをめぐる描写はとくに多い。邱妙津『ある鰐の手記』の至柔と「柏拉図之髪」の寒寒は、男性とは性を、女性とは愛の関係を保ち続ける。それゆえに、「柏拉図之髪」の女性の語り手は、寒寒に対して強烈な愛憎を抱いているのだ。『ある鰐の手記』の拉子は、水伶はきっと異性愛に組み入れられるに違いないという疑念にかられ、水伶との関係を続けることができない。曹麗娟の「関於她的白髪及其他」が触れているのは、ガールフレンドが男性に嫁いだことが原因で自殺したレズビアンの悲劇である。陳雪「夢遊1994」（一九九六）の婆は、Tの曖昧な性別に向き合うことができず男性のもとへ逃れ、この期間の記憶を忘れようと努力するが、しかしTは幾度となく彼女の夢の中に現れ、彼女は追慕の念に責め苛まれる。さらにこの姿は、Tが自殺した原因が自分にあるらしいことを知ると、後ろめたさに苛まれ、気持ちを安らげることができない。紀大偉「憂鬱的赤道無風帯［憂鬱な赤道無風帯］」（一九九五）は、上述したようなモデルを書き換えている。つまりそれは、両性愛の女性が、前の彼女に新しい女ができたことが原因で米国から帰国し、大々的に非難を加える行為である。男性同性愛小説に目を向けよう。朱天文「肉身菩薩」の小佟は、近々結婚する両性愛の鍾霖に恨みを抱くものの、しかし情欲を昇華させて友情に変える。林俊穎「焚焼創世紀」では、二人のゲイと一人の女性の三角関係がシニカルに描かれる。この女性はゲイのボーイフレンドがバイセクシュアルであると執拗に考えているため、常に物寂しさと孤独を味わっている。

早くには『孽子』の王夔龍と阿鳳の悲恋が、一部の同性愛（まさに一部の異性愛のように）関係の複雑さを表現していた。しかし、『孽子』には神話的色彩こそ濃いものの、現実的な描写は少ない。『荒人手記』の小韶が傑に悲恋したのは、小韶の過度な片思いが自虐、加虐を招いたからだ。『ある鰐の手記』の拉子と水伶の悲恋は、拉子が内面化していた体制的な蔑視によるものであり、また部分的には拉子の平凡な愛情関係への飽きによるものである（劉亮雅（a）一三七―一四一頁を参照）。「夢遊1994」の悲恋は、語り手が慶に対して強烈な欲望があるにもかかわらず、体制的な蔑視を内面化しているために、慶に強い恐れを抱いていることによるものである。たとえ慶のもとを長年離れたとしても、後ろめたさとその恐怖心は取り除くことができないのだ。邱妙津の『蒙馬特遺書［モンマルトル遺書］』（一九九六）の語り手は、ガールフレンドの心変わりとその新たな恋を全く受け入れることができず、まず彼女に暴力を振るい、その後には何度も手紙を書くことで、彼女を取り戻そうと試みる。しかし彼女がひっきりなしにその悲恋を書き連ねてゆく一方で、ガールフレンドの姿はかえって日々曖昧なものとなり、彼女の自虐と膨張する自我のなかに、ひとりよがりの感情を覆い隠すことはできない。「憂鬱的赤道無風帯」

で提起されているのは、レズビアンの愛情関係において、親密と自由のバランスをとることの難しさ、独占欲が惹起したいざこざである。洪凌が表現した悲恋は少し異なっている。そこで悲恋はただ表面的なものに過ぎず、絶えず底を流れているのは濃厚なロマンチックな愛情である。「罪与愆［罪と過ち］」（一九九五）、「過程」（一九九五）のゲイカップルたちは絶えず格闘し、相手を苛んでいるように見えるが、実はこれは、愛欲を高めるための遊戯に過ぎないことを互いが心得ている。

紀大偉、洪凌、陳雪はクィア理論の影響を受けたこともあり、アイデンティティや「クローゼット」、同性への欲望を流動的に扱っている。その際彼らが採用したのは、伝統的な悲劇ではなく、挑発的で嘲笑的な態度だった。紀大偉の『感官世界』（一九九五）、洪凌の『肢解異獣』（一九九五）、『異端吸血鬼列伝』（一九九五）、陳雪の『悪女書』（一九九五）、『夢遊1994』（一九九六）で多く現れるのは、身体の穴、官能、体液及び性愛行為の大胆な描写である。これは一種のカーニバル精神によって、華人世界における身体及び性愛のタブーへ挑戦を仕掛けているのだ。これらの小説において、同性への愛欲はまるで抑えつけることのできない小妖精のように、暗夜や夢、潜在意識のなかに出没するのである。そこで紀大偉は、異性愛者だと自認する人間が、同性への欲望を潜在意識のクローゼットに隠していることを炙り出そうとする。洪凌は西洋の吸血鬼のイメージを転用して、マジョリティが同性愛を恐怖かつ魅惑的な対象と見なしていることを暗喩しているし、また陳雪は悪女の夢遊実験を掘り起こしてくるのである。「孽子」と比べて、「吸血鬼」や「悪女」、「鰐」を比喩に用いるのは、より挑発的で諧謔的試みだといえよう。

裸体や身体について触れることは、セクシュアル・マイノリティ小説において重要な意味をもつ。戒厳令解除前に書かれた李昂の「回顧」や「莫春」では、少女の乳房に対する恋慕が描かれるものの、自己の身体とアイデンティティに対する焦燥のなかで、女性同士の関係に発展することはない。『孽子』は男性同士が愛を交わす際の裸体に触れるが、けれどもそれはただの印象に過ぎないものだ。ただ、その猥談や性への言及は辛辣かつ露骨である。戒厳令解除後に書かれた李昂の「禁色的愛」は、男性同士のベッドでの身体の動きと絡み合うさまを事細かにスケッチし、荒々しく繊細な李昂独特の筆致を発揮している。朱天文「肉身菩薩」も身体に多く触れているが、しかしそれはどちらかと言えば、体格と雰囲気をイメージとして描写したものである。邱妙津『ある鰐の手記』における裸体の描かれ方は、さらに大胆かつ直接的である。ゲイの夢生は、舞台上で大便と生のポルノグラフィーを演じるのだ。極めて放埒で挑発的振る舞いだといえよう。鰐が裸でバスタブの中に横たわるのは諧謔だが、しかし小説全体には依然として強烈な悲劇の色彩が漂う。紀大偉、洪凌、陳雪の小説における裸体は、比較的リラックスしているように感じられる。紀大偉「美人魚的喜劇［人魚姫の喜劇］」（一九九五）では、ディズニーアニメの没性的ラブロマンスを転覆させている。その中の王子は、裸で眠っている自分の姿やストリーキングのペニス等、様々な情態を夢に見るのだ。「蝕」（一九九五）の語り手は、でっぷりと太ったゲイ「ママ」の汗ばみ小便臭いペニスを引っ張り出し、ブラシで洗い出す。洪凌「記憶的故事［記憶の物語］」（一九九五）では、情欲と再生を象徴するとびきりの黒い穴「大母陰穴」が声高に喧伝される。陳雪「天使が失くした翼をさがして」の阿蘇は口で草草の陰部を吸い、陰茎では触れることのできない深度に入り込んで、草草を虜にする。「異色之屋［異色の部屋］」（一九九五）の女性の語り手は、頭を陶陶の陰部に埋め、その熱く湿った体液を目や鼻、口腔へと流し入れる。「猫死了之後［猫が死んだ後］」（一九九五）の婆は、Tの羽毛のようなキスが裸体をくまなく這うのに酔いしれる。

洪凌と紀大偉が模索しているのは、同性への欲望よりもより俗世間を震撼させるサディズムとマゾヒズム（S

／M）であり、もしこれを『孽子』中のニューヨーク・セントラルパークの恐ろしく病的なサディズムとマゾヒズムと比較するならば、その間にはセクシュアル・ポリティクスの巨大な差異が横たわっているのを感じ取ることができよう。洪凌の『肢解異獣』と『異端吸血鬼列伝』中の数編において表現されるサディズム／マゾヒズムは、事前合意を得た対等な関係の性愛遊戯であり、それは性的快感を全身へ行きわたらせるのであって、性器を中心とするものではない。「記憶的故事」と「日落星之王」（一九九五）が暗示するのは、肉体の痛みは愛欲に昇華させることができ、その情欲の狂態を利用することで、個人では覆すことができない、社会の様々な権力操作を転覆させることが可能だということである。「罪与愆」、「過程」、「関於火柴的死亡筆記」（一九九五）等の物語が暗示するのは、深く愛する人が、引き裂かれ纏れあう感情（精神のサディズム／マゾヒズム）を美しさに結びつけ、心に深く焼きつく経験にしているということである。また、紀大偉「色情録影帯殺人事件［ポルノビデオ殺人事件］」（一九九五）の同性愛サディズム／マゾヒズムは、空虚で興ざめする一定不変のマジョリティ規範に対する常軌を逸した裏切りである。登場する漫画家は最後に自分があたかも性虐待で死んだように手はずを整え、死亡を奇妙なカーニバル的な作品へと変えようとする。「赤い薔薇が咲くとき（他的眼底、你的掌心、即将綻放一朶紅玫瑰）」（一九九五）では、SMがマクドナルドのMの字に取って代わり、こうしてSMは、未来世界のスーパーグローバル企業名となり、サディズム／マゾヒズムもまるで商品のように月並みで日常的なものになってしまう。

黄惑の「楼蘭女与六月青」（一九九八）におけるSMは、愛の不能者であるニューハーフのホストが一人の男性ホストを釣り上げるための魔法である。黄惑が諧謔的な筆調で描いているのは、男の身体に女の顔をもった朱衣が、ニューハーフのホスト役を享受するも自らの性欲があまりに強すぎるため専念できずに、そのエゴイズムを治療するには、「遊ぶことをポリシーとし、占有することを道具とする」（九二頁）必要があると考える姿である。朱衣はもともと男女の関係なく来る者は拒まなかったが、鵝桑の足に恋してしまったため独占欲が生じ、オーガズムの時その足の指の血管を噛み切ってその血を吸う。女性経験が豊かな鵝桑もまたマゾヒスティックな快感に浸りつつ、喜んで朱衣の所有物となる。

紀大偉と洪凌はSF小説を援用して、未来世界におけるセクシュアル・マイノリティの（擬似）ユートピアへの想像を膨らませる。紀大偉の「蝕」と「赤い薔薇が咲くとき」、洪凌「記憶的故事」において、同性への情欲は何ら珍しいものではない。「記憶的故事」では、女性、男性同士の愛が未来世界の異なる時間に交互に出現し、そこで見ることができないのはただ異性愛のみである。また「蝕」の語り手とその父母、弟はすべてゲイである。「赤い薔薇が咲くとき」のイポリートの複雑な境遇に秘められた謎は、一組のゲイカップルの愛憎と家庭内で起きた事件とリンクする。デッカードとベイティーはもともと同性生殖であったが、反目した後、デッカードが単体生殖となる。そうは言っても、洪凌と紀大偉は決して未来を全面的に楽観視しているわけではない。「記憶的故事」におけるポストモダン資本主義という神のコントロールは厳密だし、「蝕」では未来世界における食虫者への差別が、まるで現在の同性愛差別や、ナチスのユダヤ人差別のように描かれ、差別構造の荒唐無稽さが示されている。また虫を食べる行為は肛門性交を隠喩し、それがマジョリティに認められないという事実をほのめかす。「赤い薔薇が咲くとき」では、資本主義の商品が同性への情欲をそこら中に溢れさせているものの、イポリートのバーチャルな記憶に存在するのはやはり異性愛である。

紀大偉や洪凌がSF的想像に向かったのとは異なり、呉継文は歴史を遡る道を選んだ。呉継文の『世紀末少年愛読本』（一九九六）は、清朝の男色小説、陳森の『品花宝鑑』を改作したものである。このテクストによって、中国文化において男色はかつて制度化されていた時期があり、男性同性愛は決して舶来品ではないということが明らかにされている。しかし、呉継文はメタ的技巧によって、梨園を中心とする当時の男性間の愛情に存在していた階級性と搾取の関係に疑問を呈してもいる。権力のある既婚者と妻、男優との三角関係を描くことで、そこにフェミニズム的な批判を含み入れたのだった。主人公の男性梅子玉と杜琴言は思いを胸に秘めたまま、最後まで肉体関係をもたなかったが、それ以外で階級差を越えた何組もの男性同士の愛が描き込まれている。オーラルセックスや肛門性交も描かれており、その筆調はたいへん生き生きとし奔放だ。また陽具《ペニス》のことを「分身」とふざけて呼ぶことで、異なる権力関係や一見変わった陽具の物語が展開する。こうした試みは、紀大偉がとった「陽具」を嘲笑し罵倒する態度の延長だと見なすことができよう。とくに見事なのは、珊枝が琴言と書僮へ自己の体験を語って聞かせる場面である。珊枝は彼らに、華公子の裸と「分身」に対する恐怖と畏敬が、しだいに滑稽と憐憫へ変化していくさまと、愛撫者がいかにオーガズムに達するかを語って聞かせる。その話を聞いた琴言と書僮はにわかに呼吸が激しくなり情欲が漲るのだ。

まとめれば、戒厳令解除後の同性愛小説では、セクシュアリティのテーマをめぐって多角的で多様な模索が試みられ、戒厳令解除前と比べて、同性愛関係の複雑さや多面性がより克明に描きだされている。同時に、いわゆる標準的な異性愛の同性に対する情欲を曝き、バイセクシュアルやSMを考察し、未来世界を想像し、さらには歴史上の同性愛関係を書き換えている。身体表現の面では、日増しにラディカルに、堂々と、荒々しく、遊び戯れるようになっている。セクシュアル・マイノリティとマジョリティ体制との関係性から述べれば、戒厳令解除後に出現した多くのセクシュアル・マイノリティ小説が、異性愛主義とホモフォビアに対する嘲弄と批判を含み、異性愛家庭の転覆を試みている。戒厳令解除後のセクシュアル・マイノリティ小説は解除前と比べて、セクシュアル・ポリティクスの観点から見れば、往々にして批判的でシニカル、挑発的かつ嘲弄的なのである。

ジェンダーというテーマとジェンダー・ポリティクスの変遷

ジェンダーというテーマになると、戒厳令解除後の同性愛小説は、しばしばクィアなジェンダーと愛欲関係におけるジェンダーのロールプレイングに言及してきた。主流の硬化した印象は、ゲイを女性化し、レズビアンを男性化したものと見なす（現実のゲイやレズビアンは必ずしもみなそうではないのだが）。このような見方は、おそらく硬直化した男女二分論と異性愛中心主義を強調しようとするものだろう。ジュディス・バトラー（Judith Butler）が言うように、両者は因果関係を為している。伝統的な男女二分概念はとうに異性愛化されており、また伝統的な異性愛メカニズムが男女二分を設定するのである（Butler p. 17）。男でもなく女でもないものは醜悪とされ、同性愛もまた異性愛の男女的役割を複製するべきだとされた。七〇年代の西洋における同性愛運動の発展初期においてもまた、女性化したゲイや男性化したレズビアンは抑圧され、ゲイやレズビアンの外観や振る舞いが伝統的なジェンダーのスタンダードにもし合致しないのであれば、中性化しなければならないと強調されてきた。しかしクィア理論によって、まさに男でも女でもない多くのセクシュアル・マイノリティこそが、硬直化した男女二分状態に挑戦したものだということが知らしめられたのである。セクシュアル・マイノリティの欲望はさらに多様な役割によって演じられる遊戯であって、マジョリティが想像してきたような矮小なものではないのだ。

言うまでもないことだが、同性愛理論の洗礼を受ける前の伝統的な異性愛社会では、同性愛を異性愛の複製であると捉えていた。つまり台湾においては、T婆と0号［ゲイカップルにおける女役］1号［ゲイカップルにおける男役］という対こそが一般人のレズビアン、ゲイに対するおきまりの印象だったのである。しかし台湾にT婆が現れて久しいとはいっても、彼女たちが関与する実際の権力と役割は多種多様である。男性同性愛についても、体格と挙止の風格が醸し出す性別的役割と実際の権力関係、そしてベッドの上における役割とは必ずしも一致するわけではない。sissy［女性的な男性］が0号とは限らないのである。もちろんレズビアンだから、ゲイだからといって誰しもがT婆や0号1号を演ずるわけでもなく、様々な役割を交換することもありえる。林立するジェンダーのあり方は、一般の想像を遥かに超えるものだ。

戒厳令解除前に出版された『孽子』、「浪淘沙」、「回顧」、「莫春」などには、伝統的なジェンダー体制を批判しようとする意図がある。「回顧」、「莫春」中で少女が柔らかく美しい女体を愛慕するのには、マザーコンプレックスが関係しているだろう。「浪淘沙」で小琪がひかれるのは龍雲の荒々しい洒脱さ、男とも女とも捉えがたい部分だった。『孽子』のゲイには、老いも若きも、美しい者も醜い者も登場する。李青のように堂々とした体格、阿鳳のような奔放な性格、小玉のような女性的な性情、身体も挙措も、それぞれ異なる。中でも女性的な小玉は、きかん気で神出鬼没、性的関係でも劣勢に甘んじるところがなく、従来のステレオタイプを抜け出した印象がある。ゲイカップルにも、父子型、兄弟型、父娘型などいくつでも取り合わせがあり得るのだ。しかし『孽子』は悲観的で、あまりにもゲイと罪悪とを結びつけているために、せっかくの多様なゲイの生態に曇りが生じてしまっていることは否めない。「浪淘沙」のT婆関係もやはり伝統的な異性愛関係をコピーしている印象を与えるし、婆のほうはどうしてもTもまた女であるという事実に直面できないのだ。「回顧」の女体フェティシズムもすぐに異性愛へゲモニーに回収されてしまう。ただ「莫春」だけは異性愛へゲモニーの失敗を反面的に風刺することに成功している。戒厳令解除後の作品は、ジェンダー体制への批判がさらに明確、有効になってきた。決まり切ったイメージだったTとsissyに鮮明で多様な性格が賦与されるようになった一方、同性愛コミュニティの中にさらに多くのジェンダーが出現し始めたのである。特にクィア理論の影響を受けた作者は、さらに驚くべき探索を始めた。

邱妙津の「柏拉図之髪」、『ある鰐の手記』、『蒙馬特遺書』では、T婆の権力関係がより複雑になっており、後者の二篇のTはより暴虐で強靭な性格を持っていて、時には女性をコントロールし、私物化、矮小化する伝統的な男性の身振りを演じることもある。しかしまたTが婆となる一例もある。「柏拉図之髪」でのT婆の役割分担はすべて婆によってコントロールされている。語り手はもともと長い髪をもち、中性的な自分を意識していた。彼女は娼婦である寒寒と愛情遊戯にふけり、寒寒は語り手の髪を切って男装させ、Tにさせる。愛情遊戯が続くうち、寒寒は語り手の妾／嫁を演じるのだが、同時に多くの男とも関係を持ち、自分とTとの関係を操作する。このために、Tはひそかに彼女を絞め殺したいと思うようになるのだ。

「柏拉図之髪」におけるTの苦悩と受動性に比べると、『ある鰐の手記』における拉子／Tは意図的に水伶／婆をコントロールしており、逃げ出してみたり、行為の後や言葉の上で水伶をモノにたとえてみたりと、全体において水伶を矮小化している。水伶は受動的な弱い女に見えるが、拉子の何度かの逃亡の際には自分から彼女を捜し出している。また拉子は、婆とは本当のレズビアンではないという口実をもって水伶から離れているが、この時には水伶は別のTを見つけてきて拉子の代替とした。拉子は自分のマスキュリニティを強調しながらも、どんどん自分を毀してゆくが、これは『蒙馬特遺書』の語り手／Tも同じである。『蒙馬特遺書』では婆の愛が他へ移ったことによって婆に暴力を振るい、婆が去った後にはTが何度も手紙を書いて愛を取り戻そうとし、狂乱して自傷してゆく。しかし彼女の手紙から覗えるのは肥大してゆく自我だけであって、婆の容貌、個性及び彼女たちの関係の問題点が那辺にあったかは全く明かされないのである。特に、Tは傷みのあまりにフランス女性

Laurenceと愛を交わすが、この時彼女はLaurenceがT婆を一身に集めた、女性美と自分よりさらに陽剛性《マスキュリニティ》を併せもった存在だと感じる。そんな彼女はまたLaurenceの愛撫を受けて一人の婆へと変化するのである。

曹麗娟の「童女の舞」と「関於她的白髪及其他」の主人公であるTは瀟洒で颯爽としており、温和な性格で、T婆の関係は比較的対等である。ただT（またはT婆）はマジョリティの概念にコントロールされているかまたは何かのコンプレックスを感じているかで、愛しあうことができない。「関於她的白髪及其他」の費文は様々な婆の誘惑を受けながら、どうしても深い関係を持ちたいとは思わないでいたものの、ある時病気になって衰えてみて初めて、自分の愛していた婆、潔西が、仲間内の誰とでもベッドを共にしていたことを知るのである。これは婆の主体性を表すだけでなく、婆は婆ともTとも愛を交わせること、婆が婆と会ったとき、おそらくどちらかがTに変化するか、あるいはT婆の区別がないということを意味している。そのほかに、「童女の舞」のTは異性愛の女性の感覚を経験しようとして男とベッドに上がり、その結果妊娠するのだがなんの感情も持たずに堕胎して、婆に切ない思いをさせる。「関於她的白髪及其他」のレズビアン・コミュニティの中で、最も男性的な風貌だったTが結婚したときには、圏内の人々は誰も歯牙にかけようとしない。

戒厳令解除後のゲイ・レズビアン小説の中では、Tには個性の差もあり、身体の特徴や自分をどう見るか、また婆がTをどう見るかは千差万別である。『ある鰐の手記』の拉子と水伶はいたずらな少年と成熟した淑女というペアで、T婆のステレオタイプを突破していた。拉子はマジョリティによるT嫌悪を内面化しており、自分の身体に強烈な嫌悪を抱いていたが、水伶はその彼女を愛しぬき、彼女の魅力を引きだしていた。「童女の舞」と「関於她的白髪及其他」では、Tは自分の体に嫌悪感など持っていない。その言語は粗暴で荒々しく、体はモデルのように両性具有の美しさを持っている。「童女の舞」は婆の目を通して、幾度となくTの体つきと挙措の独特で瀟洒な美を描き出した。その上Tには自分を狂ったように追い求める多くのガールフレンドがいる。「関於她的白髪及其他」ではTが自分の持つ女性の体に直面できないでいることを揶揄するが、最後は婆によって自己認識に至るのである。この他に、「関於她的白髪及其他」には様々な身体と個性を持つTが登場する。例えば費文は手足が長くあかぬけていて、性格は温厚である。また陳月珠は背が低く太っていて、人目を引かないが穏やかである。陳雪「猫死了之後」のTはすらりと痩せていて、深い眼差しは猫に似ている。Tは外観から声にいたるまで、婆の思うところの男性に当てはまるのだが、女性独特の濃やかな情感を持っている。婆は最初のうちTの性別がはっきりしないところに直面できずに去ってゆくのだが、結局自分たちが愛しているのはまさにTの陰陽兼ね備えた性格であることを知るのである。陳雪「夢遊1994」の中では多くの女性の心を狂わせたTが登場するが、語り手（婆）は彼女の性別の曖昧さに欲望と恐怖を覚え、Tに性転換手術を受けるよう強制する。Tは彼女を愛するあまり、懸命に貯金して手術を受けるのだが婆は結局彼女のもとを去り、のちのちやましさと空しさに苛まれることになる。

T婆の相互関係の複雑さや、Tが婆となり、婆がTとなるようなスタイル以外に、戒厳令解除後の小説ではしばしばT婆が区別されない様子が描かれる。『ある鰐の手記』の至柔と呑呑はもはやTと婆に区別することはできない。「関於她的白髪及其他」では新しいレズビアン理論の洗礼を受けたレズビアンが、T婆の区分などしないことを強調している。陳雪「天使が失くした翼をさがして」の草草と阿蘇、「蝴蝶的記号」の小蝶と阿葉、小蝶と真真、林心眉と武皓も外観からはTと婆の見分けがつかない。洪凌のSF小説「受難（獣難）」中の女吸血鬼ダフォディルと人の変種、ジュリアンもT婆に分けられない。前者は後者の持つ強烈な個性、母性と狡猾さの入り交じった性格に惹きつけられてしまうのだ。

0号と1号は、ゲイ小説の中で固定されているわけではないし、行動や挙措の陰陽や剛柔、体型の大小に左右されているわけでもなく、力関係も表面には現れなくなっている。李昂の「禁色的愛」の王平は通常0号(受動者)であったのだが、弱々しい林志明に出会って恵与者と変わり、しかも林志明は受動者の立場を存分に享受するというところが、また型どおりの印象を打破するものである。この他、若くて文弱な林志明が、年長で経験豊富な王平を支配するというのもマジョリティの想像に反するものだ。

朱天文の描くゲイはまた、身体も挙措もカップリングも非常に多様である。ゲイたちは必ずしも陰陽剛柔をペアとする必要はなく、また同じ人間が様々なカップリングを楽しむことがあるのだ。「肉身菩薩」では、主人公小佟は幼時にがっしりした賈霸に壁に押しつけられてキスされる。しかし賈霸はその後まもなく自分と同じような体格の男を好むようになってしまい、小佟は大いに嫉妬に苦しむのだがどうすることもできないでいる。十七年後、小佟はサウナで十分に男性的な鍾霖に出会い、再び強烈に惹きつけられる。賈霸や鍾霖に比べると小佟は弱々しいようだが、彼が偶然巡り会った二人の男性と三角関係に陥るときにはそうでもない。二人の少年は森の妖精のように愛を交わすのだが、その後小佟は十七歳の少年を壁に押しつけてキスをするのである。そして十六歳の少年が小佟に愛を求めると、小佟は肉身菩薩のように惜しみなく与える。この愛の中では少年が主体であり、中年の男性は受け身なのだ。

朱天文の『荒人手記』に登場するゲイは小韶や費多小児のように文弱な者、傑のように雄々しい者、その中間に位置する者などいろいろである。体格や挙措とベッド上での役割は対応するわけではない。文弱な小韶は時には0号(例えば紅楼戯院で)だが、時には1号にもなる。施のたくましさはシュワルツネッガー並であるが、小韶とベッドにいるときにはいつも0号となり、かつ従順で優しい(金がほしいという別の目的はあるものの)。小韶はアダムのように美しくひきしまった永桔に溺れるが、小韶と永桔のどちらが0号でどちらが1号かはよくわからない。美少年の費多小児は、小韶の目には「大胆な小悪魔」（『荒人手記』九六頁［訳書一一一頁］）に見え、受動的であり主動的でもある。ナルシストの費多小児は求められること、性的な仕掛けをすることに対して主導権を握っており、中年である小韶の情欲をあおり立て、小韶のほしいままにさせない。

『荒人手記』は陰性《フェミニン》の美学を掲げて、伝統が弱々しい男（特に弱々しいゲイ）へ向けてきた蔑視に恐れることなく挑戦をつきつけたのだが、呉継文『世紀末少年愛読本』と林俊穎「焚焼創世紀」はともにこれを継承するものだ。『世紀末少年愛読本』は清代の小説『品花宝鑑』に出てくる男娼文化を改作したもので、男性の柔らかな媚態を細かく描写しつつ、一方ではなじみ客による男娼への横暴を批判し、男娼の反体制的態度や平等への追求などを描いてゆく。文弱な梅子玉は文弱な男娼、杜琴言を愛して平等に対峙し、偕老同穴を誓うのだが、性的関係は持たなかった（彼らのカップリングは姉妹型とでも言えようか）。好色な潘三は男娼蘇蕙芳をこっそり襲おうとするが、地面に押し倒されてしまう。男娼林珊枝は華公子の性器を愛撫するうちにもっていた憧れが憐れみに変わり、男娼への劣等感を改める。この他にも男娼の扮装や演出の差異性が探られる。一般の文人雅士は昆曲を歌う男娼を優雅であるとして愛でるのだが、田春航はそれに叛旗を翻し、乱弾を歌う男娼こそが風雅である、俗っぽさの中に真率な朗らかさが見いだせるのが風情なのだと評価した。呉継文の濃やかな描写は、清朝文化の中にすでに、我々が今日見知っている女装男性の多様性の前例があるのだと教えてくれる。

「焚焼創世紀」は文字が隠微であるだけでなく、登場するゲイはほとんどが0号か1号か、陰陽剛柔か判別できない。ただ一人、新公園で活躍する美少年虞奇は愛らしさと激しさを併せもっていて、『孽子』の中の小玉が、「選択者であり、被選択者ではなかった」のを（『孽子』九九頁）思わせるが、しかし彼は決して体を売ろうとはしない。

クィアジェンダーへの探索は、紀大偉、洪凌、成英姝、楊照の作品になるとよりいっそうの高みにたどりつく。楊照の「変貌」（一九九一）の湛子は男に生まれたが自分を女だと認識しており、語り手は生理的には男なのだが、自分は男にも女にもなれると考えていて、二人はそのために両親から抑圧されている。のちに湛子は怪獣の侵入によって絶え間なく形を変え、性を変えるが、彼／彼女を愛する阿清は全く意に介さない。洪凌の「髑髏地的十字路口」（一九九五）では、天使シャラフィが堕落したあと両性具有者となり、イエスも彼／彼女を愛するために人の世へ落ちてくる。紀大偉の「赤い薔薇が咲くとき」（一九九五）と洪凌「記憶的故事」ではどちらも未来の世界では科学技術の進歩によって性転換が極めて容易となっていることが想像されている。この性転換は、しかしやはり父母もしくは企業トップによってコントロールされているのでいろいろな問題が起こるのではあるが。紀大偉の「去年在馬倫巴［去年、マリエンバードで］」（一九九七）ではネット世界の中で、セックスとジェンダーは完全に虚偽的な身分となり、曖昧に転換してゆくことが可能である。化粧室までが特殊な設計になっていて社交の場と化し、男になったり女になったりという変身遊戯にふけって、露出と覗き見の欲望を満たすことができるのだ。

成英姝の『人類不宜飛行［人類は飛行に適さず］』（一九九七）はかなりリアルな作風ながら、やはりジェンダープレイが大いに行われる。男から女への性転換を果たした二人がいる。一人はイギリス人のジニー、もう一人は小説中の小説人物であるアメリカ人のニック／ニコラ。ジニーはシャロン・ストーンばりの美しさを持つ雌雄同体の人物で、第一人称の語り手（ある台湾男性）に男女の区別がつかないと言わしめている。ニコラのほうは故意に女性化を強調しているのだが、わざとらしさが鼻につき、かえって女性を醜悪に見せてしまっている。ここでの男が女に変わるときに得られる異なる効果は、『世紀末少年愛読本』において女に扮装する男のそれと比較できるだろう。二人の性転換者のジェンダー観もまた異なるものだ。ニコラは事の後で後悔し、性転換によって男性の権力を失ってしまったと思っているのに対し、ジニーは後悔などみじんもないのだが、その勇敢さによって叙述者は彼女をやはり男だと思うようになる。さらに面白いのは、語り手はジニーを愛することによって、自分を「正常」で「標準的」な男性異性愛者であることを証明しようとするのだが、ジニーとゲイの高賽が相思相愛になったのを見るとまた大いに困惑してしまう。結局彼は、自分がトランスジェンダーかゲイではないかと疑い始めるのだ。

性転換者はいったい男か女か？　同性愛者か異性愛者か？　『人類不宜飛行』のジニーは、もはや定めがたい。紀大偉と洪凌の小説におけるトランスジェンダーの描写も、マジョリティの想像を超えるものだ。紀大偉の「膜」では、サイボーグ黙黙が虚偽の真実をあやまって認識している。彼女は男に生まれたが、自分では自分が女でありしかもレズビアンだと思ったために性転換をしたというのだ。洪凌の「在月球上跳舞［月の上でダンス］」（一九九七）では語り手が、母親がレズビアンだったため、男として生まれたのだが自分のことをレズビアンだと意識しており、月経が来るのを待ち望んでいる。

他に、台湾のトランスジェンダーと男装／女装嗜好者について写実的に書いている小説が二篇ある。呉継文『天河撩乱』（一九九八）は、成長小説のスタイルで、台湾出身で日本に滞在している女に性転換した成蹊の心理歴程と家庭や社会から受けた抑圧を描くものだ。甥の時澄から見て、成蹊は怠惰であだっぽく、過度にロマンチストで、男性と恋愛するのを好み、世俗にこだわらないのだが、母性を充分に持っている。小説全体の三分の一まで進んだところで、時澄（読者も）はようやく成蹊がトランスジェンダーで、ニューハーフバーで働いていることを知るのだ。自身もゲイである時澄も女装への欲望を持つようになる。黄惑の「楼蘭女与六月青」は、ニューハーフホストを純粋な金儲けタイプと容姿に自信をもつタイプに分け、後者はすでに冗談が現実になっているという。これはどうも女装への欲望とトランスジェンダーへの欲望を区分しているようだ。主人公、男の体に女の顔を持った朱衣は女装癖をもっていて、男とも女とも愛を交わすが、どちらかといえば男を好んでいるようである。

まとめると、戒厳令解除前の『孽子』はすでにゲイの生態とジェンダーの多様性を描いていたが、それは新公園を中心とする「良家の子弟にあらざる者」に限られていた。また戒厳令解除前のレズビアン小説のジェンダー表現はまだはっきりとした形を持っていなかった。戒厳令解除以降のセクシュアル・マイノリティ小説はジェンダーというテーマを非常に繊細かつ深奥に扱うようになり、レズビアン・ゲイ文化におけるジェンダーの多様性が現れるようになった。各種各様のTやsissyが現れるだけでなく、カップリングの方法も実に様々であり、身体の特徴や振る舞い方、ベッドでの役割と二人の力関係の間にはもはや等号は成立しがたくなっている。このほか、戒厳令解除以降のセクシュアル・マイノリティ小説はさらに異性装、トランスジェンダー、両性具有などのクィアジェンダーを探索し、大いにジェンダープレイにはげみ、また硬直化した男女二分を批判して、ジェンダー・ポリティクスの上で激しく前進しつつ、挑発と諧謔の姿勢を見せているのだ。

結び

他の小説ジャンルと比べると、台湾のセクシュアル・マイノリティ小説は戒厳令解除の前後でくっきりと違いが分かれると言える。アメリカのブラック・フェミニストであるベル・フックス（Bell Hooks）は、人を圧迫する構造と同じ場所に立とうとする周縁性も存在する一方で、「自分が選んだ抵抗する位置、すなわち革新的な開放と可能性を含意した位置」にある周縁性もあるのだと指摘している（Hooks p. 22）。ヘゲモニーに反対し、構造に挑戦し、攪乱し、改変しようとする周縁性だ。戒厳令解除前のセクシュアル・マイノリティ小説は、セクシュアル・マイノリティがマジョリティによって周縁化されている事実を強く意識していたため、創作は多くの場合、悲憤梗概調という戦略をとった。同性愛意識を高くもった『孽子』でさえも、なお悲しみを基調として社会の寛容を請わざるを得なかった。戒厳令解除後、セクシュアル・マイノリティ文芸や映画が流れ込んできたこと、台湾のセクシュアル・マイノリティ運動とフェミニズムが着実に進歩したことがあって、セクシュアル・マイノリティ小説は新しい段階に立ち、勇敢に伝統のタブーを打ち破って、伝統的台湾／中国家庭の禁忌を打破し始めた。やがて、これらの小説はマイノリティが主流から周縁に追いやられるのに甘んじなくなり、マジョリティによるヘゲモニーを批判する周縁位置を戦略的に占拠して発声するようになったのである。それらは同性への愛欲やクィアジェンダーの主体から出発して、レズビアンやゲイのセクシュアリティ文化の諸相に食い込み、多様な同性に対する情欲のありかたを検討し、異性愛主義とホモフォビアの脅迫や歪曲を批判する一方で、諧謔的に異性愛者の自己肯定を転覆させ、バイセクシュアルやＳＭ、異性装、トランスジェンダー欲(者)、両性具有などのクィアジェンダーを探索してきた。現実の中に奇妙な家庭を想像するものあり、外国のトランスジェンダーを想像するものあり、清朝の男娼文化をあらためて想像するものあり、ネット社会でのジェンダーの虚偽性をつき、未来世界のセクシュアル・マイノリティ家庭やクィアの自己繁殖の可能性に思いを馳せるものあり……。奔放な想像の前には、マジョリティである異性愛には脚本もジェンダー分類も不足していることを見せつけられる。

戒厳令解除以降の台湾セクシュアル・マイノリティ小説はきら星のようで、質も量も申し分ない。本稿は紙幅の関係で、一つひとつを検討することはできず、ただ同性愛とクィアジェンダーという二つの方向を追ってみたに過ぎない。実は、これらの豊富なテクストにはまだ検討すべき多くの課題が残されている。例えば本稿ではわずかに触れたのみにすぎない美学のスタイルと文体の開発の問題（劉亮雅（b）一七一―一五二頁、「怪」参照）、またセクシュアル・マイノリティ（その情欲面）文化と異性愛というマジョリティ文化の異同、セクシュアル・マイノリティの美学とマジョリティの美学の異同、セックス（ジェンダー）ポリティクスとその他の議題の関係（例えば『荒人手記』におけるエスニシティの問題、『ある鰐の手記』における学歴偏重主義の問題）。台湾のセクシュアル・マイノリティ小説はいまようやく伝統を形成するにたちいたったばかりである。未来の書き手はさらに多くの習うべき先達と想像しうべき空間をもつであろう。いや、それればかりではなく、セクシュアル・マイノリティ／クィアがますます広がり、ごく当たり前の現象と見なされていちいち騒がれなくなっているかもしれない。

原注

（1）「同志」という言葉が香港から引き入れられたことは、香港と台湾のセクシュアル・マイノリティ運動をめぐるコミュニケーションが活発であることを示している。周華山、梁濃剛の訳述は、台湾セクシュアル・マイノリティ運動にとって極めて重要である。また、台北で発行されている『熱愛雑誌』は香港セクシュアル・マイノリティに大いに愛読されている。

（2）レズビアンを例に取れば、七〇年代のレズビアン・フェミニズム（lesbian feminism）は、女性が女性をアイデンティファイする概念を提出した。これは一方で、レズビアンを病気だと見なしていた伝統医学、精神病学の差別的な性観念に対する挑戦でありながら、他方で男性化したレズビアン（つまり「butch（男役）」である。中国語では「T」と呼ぶ。「tomboy」から来ている）は、果たしてその女性としての身分を認めるべきなのかを問いただすものだ。「T」は結局のところレズビアンなのか、あるいはトランスジェンダーなのか？　レズビアン・フェミニズムはT―婆（butch—femme）の役柄を承認せず、それは異性愛男女をコピーしたものだと考える。しかし八〇年代、レズビアンはこのことをめぐって激論を繰り広げ、九〇年代のクィア理論もおおかた、Tはまさにジェンダーの様々なあり方を体現するものであり、男女を杓子定規に区別することはできないと考えた。一九九〇年、グラスゴー（Joanne Glasgow）とジェイ（Karla Jay）は次のように書いている。「たとえ、一九九〇年の、論争開始後の世代で、思慮深く配慮あるフェミニストであっても、だれがレズビアンであってだれがそうでないかということについては（あるいはレズビアンなどありえないのか）、決して一致した考えを持ちえないだろう。レズビアンとは他の女性に対して情欲のある女性のことだろうか、それとも「女性をアイデンティファイする女性」なのか？　彼女は本当に女なのか？――もしもいわゆる女性が、異性愛主義式の言語によって構築されたものに過ぎないとしたら？　もしレズビアンという言葉がこんなに問題だらけなら、私たちが自ら望んでレズビアンテクストに定義を下しラベリングすることが、どうしてできよう？　だれがレズビアン作家なのか？　だれがレズビアン読者なのか？」（Glasgow and Jay p. 4）

（3）紀大偉が主編した書目によれば、戒厳令解除前の台湾小説において、セクシュアル・マイノリティのテーマに触れている執筆家に、姜貴、林懐民、白先勇、宋沢萊、馬森、王禎和、李昂、朱天心、陳映真、陳若曦、顧肇森、光泰がいる。また、戒厳令解除後には、西沙、陸昭環、朱天文、藍玉湖、王文華、陳燁、平路、商晩筠、楊照、許佑生、江中星、梁寒衣、葉姿麟、黄啟泰、

顧肇森、凌煙、邱妙津、楊麗玲、祈家威、張靄珠、葉桑、曹麗娟、林裕翼、朱天心、蔣勲、王宣一、履彊、蘇偉貞、范聖文、林燿德、林俊穎、常余、洪凌、紀大偉、陳雪、李岳華、安克強、賀淑瑋、杜修蘭、米契爾、呉継文、郭強生、朱少麟、郝誉翔、張亦絢、張曼娟、李昂、舞鶴、頼香吟、白中黑、成英姝、張維中がいる。紀大偉主編『酷児狂歓節』の附録を参照のこと。

(4) 小説開始時の退学布告は、時間を一九七〇年に設定している。

(5) これらの男娼は担ぎ屋的ではあるものの、相当な自主性をもっている。

(6) 『クローゼットの認識論』は、セジウィックによるクィア研究の経典的な名著である。

(7) 小韶は自身の性の啓蒙にただ驚いてしまい、また阿堯は小韶が同性愛者であるかどうか見定めがつかなかった。

訳注

*1 汚名としての「queer」と肯定的意味が与えられた「酷児《クィア》」の使い分けに関しては、劉亮雅著、和泉司訳、垂水千恵監修「愛欲、ジェンダー及びエクリチュール」『台湾セクシュアル・マイノリティ文学4 クィア/酷児評論集「父なる中国、母(クィア)なる台湾?」(ほか全七篇)』(作品社、二〇〇九年)一〇八頁を参照した。なお、劉亮雅の「クィア(酷児)」認識については、同論文の原注1(一〇六頁)に詳しい。

*2 クローゼット(closet)の原語は「暗櫃」。主流社会のヘテロセクシズム(異性愛主義)やホモフォビア(同性愛に対する不合理な恐怖や嫌悪)は、セクシュアル・マイノリティの存在を認めようとせず、その結果として、セクシュアル・マイノリティを閉じこめておく(あるいは閉じこめられた)暗室「クローゼット」が形成された。「クローゼット」により、セクシュアル・マイノリティは、あたかも存在しないもののように覆い隠されてしまう。だが、セクシュアル・マイノリティがひとたびアイデンティティを自認し、あるいは例えば新公園にゲイ・コミュニティが形成されはじめ、『孽子』によってそれが公にされると、主流社会が設けた「クローゼット」は衝撃を受け、マジョリティがセクシュアル・マイノリティに目を向けざるを得ない状況をつくりだした。この点については、劉亮雅氏のご教示に基づきまとめた。

参考文献

白先勇『孽子』台北：允晨文化、一九九〇年［白先勇著、陳正醍訳『孽子』国書刊行会、二〇〇六年］
朱天文「肉身菩薩」『世紀末的華麗』台北：遠流出版、一九九〇年、四九―七一頁
朱天文『荒人手記』台北：時報文化出版、一九九四年［朱天文著、池上貞子訳『荒人手記』国書刊行会、二〇〇六年］
朱天心「古都」『古都』台北：麦田出版、一九九七年、一五一―二三四頁［朱天心著、清水賢一郎訳『古都』国書刊行会、二〇〇〇年］
朱天心「春風蝴蝶之事」『想我眷村的兄弟們』台北：麦田出版、一九九二年、一九九―二三一頁
朱天心「浪淘沙」『方舟上的日子』台北：遠流出版、一九九三年、一〇三―一二七頁
成英姝『人類不宜飛行』台北：聯合文学出版、一九九七年
李昂『禁色的暗夜』台北：皇冠文化出版、一九九九年
李昂「回顧」『禁色的暗夜』五三―八四頁
李昂「禁色的愛」『禁色的暗夜』七―五一頁
李昂「莫春」『禁色的暗夜』八五―一一四頁
呉継文『天河撩乱』台北：時報文化出版、一九九八年
呉継文『世紀末少年愛読本』台北：時報文化出版、一九九六年
林俊穎「焚焼創世紀」『焚焼創世紀』台北：遠流出版、一九九七年、一七―一五七頁
周華山『同志論』香港：香港同志研究社、一九九五年
邱妙津「柏拉図之髪」『鬼的狂歓』台北：聯合文学出版、一九九一年、一二五―一四八頁
邱妙津『蒙馬特遺書』台北：聯合文学出版、一九九六年
邱妙津『鱷魚手記』台北：時報文化出版、一九九四年［邱妙津著、垂水千恵訳『ある鰐の手記』（『台湾セクシュアル・マイノリティ文学1　長篇小説　邱妙津「ある鰐の手記」』）作品社、二〇〇八年］

洪凌『肢解異獣』台北：遠流出版、一九九五年
洪凌「日落星之王」一九九―二二七頁
洪凌「在月球上跳舞」『在玻璃懸崖上走索』台北県永和市：雅音、一九九七年、七一―一〇〇頁
洪凌「記憶的故事」『肢解異獣』一六九―一九八頁
洪凌『異端吸血鬼列伝』台北：平氏、一九九五年
洪凌「罪与愆」『肢解異獣』一三九―一五〇頁
洪凌「過程」『肢解異獣』六九―八五頁
洪凌「擁抱星星殞落的夜晩」『肢解異獣』四七―六八頁
洪凌「獸難」『異端吸血鬼列伝』五六―八六頁［洪凌著、櫻庭ゆみ子訳「受難」『台湾セクシュアル・マイノリティ文学3 小説集「新郎新〝夫〟」（ほか全六篇）』作品社、二〇〇九年］
洪凌「関於火柴的死亡筆記」『肢解異獣』八七―一〇三頁
洪凌「髑髏地的十字路口」『肢解異獣』一五一―一六七頁
紀大偉「去年在馬倫巴」『中外文学』第二六巻第三期、一九九七年八月、一〇二―一一九頁
紀大偉『感官世界』台北：平氏、一九九五年
紀大偉「他的眼底、你的掌心、即将綻放一朶紅玫瑰」『感官世界』二〇七―二五五頁［紀大偉著、白水紀子訳「赤い薔薇が咲くとき」『台湾セクシュアル・マイノリティ文学2 中・短篇集 紀大偉作品集「膜」（ほか全四篇）』作品社、二〇〇八年］
紀大偉「色情録影帯殺人事件」『感官世界』一三九―一七一頁
紀大偉「美人魚的喜劇」『感官世界』一一―四九頁
紀大偉「膜」『膜』台北：聯経出版、一九九六年、一―一一〇頁［紀大偉著、白水紀子訳「膜」『台湾セクシュアル・マイノリティ文学2 中・短篇集 紀大偉作品集「膜」（ほか全四篇）』］
紀大偉「蝕」『感官世界』一七三―二〇五頁
紀大偉「憂鬱的赤道無風帯」『感官世界』一〇七―一三六頁
紀大偉「儀式」『感官世界』五一―九一頁［紀大偉著、白水紀子訳「儀式」『台湾セクシュアル・マイノリティ文学2 中・短篇

集 紀大偉作品集「膜」（ほか全四篇）』］
紀大偉主編「文学書目」『酷児狂歓節——台湾当代QUEER文学読本』台北：元尊文化、一九九七年、二四七—二六七頁
梁濃剛『快感与両性差別』台北：遠流出版、一九八九年
張小虹『後現代／女人』台北：時報文化出版、一九九三年
曹麗娟『童女之舞』台北：大田、一九九九年
曹麗娟「在父名之下」『童女之舞』六八—九六頁
曹麗娟「童女之舞」『童女之舞』一二—四九頁［曹麗娟著、赤松美和子訳「童女の舞」『台湾セクシュアル・マイノリティ文学3 小説集「新郎新〝夫〟」（ほか全六篇）』］
曹麗娟「関於她的白髪及其他」『童女之舞』九八—一七四頁。
陳雪『悪女書』台北：平氏、一九九五年
陳雪「異色之屋」『悪女書』五三—九一頁
陳雪「尋找天使遺失的翅膀」『悪女書』一九—五二頁［陳雪著、白水紀子訳「天使が失くした翼をさがして」『台湾セクシュアル・マイノリティ文学3 小説集「新郎新〝夫〟」（ほか全六篇）』］
陳雪『夢遊1994』台北：遠流出版、一九九六年
陳雪「夢遊1994」『夢遊1994』一三—四四頁
陳雪「蝴蝶的記号」『夢遊1994』一一三—一九一頁
陳雪「貓死了之後」『悪女書』一八三—二四六頁
黄惑「楼蘭女与六月青（雷鳴前請別開手機）」『熱愛雑誌』一九九八年一二月、九〇—九五頁
楊照「変貌（上）」『中外文学』第一九巻第一〇期、一九九一年三月、一四五—一七四頁
楊照「変貌（下）」『中外文学』第一九巻第一一期、一九九一年四月、一五三—一八六頁
劉亮雅「世紀末台湾小説裡的性別跨界与頽廃——以李昂、朱天文、邱妙津、成英姝為例」『中外文学』第二六巻第六期、一九九九年一一月、一〇九—一三一頁
劉亮雅（a）「怪胎陰陽変——楊照、紀大偉、成英姝与洪凌小説裡男変女変性人想像」『中外文学』第二六巻第一二期、一九九八年

五月、一一—三〇頁
劉亮雅（b）『慾望更衣室——情色小説的政治与美学』台北：元尊文化、一九九八年
Butler, Judith. *Gender Trouble: Feminism and the Subversion of Identity*. New York: Routledge, 1990.［ジュディス・バトラー著、竹村和子訳『ジェンダー・トラブル——フェミニズムとアイデンティティの攪乱』青土社、一九九九年］
Glasgow, Joanne and Karla, Jay. "Introduction." *Lesbian Texts and Contexts: Radical Revisions*. Ed. Karla Jay and Joanne Glasgow. New York: New York University Press, 1990. pp. 1–10.
Hooks, Bell. *Yearning: Race, Gender, and Cultural Politics*. Boston, MA: South End Press, 1990.
Sedgwick, Eve Kosofsky. *Epistemology of the Closet*. New York: Harvester, 1991.［イヴ・コゾフスキー・セジウィック著、外岡尚美訳『クローゼットの認識論——セクシュアリティの二十世紀』青土社、一九九九年］

SFの想像力は、クィア理論と連動する

小谷真理

本稿は二〇〇九年九月十九日(土)県立神奈川近代文学館で行われた「台湾文学連続講演会越境しあう日本と台湾の文学」第三回 劉亮雅×小谷真理対談「台湾のクィア文学と日本のSF、クィア、ファンタジー」における小谷真理氏の講演およびそれに続く発言を再編集したものである。(編者)

さきほどご紹介いただきましたように、私は、一九八五年に発表されたダナ・ハラウェイの「サイボーグ宣言(Manifesto for Cyborg)」というエッセイを訳したことがあります。それは、SF作家サミュエル・ディレイニーのレスポンスとともに、巽孝之が監修した『サイボーグ・フェミニズム』(トレヴィル、一九九一)に収録されました。ハラウェイのエッセイは、人間の体の一部を機械に変えた、あるいは、機械と人間が同居した状態で生きているサイボーグをモチーフに、八〇年代フェミニズム

思想を総括したものでした。サイボーグは、サイバネティック・オーガニズム（サイバネティクス理論＋有機体）の略で、もともとは一九六〇年頃にＮＡＳＡ（アメリカ航空宇宙局）が宇宙のように過酷な状況でもヒトが生きていけるようにするという発想から、自然の生体に人工的な機器を装備し、一個体として成立する、そういう動物を造り出す実験を紹介したときに造られたことばです。

今日は、台湾文学の連続講演ということでお招きいただきまして、事前に垂水千恵さんが監修された『台湾セクシュアル・マイノリティ文学』全四巻（作品社）を予習してまいりました。さきほど、劉亮雅さんがご講演のなかでご紹介されましたように、大変な衝撃力をもった作品が満載で、わたし自身今まで台湾文学をまったく読んだこともなかったこともあって、心から驚かされました。

その一方で、最先端の台湾文学が、現代の日本のＳＦと全然タイムラグがないことも印象深く思われました。そんなわけで、今日劉さんとお目にかかれますのを、たいへん楽しみにして参りました。全集の刊行の主旨に記されているように、現代台湾文学に目を向けた場合、これまで日本でよく語られてきたナショナル・アイデンティティの問題とは別個に、あるいはそれと並行しながら、セクシュアル・アイデンティティの揺らぎを描いた高水準な作品が多く輩出されているという、中国にはなくて台湾の現代文学だからこそある大きな特徴について、非常に目を開かれた思いです。私も国家主義と性的主体性の関係性について、ＳＦ批評の中ではよく議論の対象としますが、それが現在台湾で大きく取り上げられていることについて、非常に興味を持っております。

さて、私のほうでは、まず日本ＳＦの流れと、なぜそれがクィア的な想像力と繋がってくるのかを簡単に考察してみます。

まず、SFというのはサイエンス・フィクション、空想科学小説と訳し、基本的には科学とテクノロジーについての文学を指します。宇宙へ行ったらどうだろうとか、ほかの天体はどうなっているんだろうかとか、あるいはミクロの世界がどうなっているのかとか、過去へタイムマシンをとばしたらどうなるか、などなどですね。十八世紀末から十九世紀に到来した科学技術の発展とともに一緒に生み出されてきた想像力が源となっています。科学、テクノロジーのさまざまな可能性を文学というスタイルの中で、いろいろ考えてきたのがSFなのです。SFのなかに、そうした科学技術をベースにした視点からの文明批評的な要素があるのは、そのためです。

文明批評は科学的な作法に基づいて、第三者的な視点が不可欠ですが、そのせいかSFでは、違和感の注入、あるいは外部視点を導入していくという手法がたくさん試みられています。これが、SFはエイリアン（他者）を探究する文学である、という認識へ繋がっています。

エイリアン。通常SFの世界でエイリアンと言いますと、異星人というか、ほかの天体からやってきた異星人というような、私たちがよく知っている地球の規範に当てはまらない他者、アザーを指します。ただし、どうやってそのエイリアン的視点をうまく書いていくかといったところで、旅行者やマイノリティといった人々の体験が重ね合わされ、そこから推論されているケースも見逃せません。まったくの空想の産物ではなく、ある程度現実的な体験から出発していることが多いのです。

SFにおけるエイリアンがどのように描かれているかについて、わたし自身『エイリアン・ベッドフェロウズ』（松柏社、二〇〇四）という本を上梓しておりますが、たとえばアメリカSFでは、宇宙人がいっぱい出てくるんですけども、見知らぬ国から来た移民を、他者として――宇宙人のように

――描くということが多く見られます。エイリアンたちのエイリアンネーションとは、社会における疎外の問題や、移民たちの葛藤のように、歴史上の、きわめて現実的な問題と関係があることが多いのです。地球の規範に当てはまらないエイリアンは一体どういう世界に住んでいるのか。エイリアンたちの世界を描く異世界ものでは、逆にこちら側の、現実の人物が、他国を訪れたときの衝撃や、見知らぬ国や動物への好奇心をベースに想像を膨らませて書いていく、というわけです。

今日、クィアということばが重なってくる可能性は、ＳＦをエイリアン文学として再考したときに、明確になってくるのではないでしょうか。

クィアということばですが、米国でクィア理論が登場するのは、九〇年代の初頭です。昔辞書でクィアというのを引くと、女の格好をしている男性同性愛者、オカマと書いてありました。クィア理論が出てきた当初、なんて訳すべきかわからなくて、オカマ理論と訳したことがあるんですけど、意味合いが違ってきましたね。エイズの発生以後八〇年代の後半、アメリカで同性愛者に対するバッシングがものすごく強くなってきたこともあって、それまでバラバラに動いていた男性同性愛者の人権運動と、女性の同性愛者のそれとが、共闘できるような理論が模索されるようになってきました。それだけではなく、それまでは正常とされていたヘテロセクシュアリティ（異性愛）から逸脱する、さまざまなセクシュアリティを包含するかたちで、セクシュアル・マイノリティに対する関心が高まって、それを理論面、運動面から考えていこうということで、クィア理論と呼ばれるようになった。ですから、クィア理論は、変態理論と訳すのがストレートな意味合いでよいのかもしれません。「クィア」（変態）という差別的なタームを、むしろ積極的に名乗ることによって、「自分たちクィアよ」という感じで明るく打ち返していくことによって、差別観を払拭しようという戦略なのだと、あとで知りました。

わたし自身は、九〇年代の初頭に、デューク大学出版局から出版されていた『differences』という学術雑誌の特集号がこの理論をフィーチャーしていて、それを読み、衝撃を受けました。なぜなら、そのなかでは、ジュエル・ゴメスという作家の『ギルダ物語（*The Gilda Stories*）』（一九九一、未訳）が取り上げられていたためです。この小説は、アメリカのSF界の情報誌『LOCUS』の書評欄で取り上げられていたため、すでに知ってはおりました。

書評では、ブラック・レズビアン・ヴァンパイア（黒人のレズビアン吸血鬼）ものとして紹介されていて、「黒人」で「女性」で「同性愛者」という三重のマイノリティが、吸血鬼という怪物のモチーフで表象されている、と紹介されたのです。当時女性の書いたSF小説を雑誌『翻訳の世界』で紹介するコラムを連載していたこともあって、すぐ読みました。吸血鬼として生きなければならない悲劇をロマンチックに描いたアン・ライス『インタビュー・ウィズ・ヴァンパイア』という作品シリーズがありますが、『ギルダ物語』もまた、吸血鬼の主人公の複雑なアイデンティティを描いた傑作でした。

その『ギルダ物語』が、学術雑誌に取り上げられ、作品を評価するのに、クィア理論が使われていたというのは、だからこそ衝撃的でした。ポップカルチュアの作品を評価する新しい理論が即座に示されるという状況に非常に驚きました。とはいえ、サミュエル・ディレイニーや、オクテイヴィア・バトラーなど、黒人のゲイ、あるいは女性作家たちの作品が、メインストリーム／ポップカルチュアという垣根をいとも簡単に超克している実例は、アメリカの有色人たちの世界ではそれまでも頻繁にあったわけで、白人たちの世界での文学的ヒエラルキーが、有色人の世界では違うこと、小説と批評理論が打てば響くように出てくる、そういう文学的な躍動感を、今わたしは体験しているんだな、という興奮がありました。マイノリティをエイリアンとして描くSFの特質が、大きくクローズアップされている、という事実をリアルタイムで体験したわけです。それは、クィア文学とSFとが重なるその瞬間を目にしている、という実感をともなうものでした。

それと同じような体験が、実は日本SFでもありました。ご存じのように日本SFは、戦後形成され、それがジャンルとして確立したのが、大体六〇年前後。一九五九年に早川書房から『SFマガジン』という、SFの専門雑誌が創刊されます。この雑誌は欧米のSFを紹介しながら、日本の独自のSFを生み出していこうとする、その中心的な存在になっていきます。

日本SFがポピュラリティを確立する、いわゆる黄金時代は、七〇年代に始まっていて、小松左京さんの書いた『日本沈没』が一九七三年に刊行されて、四百万部を売り上げるベストセラーになりました。七〇年代は、現在にまでいたるさまざまなポップカルチュアの最初の動きがくるんですね。SFもそのひとつです。それから、たとえば、少女漫画の世界では、古典的な少女像を描くのではなく、古典的な性差観を超越した、美しく知的な少年像が登場します。昭和二十四年に生まれた少女漫画家たち、萩尾望都、竹宮恵子といった方たちを、二十四年組と呼称してますが、彼女たちの独特な物語学が花開くのは、七〇年代のことです。彼女たちが性差を超越した——たとえば少年表象の——独特の物語学を生み出したことはよく知られていますが、それがきわめてSF的な自由奔放な物語学と重なり合っていたことはもっと注目されていいと思います。

さらに、SFと関係のあるもう一つ重要なものがアニメの勃興期にあたっていること。これも脚本や原案などにSF作家が関わっていて、SF的な想像力が投入されていました。七〇年代における日本SFは、海外のSFの情報が一挙に移入され、それに呼応するかのように絢爛たる世界を噴出させたといっても過言ではないほどの勢いがありました。

そうした日本SFのなかでは、エイリアンについてはどうなっていたのか。欧米でのエイリアン文学としてのSFを輸入して、それを自家薬籠中のものとして育てていった日本SFですが、それは、欧米SFで描かれていたエイリアンこそ、白人男性以外の他者たち、すなわち自分たちにほかならない、というアイロニカルな構造を抱え込むことにほかなりません。たとえば、ベストセラーになった『日本沈没』でも、戦後の経済成長期を経て科学技術のすばらしさを賞揚する世間の風潮とはうらはらに、物語の中では日本の国土が沈没してディアスポラ（民族離散）が始まる、という展開になっています。いわば日本人がエイリアン化する様子を描いている。それは、アメリカSFで当時勃興していたフェミニズムSFの活動と連動している、と読めるのかもしれません。

英米SFでは、五〇年代がSF黄金時代にあたり、物理的な宇宙を舞台にしていて、外宇宙《アウター・スペース》をめざす時代と言われています。フロンティア・スピリットの意識を持ち、宇宙開発への夢をつむいだ時代です。アイザック・アシモフ、ロバート・A・ハインライン、アーサー・C・クラークら御三家と呼ばれた超有名作家を輩出した時代です。続く六〇年代は、ヒトの心の問題、意識の問題などを取り上げる内宇宙《インナー・スペース》への関心が高まります。五〇年代では、ひたすら科学技術への関心があったのに、そうした科学が発達している世界を探究しても、人間の考え方がいつまでも旧い因習に囚われていたり、五〇年代のメンタリティを持っているのはおかしいのではないか、という批判が出てきます。冷戦や父権性、帝国主義的な考え方への批判も、そこにはありました。世界革命闘争にも通じる、これがいわゆるSFにおけるニューウェーヴ運動です。続く七〇年代は、フェミニズムSFの時代で、いわば内宇宙への探究から、性差宇宙《ジェンダー・スペース》の問題が浮上し、女性作家によるフェミニズム理論構築が活発化します。フェミニズムSFの特徴は、女性こそがエイリアン、つまり異星人ならぬ異性人だという発見から出発しており、女性＝エイリアンの視点からそれまでのSFを脱構築する作品が数多く登場してきました。欧米と日本のSF的な流れを対比させると、ともにアメリカSFの中核をなす地球人＝中流階級の白人男性という前提がゆらぎはじめた時期が、その黄金期にあたっているように見えてきます。

日本SFが、クィア的な個性を隠し持っているのは、フェミニズムSF同様、欧米にとっての他者を描くスタイルをまるごとのみこんだまま、そこに描かれている他者こそが自分たちでは？というオブセッションを抱かざるをえなかったからであり、それが出発点になっているからではないでしょうか。

この特徴は、コンピュータやバイオテクノロジーといったハイテク・ムーブメントが起きる八〇年代になると、さらに複雑な屈折を帯びてきます。欧米では、ハイテクの勃興の先駆けとして、後の映画『マトリックス』の原型となったウィリアム・ギブスン『ニューロマンサー』が「サイボーグ宣言」の前年一九八四年に刊行され、大きな評判をよび、ハイテク時代の文学表現を探究するサイバーパンク運動が起きます。

ここで興味深いのは、こうしたサイバーパンク運動は、アメリカSF界の主流では、七〇年代のフェミニズム運動へのバックラッシュと見なされる傾向が強かったことです。ハラウェイの論考が、日本でサイバーパンク運動と対をなす理論として受け入れられたのは、前掲のポストコロニアル的な事情にマッチしていたからではないかと考えられます。

自然／人工の対立項を脱構築するサイボーグというモチーフは、アメリカに占領されそれまでの歴史性から切断されて、文化改変される日本人のメンタリティをそのまま説明付けることができるモチーフなのです。それは、男性優位社会で、男性のスタンダードと、下位化されている女性のスタンダードというダブルスタンダードの狭間で暮らす女性にもあてはまるものであり、ギルダのように三重のマイノリティの現実をすら説明付ける強力なアイコンでした。

八〇年代に日本は、国際的に経済力をつけることによって、欧米のポストコロニアル世界のなかで、ますます二重の他者性に関する屈折が深まっていました。日本SFはその構造にうまくマッチしたと言えるのではないでしょうか。

さて、日本SFとクィア性の関係に話をもどしますが、七〇年代におけるSFと少女漫画とアニメの勃興は、クィア理論の視点で見ると、ヴィジュアル性の強い自由で新しいメディアによって、日本のポップカルチュアのクィア性が一気に表出したように見えます。

はたしてそれは、従来の日本の文学の伝統の中で見られなかったものが、突然アメリカSFやポップカルチュアの影響で出てきたのか、それとも、江戸時代の文化や、大正エロ・グロ・ナンセンスのように、もともと潜伏していたのが時期を得て、間歇的に出てきたものか、あるいはその両方なのか、それはまだまだ議論されるべき点でしょう。

ひとつの貴重な証言として、二〇〇三年に作家で文芸評論家の高原英理さんが『無垢の力――〈少年〉表象文学論』という評論書を刊行し、衝撃を与えました。少年という表象に視点を置いて日本近代文学を見直そうという評論でした。それを読むと、少年同士、あるいは同性愛的な感覚を持った小説が結構たくさんあるということがわかります。彼は日本近代文学の流れの中に、大人の男の人ではなく、美少年、つまり美しい男の子を愛でる、そういうカルチュアがあったということを、膨大なリサーチのなかから明らかにしました。今はそういうカルチュアが連綿とあったというのは意識されていないのですが、実際にはいろんな作家の方が書いていたということを実証したのですね。再発見したというべきでしょうか。

男性作家だけではなく、たとえば少女漫画の二十四年組のクィア的な感性と近い森茉莉「恋人たちの森」、吉屋信子『花物語』は、二十四年組と同世代の作家・栗本薫『真夜中の天使』やそのカルチュア以降に登場した長野まゆみ『テレヴィジョン・シティ』といった、クィア文学として評価されるべき作品とともに、現在見直されています。同性愛を扱った作品は、現代ＳＦでもファンタジーでも、けして少なくはありません。

ただし、こういう作品で、それでは作者が同性愛的な、つまり内的な必然性を持っていて、自分はゲイやレズビアンだからこそこういう文学を書いてみようという話かというと、そうとはかぎらないようです。作家自身が自分のセクシュアリティをカミングアウトする例は非常にまれです。どうもそこらへんにすこしトラブルの影があるようです。

たとえば、沼正三『家畜人ヤプー』（一九七〇）というクィアＳＦがあります。遠い未来世界に連れて行かれた現代の日本人男性が、白人女性たちの徹底的な女尊男卑帝国の中で、徹底的なマゾヒズム体験を通じて、心身共に家畜へと改造されていく、というSFです。そもそも日本人こそ、そうした家畜的な人種なのではないかといったような、家畜であることに快楽を覚えるメンタリティが描かれていくわけです。この作品は、一九五六年から『奇譚クラブ』という雑誌に連載され始め、三島由紀夫にも絶賛されました。作品はペンネームを使っていて、誰であるかというのはいまだに明らかになっておりません。真の作者だという方はこの間亡くなられたんですけれども、当の三島由紀夫が書いたんじゃないのかという説もあったくらいです。

作者がマゾだから作品がこうなるという本質主義的な議論をどう解決するのかについては、まだ議論途上にあり、セクシュアル・アイデンティティをめぐるテクストとコンテクストの問題は、今現在も、必ず論争へと発展します。

セクシュアル・アイデンティティを明かして作品を書いているSF作家・森奈津子さんのような方はむしろ特殊な部類ではないでしょうか。彼女は、バイセクシュアルであると宣言しまして、ポルノSFやエロチカを書いています。

多くの作品は、コンテクストを曖昧にしたまま、クィア性が探究されているのではないかと思うんです。でも、はたしてカミングアウト自体が本当に必然とされるべきなのでしょうか。自分の性を明らかにして、異性愛的な男性社会の視点から逸脱しているという立場をはっきりさせるのには、日本のコンテクストでは政治的な難しさがあるのではないでしょうか。その重圧があまりにも強いがために、SFのような思考の自由な形式を使って、言えないことをはっきり描いているのではないかと思うのです。SFとして描かれるクィア文学の数の多さを見ていると、一種の無意識的な戦略を感じるんですね。

長くなるので最後に、日本でクィア文学というのを今後考えていくときに、女性のカルチュアとして出発した「やおい」とか、現在では「BL＝ボーイズラブ」と呼ばれるジャンルが重要だということを付け加えておきたいと思います。

さきほど話題に出た七〇年代に登場した少女漫画の世界で、少女漫画家の水野英子さんの『ファイヤー！』や、萩尾望都さんの『トーマの心臓』、竹宮惠子さんの『風と木の詩』といった作品を先駆けとして、女性たちが、男性同性愛の世界を描く、そのようなカルチュアを、出始めの頃は「少年愛」と呼び習わしました。この傾向は、プロの世界だけではなくて、女性のアマチュア同人誌の世界で膨大に観ることができます。

アマチュア同人誌の世界では、さまざまなメディアに描かれている男性のキャラクターをふたりピックアップしてその間に愛がある、ロマンスがあるんだというふうに、読み替えていく。しかも単に愛を至上のものとする精神的な絆を志向するだけではなく、非常に過激な性描写を含んでいる。九〇年代以前は「やおい」と呼称されていましたが、九〇年代初頭よりこれが商業ベースに乗って「ボーイズラブ」、「BL」と呼ばれるようになりました。

これを見ていると、どうも何か男性中心社会の規範とは明らかに異なった、女性にとって不愉快さを消去した世界を追究しているのではないかと思われるのです。女の人にとって非常に気持ちのいい、居心地の良い世界が描かれていて、現実世界にあるジェンダーの役割も、どんどん自分たちの好きなように読み替え、登場させている。純愛と性的快楽を両立させている物語なんですね。

ひとつの解釈として、異性愛至上主義を批判しながら、いわゆるクィア・リーディングを行ってから、それを作品の中に入れこむ形で物語が成り立っている。一種のメタフィクションのようなスタイルを持ってると言えるでしょう。日本のクィアの文学を考えていく上で重要なカルチュアだと思います。

*

《劉亮雅×小谷真理対談》

司会　今お二人がお話しくださった台湾、日本の状況には重なり合う部分がたくさんあると思うんですけれども、お互いにご質問いただけますでしょうか。

小谷　私も「膜」と「受難」は、感動しながら読みました。特に紀大偉さんの「膜」という小説は、フィリップ・K・ディックの『模造記憶』や『アンドロイドは電気羊の夢を見るか?』や、日本のサイボーグSFのアニメーション『攻殻機動隊』や『イノセンス』、あるいは女性SF作家の大原まり子さんのお書きになった『ハイブリッド・チャイルド』と比較しても非常にエキサイティングな展開で、違和感がほとんどない点にも驚かされました。「膜」という作品は、そんなふうに欧米や日本の先端的なSFと共鳴しているように思うのですが、台湾のポップカルチュアとの関係では、どういうふうになっているのでしょうか。それから作品自体が台湾の世界でどのように受け入れられたのかという反応などもうかがいたいと思うんですが、いかがでしょう。

劉　「膜」は台湾では非常に良い評価を受けています。たとえば、科学SF小説賞を受賞していますし、私も高く評価しています。サイボーグを通して、われわれがアイデンティティについて考えるとき、このような小説は非常に大切なものではないかと思っています。また、ポップカルチュアとも大きく重なっていると思います。たとえばアメリカ映画「ターミネーター」とかですね。虚構の政治、虚構の社会を作り上げるという点において「膜」とは密接な関係があるものだと思います。

小谷　話がすすむごとに、既存の世界観がどんどん裏切られていくような作りになってますね。われわれの信じている現実感が足下から突き崩されて、ひょっとすると、私たちが現実だと思っていることは、仮想現実にすぎないのかもしれない、という不安定な感覚が押し寄せてきます。高度メディア時代に、メディア過密によるリアリティの喪失を探究していたディックのSFや『イノセンス』が好きな人だったら、もう絶対ハマると思うんですね。

「膜」の中で言えば、結婚している夫婦かと思ったら、それは異性愛者ではなく、レズビアン・カップルであり、しかも片方は日本人の女性で片方は台湾の女性という設定があり、身体を癒すエステティシャンだと思い込んでいたら、その記憶自体が移植された模造記憶で、体験自体が洗脳のような疑似体験を指していたりする。男女の性差が変貌してしまうだけではなく、そもそも主人公がヒトですらなくてサイボーグや人工知能と設定されて、私たちがいつも普通だと思っている前提が次々突き崩されていく。全部それを裏切っていくような違和感の集積になっていて、読了後、寂寥感と同時に、何かこう人間の深いところに迫ってくるような、非常に複雑な感慨がひたひたと押し寄せてきます。サイボーグや人工知能など人間以外のものを扱いながら、人間性の問題に巧みに迫っているという構造があります。これは直球（ストレート）というより、まさにクィアな、そしてＳＦ的な感覚だと思います。

　さきほど私は、日本では、作家がセクシュアル・マイノリティであるとカミングアウトして、作品を描いていくということは少なく、作者と作品のセクシュアル・アイデンティティあるいはクィア性には、ちょっと乖離があると申し上げましたが、台湾では作家のセクシュアル・アイデンティティは問題になることがあるんでしょうか。

　と申しますのも、アメリカのゲイ批評家の方と話していると、やはりゲイ作家の書くものだからこそ正しいゲイ文学だという本質主義的な前提が強いからなのです。フェミニズムＳＦの世界では、ジェイムズ・ティプトリー・ジュニアのように、女性でありながら完全に男性作家になりすました例もありますから、明確な線引きはできないんじゃないかな、と思うのですが、いざ暴露されるとすごい反発があったりするんですね。もちろん、マイノリティの文学は、女性文学も含めて、当事者のリアリティに関してはつねに配慮されるべきですし、そのうえでのケース・バイ・ケースの慎重な解釈は必要ではないでしょうか。その辺について台湾の事情をお伺いしたいのですが。

劉　台湾では、同性愛の人が同性愛について書く、異性愛の人がまた同性愛について書くという両方のケースがあります。かつては異性愛の人が書いたものに対して、文句を言う人がいたことも事実です。あなたの書き方は浅いとか、よくわからないとか。しかし現在では、レズビアンとか同性愛とかあるいはセクシュアリティの運動の成功とともに、あまり作家のセクシュアリティと作品のセクシュアリティの一致を強調しなくなりました。むしろオープンになって、作家のセクシュアリティと関係なしに、書きたいものを書けばいい、その方が作者も評論家も自由に読むことができるし、評価することができるから、というわけです。

日本では書くという行為を通して同性愛運動を起こすようなことがあるかどうかを教えてください。

小谷　今から十数年前にアメリカの日本研究者のキース・ヴィンセントさんと私の間でクィア・リーディングをめぐって論争になったことがあります。彼は日本の同性愛者のための人権運動活動家たちの集団「アカー」のメンバーでした。日本文学にたいへん造詣が深くて、日本近代文学の中のクィア性をかなり慎重に抽出し、たとえば俳人・正岡子規の写生文による言文一致体方法論が、セクシュアル・アイデンティティの表象にどのような影響を与えたかを考察していました。ちょうど九〇年代の半ばのことで、さっき言及した「やおい」や「ボーイズラブ」の原型になった耽美小説が、商業ベースに乗ってきたころです。私は、そのスタイルについて既存の異性愛社会のロマンスの物語学を、無意識に女性たちがクィア・リーディングし、自分たちの欲望にしたがって読み替えようとする、巨大な文学的ムーヴメントではないか、と評しました。

その背景には、アマチュアの同人誌の即売会、コミック・マーケットというものすごく大きな即売会が、そうしたカルチュアを育てる場として大きく関わっていました。女性ファンたちが八〇年代の半ばをひとつの頂点として、膨大な男性の同性愛小説、あるいは漫画を書いていたからです。その規模はほんとうに想像を絶するもので、その熱気もたいへんなものがありました。ただし、大規模であるにもかかわらず、マスコミは興味本位にしか報道せず、たとえば学校のクラス三十人ぐらいだとすると、大体四人か五人はそういうところに行ってハマっていたりするけれど、何にハマっているのか、何が楽しいのかよくわからない、と。結局、そのわからなさも手伝って、まともに取り上げられず、また当の女の子たちも、取り上げられて邪魔されたり、とんちんかんに評されるのは迷惑ですし、結局大きな見えないカルチュアとして維持されてきたのです。社会的に認められることより、自由に愉しめることこそが重要だったのですね。だから、中島梓さんのような文芸批評家をのぞいて、まったく批評のベースにはのってこなかったんですね。

キース・ヴィンセントとの論争ですが、キースはラディカルなアクティヴィストなので、これだけみんなが楽しんでいるのに、なぜ社会運動しないのか、戦わないのか、という苛立ちがあるようでした。かたや男性同性愛者たちが真摯に自分たちの権利をかけて人権運動をしているのを尻目に、女性たちが無邪気に男性同性愛の表象を使用して愉しみ、表現を奪っているのではないか、というのです。コミック・マーケットのようなカルチュアはあるけれど、それがアメリカで見られるような市民運動にはなりえない、というのですね。たしかに、彼のいう通りです。同じように、やはり日本文学者のマーク・ドリスコルさんから、日本ではそうしたポップカルチュアを容認する空間（スペース）があるために、かえって社会運動化しにくいのではないか、と言われたこともあります。

わたし自身は、コミケットを大きな文化運動として捉えていますが、コミケットの存在自体を主流文化に対するポップの牙城と考えるべきなのか、それとも行政からお目こぼしになった居留地とみなすのかは曖昧であり、そこにはたいへん難しい問題があります。コミケットをプロモートしていた故・米澤嘉博さんは、コミケットの存在自体を文学的な表現運動、つまり社会運動と考えていたのではないかと思いますが、そこに集う人たちにそれが浸透し、意識化されていたかどうかは疑問です。

むしろあまり意識してなかったのではないでしょうか。で、当時は、キースらの批判に対して、女の子たちは楽しんでるんだからいいんじゃないの、というようなニュアンスしか返せなかった。そういう存在があること自体が政治的なムーヴメントたりうるのだ、ということに気がつくのは、むしろ二十一世紀に入ってからです。

プロアマ含めて莫大な数の作品が集まっています。それが何故なのか、それをどう評価するのか。前世紀は、評価基準はほとんどなかったのですが、今世紀に入ってから、当事者たち自身が、自分たちが何を書いているのか、いったい何でこんなに夢中になるのか、ということを知りたい、分析しようという流れが出てきて、ようやく批評の端緒についたかなっていう感じです。

また、行政から漫画の性表現に関する規制がかけられ、危機感をつのらせる動きも出てきて、社会運動に対してももっと関心がよせられるようになった。それが直接同性愛者たちの差別撤廃運動と関わったり、あるいはそれを盾に自分たちの文学や批評を造り出していこうという文学的運動を起こしたり、そういう意欲のある人たちが、徐々に出てきているのではないか、と思います。

クィア的なものを求める主体とは一体なにかということが、ポップカルチュアのなかでもっと意識されるようになると思うんですね。

劉　日本には大量な同性愛小説があるんですけれども、日本の文学史の中でどのように位置づけられているのでしょうか。

小谷　文学史のなかでは、いまだにほとんど言及されてないですね。見えないカルチュアとしていまだ存在しているという感じです。それでも、ゼロ年代に入って、永久保陽子さんの『やおい小説論

――女性のためのエロス表現』という好著や、あるいは前に述べた文芸評論家・高原英理さんの著作が出るようになって、すこし変わってきたんじゃないでしょうか。

また、クィアな作品として読まれると、逆に作家本人のセクシュアル・アイデンティティが好奇の目にさらされて、さらに作品がわかったような気になって思考停止するといった精神的に未熟なロジックがいまだに根強いがために、クィア・リーディング自体が拒否される傾向は強いと思います。

三島由紀夫とか夏目漱石の『こころ』とか、作品としてはわかりやすい例はあります。男性同性愛を描いた作品として読むことはもちろんできると思うんですけれども、そのときの男性同性愛とはなにかという問題にされるんじゃないでしょうか。男性同性愛、いわゆるホモセクシュアリティの概念は西洋の概念だから、たとえば夏目漱石の『こころ』を無理やり当てはめるのはどうなの?みたいな、そういう切り返しがされて、結局あれはそうではない別のテーマの話じゃないかとずらされてしまう。クィア・リーディングを避ける考え方はとても強いと思うんです。たとえば、三島由紀夫さんの、あの、映画になった『春の雪』は、何度も何度も生まれ変わりながら求め合う魂の愛の話だと思うんですけども、第一部では男性二人が親密な関係性をもちうる、という展開でした。普通に読めば、異性愛をすら凌駕する愛の物語であるがゆえに、クィア的な設定が次々使われているように読めます。で、男二人の関係性の話、といったときに、三島由紀夫さんがクィアなセクシュアル・アイデンティティだから書いたんだろうというふうに分析され、しかもそこで指摘されるクィア性は古典的な、蔑視を含んだものであると誤解されてしまうと、とてもではないけれど受け入れられない、という風潮になってしまう。結局、そうすると、それについては一切文字の形では残さない。議論すらしない状況になってしまう。あの物語の中で、セクシュアル・アイデンティティがどのように描かれ、作品世界の物語学のなかでどのように構造化されているのか、ほかのクィア性との関係で、三島がどう思考していたのか、というセクシュアリティの分析以前に、議論が閉ざされる。

そういう状況を見ていると、ひょっとしたら、私たちの生きてる日本って、ものすごく大きなクローゼットがあって、みんなその中に閉じこめられていて、その中で結構自由に振舞っているような感じがするので一見それがクローゼットだとわからないけれど、なにかクィア的なものを見えなくしている、大きな抑圧装置が働いているのかな、と思います。

＊

《質疑応答》

質問　女性が「やおい」、「ボーイズラブ」という形で男性同性愛の話を書くことに、ゲイの方からの批判がありますか？

小谷　これはやおい討論とかクィア・リーディングのなかでは、しばしば言及されるところです。さきほど、ゲイの方から、自分たちが書くべきトピックを「やおい」の人たちは奪って、現実性のないファンタジーとしてロマンス化しているんじゃないか、と批判された話をしましたが、たしかにいまだに、批判的な方もいらっしゃいます。女性の描く「やおい」やＢＬ小説は、ゲイの人から気持ち悪い、やめてくれと拒否されることもある。ただし、ゲイの方にもいろんな方がいらっしゃって、もっと年配のゲイの方で、おそらくすごく苦労してきた人だと思いますが、自らの経験をふまえながら「女の子が自分たちをそんなに美しく書いてくれるの」みたいな感じでとても喜んでいる意見もあったんですよ。あるとき、インテリの方で、既存のゲイ文学は読み尽くしてしまったと。そんなとき、「やおい」やBLがあって、ほんとうによかったと思った方もいらっしゃいました。ゲイも一枚岩ではなく、さまざまな意見があるな、と思いました。

いっぽう、女性のほうでも、やおい論争を経由して、ゲイの社会運動に啓発された女性たちもいますし、あるいは、耽美作家の榊原史保美さんのように、自伝的著書『やおい幻論――「やおい」から見えたもの』のなかで、自分はもしかして女として生まれてしまったけれども、脳内ではひょっとして男性ではなくてゲイなのではないか、と考察されている方もいます。

もともとポルノグラフィー撲滅運動のように、男性が消費してるポルノを批判するときに、性的なもの自体を拒否するような姿勢や、反対に自分たちで自分たちのためのエロチカを造り出していこうとする動きまで、女性の意見も一枚岩というわけではありません。やおいのファンタジーの背景のコンテクストに、ゲイのリアリティの問題があることを認識することが大事で、今後、それをどう位置づけていくかということですよね。

あと、こうしたクィア文学が、近代文学に存在しているかという話なんですけれども。私はSFの専門家なので、主流の傾向には疎いのですが、SFのほうでは、かなり活発に作品が書かれていると思います。SFは、直接リアリティに関わってくるというより、より空想的な思弁を許す分野であるせいか、現実の世界では扱いにくい問題を、世界観ごと取り上げることが可能だからです。とりあえず、現実とは切り離して、よりクリアに問題を取り上げる、そういう構造があり、クィア性を探究するのに、容易に取り組みやすい、ということがあります。

最近の作品では、SF作家・野阿梓さんが、『伯林星列（ベルリン・コンステラティオーン）』という傑作を書いております。二・二六事件で処刑されたはずの北一輝がもし処刑されなかったら、という歴史改変SFで、少年凌辱SM小説みたいな展開です。その性的な事件の背景に、戦争に至る天皇制と日本のセクシュアリティについての考察がなされているようで、こういう作品はもっと読まれていいし、もっとまじめに分析されてもいいと思います。

ユートピアの去った後
――二十一世紀の台湾セクシュアル・マイノリティ文学

紀大偉（小笠原淳訳／濱田麻矢監修）

二十一世紀はセクシュアル・マイノリティ文学に反省と沈澱の契機を与えた。今日のセクシュアル・マイノリティ文学に、かつてのような勢いはないのかもしれないが、しかしそれはさらに着実に歩み続けている。

それは楽園であり、蜃気楼でもある

「ユートピアの後（原文：烏托邦之後）」。本稿ではこの言葉を用いて、「二十一世紀の台湾セクシュアル・マイノリティ文学」について論じていく。そのコノテーションは、かつての文学が「ユートピア」であったということである。「ユートピア」にはもともと二つの意味がある。それは「楽園」を指し、また「蜃気楼」を指す。一九九〇年代、この十年の歳月は台湾セクシュアル・マイノリティ文学にとって、紛れもなくユートピアであった。

それは楽園のように歓びに満ちており、それでいて蜃気楼のように覚束なく不確かだった。一九九〇年からセクシュアル・マイノリティ文学はにわかに活気づく。文学賞の受賞者の多くがセクシュアル・マイノリティのテーマを取りあげ、書店にはセクシュアル・マイノリティの書籍が大量に並びはじめた。しかし、楽園は蜃気楼に姿を変えたようだった。一九九〇年代以後、セクシュアル・マイノリティ文学は、まるで静寂が訪れたかのように、「ユートピアの後」の時代へと入っていったのである。

一九九〇年代においては、セクシュアル・マイノリティ文学の外部／内部の双方にユートピアの特色が現れていた。セクシュアル・マイノリティ文学の外部（すなわちセクシュアル・マイノリティ文学がおかれているマクロ環境）はユートピアの色彩を備え、そして、その内部（作品そのもの）も申し合わせたかのようにユートピアの特徴を表していた。台湾文学数十年来の主流は、「リアリズム」（数十年来の様々な小説選集を繙きさえすれば、長きにわたってひたすら写実に寄り添うよう努力してきた台湾文学の傾向を、難なく見いだすことができるだろう）であった。だからこそ、セクシュアル・マイノリティ文学とリアリズムの隔たりが、容易に人々の目を引いたのである。当時のセクシュアル・マイノリティ文学のなかにもリアリズムの姿はしばしば見られるが、セクシュアル・マイノリティ文学において最大の議論の的とされるのは、結局はやはり非写実的な部分に他ならない。セクシュアル・マイノリティ文学は、「オルタナティブな空間」（異国、さらには異星）、「オルタナティブな時間」（SF的未来、あるいは古代）、「オルタナティブなリアリティ」（夢、白昼夢、妄想、潜在意識）を浮き彫りにした。それはまるでセクシュアル・マイノリティ文学が、オルタナティブな「空間／時間／リアリティ」を拠り所にすることではじめて、オルタナティブな「性の生態」（異性愛が社会の主流（マジョリティ）である以上、同性愛や両性愛等は、何と言ってもオルタナティブである）を充分に表現できるかのようである。

今日、次のような問いかけが可能になった。オルタナティブには必ずオルタナティブを対応させなければ通用しないとでも言うのか？　まさかマジョリティの「空間／時間／リアリティ」では、オルタナティブな「性の生態」を表現できないとでも言うのだろうか？　どうやら、セクシュアル・マイノリティ文学は、まだ別の配列や組み合わせの可能性を試みることができそうだ。

ポスト・ユートピアの時代において、考えるに値する文学史の問題は二つある。一、同性愛のユートピアはなぜ、一九九〇年代初期に出現したのか？二、セクシュアル・マイノリティ文学はなぜ、一九九〇年代の終結とともにユートピアを去って行ったのか？という問題である。第二の問題は二十一世紀を探求するもので、これこそが本稿のテーマである。しかし、第一の問題も第二のそれと関連するものであるから、ユートピアの勃興についても、ここでざっと検討しておく必要があるだろう。

一九九〇年代、セクシュアル・マイノリティ文化が台湾で興り、セクシュアル・マイノリティ文化全体の一環であるセクシュアル・マイノリティ文学（その他の構成要素には、セクシュアル・マイノリティの人権運動、セクシュアル・マイノリティのレジャー消費等が含まれる）も公の場に浮上してきた。まず、ローカルという視座から見ていきたい。一九八〇年代末、台湾の政治情勢が大きく変化した。戒厳令解除後には百家が争鳴し、様々なマイノリティコミュニティが表舞台に顔を出そうと躍起になっていた。セクシュアル・マイノリティ文化もまた、この勢いに乗じるように、発言のマイクが回ってくる機会を待ったのである。次に、グローバルという視座から見れば、一九九〇年代の台湾と諸国の経済的な関わりは一段と活発になり、コンピュータネットワークの流行はグローバルな交流をいっそう促進した。そして、国外のセクシュアル・マイノリティの情報（文芸、人権、消費等）も経済という車に相乗りして台湾へ流入し、台湾社会を襲ったのである（例えば、台湾の民衆は、国外にはゲイ・パレード、同性愛専門書店、同性愛の結婚なるものがあることを知ると、こう考えずにはいられなかった、「外国にはあるのに、なぜ台湾にはないのか?」)。そして、国内/外、政治面/経済面において、セクシュアル・マイノリティ文学(およびその他のセクシュアル・マイノリティ文化の構成要素)は一様に鼓舞され刺激を受けたのだった。かくして、セクシュアル・マイノリティ文学は、昔日には嘆願しても許されなかった正当性を獲得し、正々堂々と発展をはじめたのである。ここで同時に説明をしておくべきなのは、文学におけるセクシュアル・マイノリティは注目を集めたが、社会のなかのセクシュアル・マイノリティは普遍的に軽視され、その人権は蹂躙されさえしたということである。大部分の人はセクシュアル・マイノリティ文学の出現を目の当たりにして、セクシュアル・マイノリティの現実生活はすでに大幅に改善されたのだと誤って考えてしまった——それは実のところ誤解なのだ。

第一の問題を考えた後は、二十一世紀における変異に目を向けなければなるまい。第一の問題がセクシュアル・マイノリティ文学当初の「勃興」に注目していたのだから、きっと勘がいい人はすぐに、第二の問題の焦点はつまるところ、「勃興」と対立する「没落」にあると考えるだろう。セクシュアル・マイノリティ作品はもはや文学賞の常勝軍ではなくなり、出版市場においても以前のような勢いはなかった。どうやら、セクシュアル・マイノリティ文学は本当に「没落」したようだった。けれども、この種の見方には木を見て森を見ていない危険がある。なぜなら、実際には、文学全体の生態が絶えず挑戦を受け続けており、セクシュアル・マイノリティ文学は文学全体の版図中の小さな一部分に過ぎないからだ。二十一世紀に入って、文学賞の力は一様に萎縮し、台湾発の様々な文学作品はどれも、書店で他の本や雑誌から排斥される憂き目に遭った。公正に議論すれば、セクシュアル・マイノリティ文学が遭遇した変局は、決してセクシュアル・マイノリティ文学独自の運命ではなく、ありとある本土の文学が共通して直面した挑戦であったと言えよう。

セクシュアル・マイノリティ文学の勃興は、国内／外、政治／経済の要素と密接に関連していたし、またセクシュアル・マイノリティ文学の二十一世紀における方向性も、やはり国内／外、政治／経済の要素に影響されるのである。かつてセクシュアル・マイノリティを牽引したこれらの要素は、決して立ち止まったわけではなく、後退したのでもない。それは輪をかけて悪化し、多くの人びとを厳重に張り巡らせた網でがんじがらめにしてしまったのだ。一九九〇年代におけるセクシュアル・マイノリティ文学の進展は、誰の目にも明らかである。なぜなら、文学の参加者（読者、作者、出版社等を含む）は、ただ白黒のはっきりした是か非かの問題を処理し、懸命に前へと猛進しさえすればそれでよく、そうすることで容易に一九九〇年代以前の荒涼と優劣をつけることができたからである。しかしながら、二十一世紀に入ると、国内／外、政治／経済の要素はまるで細胞分裂のように増殖し、セクシュアル・マイノリティ文学はもはや、以前と同じようにただひたすらにばか力でボールを抱え込み、前へ突っ込んでいくようなやり方では立ち行かなくなった。まるで樹の枝のように枝分かれし成長する無数のその出入り口の前で、何度も思案を重ねることが必須となってきたのである。

台湾セクシュアル・マイノリティ文学は声を発し続けている

以前からセクシュアル・マイノリティ文化に関心のあった知識人には、現在、他の選択が生まれてきたようだ。セクシュアル・マイノリティ文化に参加し続けている知識人であっても、その注意力をセクシュアル・マイノリティ文学上に留め続けているとは限らないのだ。当然ながら、セクシュアル・マイノリティ文学のコミュニティからある者は離れていき、また誰かが新たなメンバーとして加わる。かつてはセクシュアル・マイノリティ文学に対して特別の興味を抱いていなかった一部の知識人が、現在は意外にもセクシュアル・マイノリティ文学の参加者となっているのだ。

台湾のセクシュアル・マイノリティ文学は依然として陸続と出現している。九〇年代に成立した同性愛専門の出版社「開心陽光」の後を引き継ぐように、「集合出版社」は「好好系列［好好シリーズ］」によってレズビアン専門の恋愛小説（「好好」、すなわち「女子女子」）を世に送り出した。一九九〇年代のセクシュアル・マイノリティ文学はほぼ二十歳から三十歳の新人作家により執筆された。二十一世紀に入ると、文壇の常連作家もセクシュアル・マイノリティ文学の傍観者ではいられなくなり、自らもそこへ降りていって参加者となったのだった。彼らの参加のやり方のひとつは、過去を振り返って、九〇年代のセクシュアル・マイノリティ文学と対話するというものだった。例えば、舞鶴の『鬼児与阿妖』（二〇〇〇年、麦田出版）は、「クィア」批判を公言するものであったし、駱以軍の『遺悲懐』（二〇〇一年、麦田出版）は、九〇年代の人気作家邱妙津（一九九五年に逝去）の招魂行為として書かれた。奇妙なことに、これらの作品は同性愛陣営に加えられているにもかかわらず、その「男性作家＋レズビアン」的な男女ペアの構造（「女性作家＋レズビアン」、あるいは「男性作家＋ゲイ」ではない）は、まるで「人を奪（原文：搶人）」おうとしているかのようであり、同性愛を「緊急救護（原文：搶救）」して、異性恋愛の国へ入れることを欲しているかのようだ。彼らのもう一方の参加方法は、非写実的なセクシュアル・マイノリティをリアルな台湾の歴史のなかに書き込もうとすることで、例えば周芬伶の『影子情人』（二〇〇三年、二魚文化）はそれこそ、女性を主体とした「ナショナル・アレゴリー（原文：国家寓話）」の書であると言える。前者の男性作家という英雄が美女（レズビアン）を救い出す作品では、異性愛が同性愛に直面するときの焦慮が曝露される。後者の女性作家がレズビアンを編成し直し台湾の系譜に組み入れようとする作品は、主流である台湾リアリズムがユートピア式のセクシュアル・マイノリティ文学に対して出した回答であると言えるだろう——むろん前者も興味深いが、しかし野心に満ち溢れている後者の方がより研究に値しよう。九〇年代の新人はすでにベテランとなっているが、依然として休むことなく書き続けている。陳雪の『愛情酒店』(二〇〇二年、麦田出版)はまさに、こつこつと地道に積み重ねてきた作者の力量を体現しているだろう。

小説以外に目を向ければ、待ち望まれていた大先輩の散文がようやく登場したことは、文学的価値とともに歴史的意義のあることだろう。白先勇の『樹猶如此』(二〇〇二年、聯合文学出版)では同性愛の伴侶との数十年に及ぶささやかな情誼が描かれており、また鄭恵美が編んだ『上裸男孩——席徳進四〇至六〇年代日記選』(二〇〇三年、聯合文学出版)は、読者に席徳進という伝奇的画家と性の抑圧されていた時代との関係を再認識させるものだ。曽秀萍の白先勇研究『孤臣・孽子・台北人——白先勇同志小説論』(二〇〇三年、爾雅出版社)は、タイミングの良いことに、席徳進の有名な絵画「紅衣少年」を装幀に採用している。

白先勇の小説は、論文や著書の対象として絶えず学者を惹きつけてきた。曾秀萍の論文もまたその中のひとつである。しかし、曾論文は既存の白先勇研究とは異なる——曾はその著書によって、「旧」小説と「新」媒体の相互関係を検証して見せたのである。数十年前に出版された『孽子《げっし》』は二〇〇三年、曹瑞原によって台湾公共テレビの連続ドラマに改編され、読者に再び『孽子』を抱擁するブームを作りだした。『孽子』はベスト・セラーのランキングにまで名を連ね、その機運に乗じて周辺の商品(例えばDVDや写真集)も生まれた。曾の著作は、白先勇作品そのものを論ずるだけでは飽きたらず、『孽子』が媒体を越えて生まれ変わった姿にも言及している。『孽子』が出版された当時、同性愛のテーマは文芸評論家の非難に遭ったが、今日では、読者は寛容に『孽子』

と向き合っている。社会が『孽子』に対して態度を変えたのは、メディアの誘導によるものだけではなく、過去十年来のセクシュアル・マイノリティ文化がすでに社会を暖めていたからでもあるのだ。

二十一世紀の台湾セクシュアル・マイノリティ文学研究

二十一世紀、多くの修士博士課程の大学院生が、セクシュアル・マイノリティをテーマとした論文を発表している。またこれまで長きにわたりセクシュアル・マイノリティ研究に尽力してきた学者も、新作を発表している。例えば、劉亮雅の『情色世紀末』(二〇〇一年、九歌出版社)、張小虹の『怪胎家庭羅曼史〔クィア・ファミリー・ロマンス〕』(二〇〇〇年、時報文化出版)がそれである。その他にも、創作者であり学者でもある郭強生が発表した劇作『慾可慾、非常慾』(『在美国』に収録、二〇〇三年、九歌出版社)は、脚本であると同時にセクシュアル・マイノリティ論の風格が漂う。一九九〇年代のセクシュアル・マイノリティ文学はかつて、周縁に位置するものだと考えられてきたが、二十一世紀に到ってからは主流に入らんばかりの趨勢にある——当然ながら、この趨勢とは決してすでに実現したということを意味しているのではない。昔日の文学史にはセクシュアル・マイノリティの影すら探すことは難しいが、現在の文学史家のほとんどがセクシュアル・マイノリティを取り上げざるを得ない状況だ。例えば、施懿琳、陳建忠が執筆した『台湾的文学』(二〇〇四年、李登輝学校出版)のなかでセクシュアル・マイノリティ文学は、ネイチャーライティングとともに、台湾文学史の最終幕あたりに出現した重要な役柄として存在感を示しているように。

近年来、国際学術界も台湾のセクシュアル・マイノリティ文学に興味を抱きはじめている。アメリカで教鞭を執る夏頌（Patricia Sieber）が編訳した『赤は唯一の色にあらず――同時代の中国小説における女性間の愛と性 短編小説選』（*Red Is Not the Only Color: Contemporary Chinese Fiction on Love and Sex between Women, Collected Stories.* Boston: Rowman & Littlefield, 2001）には、陳雪、洪凌、梁寒衣といった台湾作家の作品が収録されている。オーストラリアで教鞭を執る馬嘉蘭（Fran Martin）も『天使の翼――台湾における同時代のクィア小説』（*Angelwings: Contemporary Queer Fiction from Taiwan.* Honolulu: University of Hawai'i Press, 2003）を編訳した。同著には、朱天文、邱妙津、朱天心、許佑生、林裕翼、林俊穎、陳雪、洪凌、呉継文、紀大偉十名の作家の小説が収録されている。夏頌と馬嘉蘭の英訳本は、すでにアメリカの多くの大学で教材と見なされ、国際的に台湾を知る窓口となっている。馬嘉蘭はこれと併せて、台湾セクシュアル・マイノリティ文学を論じた専門書『欲望の激しい風――台湾小説、映画、公共文化に見られるクィア的表現について』（*Situating Sexualities: Queer Representation in Taiwanese Fiction, Film and Public Culture.* Hong Kong: Hong Kong University Press, 2003）を出版した。台湾大学外文系を卒業し、現在はアメリカで教鞭を執る桑梓蘭（Tze-lan Deborah Sang）が上梓した『姿を現したレズビアン――現代中国における女性間の欲望』（*The Emerging Lesbian: Female Same-sex Desire in Modern China.* Chicago: The University of Chicago Press, 2003）では、専ら台湾を論じている章がある。イギリスのリーズ大学（University of Leeds）東アジア系の講師林松輝（Song Hwee Lim）は、当地においても台湾セクシュアル・マイノリティ文学の紹介者として名高い。その他、筆者はかつて、『国際アジア研究センター通信』二〇〇二年十一月号（IIAS Newsletter, November 2002. Leiden: The International Institute for Asian Studies）「アジア同性愛特集（Asian Homosexualities）」にて、台湾セクシュアル・マイノリティ文学を紹介する文章を執筆した。

二十一世紀はセクシュアル・マイノリティ文学に反省と沈澱の契機を与えた。時はユートピアの去った後の時代に到り、セクシュアル・マイノリティ文学をめぐる生態は、あるいは以前のように意気揚々とはしていないのかもしれない。けれどもそれは、より揺るぎないものになりつつある。それは楽園という季節を去り、蜃気楼からも離れて、着実に歩み続けているのだ。

紀大偉のクィアSF「膜」を読む

白水紀子

台湾のSF小説とクィア

紀大偉[1]は一九九五年に刊行した処女短編集『感官世界』に収められている「赤い薔薇が咲くとき[2]」で幼獅文藝SF小説賞佳作賞を受賞し、翌一九九六年の「膜[3]」で第十七回聯合報中篇小説賞第一位を受賞して、一躍クィアSF作家として有名になった若手作家である。

クィアSFとはゲイ・レズビアン研究の蓄積の上に九〇年代になって生まれたクィア理論がSFにも応用されたもので、台湾に限らず世界でもまだ新しいジャンルである。以下、簡単にクィアSFが台湾に生まれるまでのSF小説の流れを紹介しておきたい[4]。

SF小説は、中国語では科学幻想小説の略称「科幻小説」と呼ばれている。この呼び名は一九六九年に台湾

ＳＦの代表的な作家である張系国が書いた論文から定着したと言われ、その頃の作品には張系国「超人列伝」、張暁風「潘渡娜」、黄海「航向無涯的旅程」が挙げられる。だが台湾のＳＦ小説の歴史の中に一つの太い流れが形成されるのは八〇年代に入ってからであり、台湾のＳＦ文学を確立させたと言われる張系国の「星雲組曲」（一九八〇）、「夜曲」（一九八五）[5]はその記念碑的作品である。ほかにも作品名を挙げれば、黄海の「文明三部曲」とよばれる「最後的楽園」（一九八四）、「天堂鳥」（一九八四）、「鼠城記」（一九八七）、葉言都の「海天龍戦」（一九八七）、平路の「台湾奇蹟」（一九八九）と「按鍵的手」（一九八八）、黄凡の「霧」（一九八一）と「上帝的耳目」（一九九〇）、張大春の「時間軸」（一九八六）と「病変」（一九九〇）、林躍徳の「時間龍」（一九九四）など多数の作品が生まれている。

研究者の林建光[6]は、台湾ＳＦ文学を、中国風ＳＦ小説、政治ＳＦ小説、反政治ＳＦ小説、ポストモダンＳＦ小説に分け、これらの多くの作品は、題材としては現代科学技術の発達が人々にもたらす光と影を未来社会を背景に描いているが、一方で作品が書かれたそれぞれの時期の文学状況もよく反映されているという。たとえば、七〇年代後半から八〇年代にかけての作品は、郷土文学論争を反映して、新たな人間主体の構築を模索するものが多数書かれ、九〇年代以降は、人間の主体経験やアイデンティティの危機など、多元的・脱中心的・反父権主義的な思考に支えられたポストモダン小説の隆盛に影響を受けたものが生まれている。また、とりわけ九〇年代の台湾は女性作家の活躍が目覚しい時期にあたり、さらにジェンダー、セクシュアリティへの関心の高まりを受けて良質の同性愛文学が多数生まれた時期でもある。こうした流れがＳＦ小説にも及んで、この頃から平路のフェミニズムＳＦ小説と呼ばれる「人工智慧紀事」（一九八九）が書かれたり、洪凌の「異端吸血鬼列伝」（一九九五）などのクィアＳＦ小説が書かれるようになったのである。

近年のSF創作はその空間を、今日の科学の到達点を反映して電脳世界へと広げ、外宇宙、サイバースペース（仮想空間、仮想社会）、サイバーパンク（人とコンピューターの融合）など対象範囲を不断に拡大しつづけており、ジャンルもまた小説からアニメ、映画、ゲームなどに広がり、ポップカルチャーとの融合も盛んである。二〇〇三年に『台湾科幻小説選』（二魚文化）が編まれたとき、それぞれの作品に欧米のSF小説や映画、日本のアニメ・漫画の影響が見られることを指摘する声があがったというが、むしろこうしたハイブリッドなところが、複雑な歴史と多民族によって成り立つ台湾の、そのSF小説における特色であるともいえ、紀大偉や洪凌などクィアSF小説と呼ばれる作品を描く作家たちの特徴にもなっている。そもそもクィア文学には、SF的想像力と無縁の作品は少なく、人間の主体をセクシュアリティの側から解体してオルタナティヴなセクシュアリティのありかたを追求するクィア小説が九〇年代以降SFのジャンルへと拡大していったのはむしろ自然な流れだったと言えよう。

なお補足だが、八〇年代後半から台湾ではSF作家や研究者の大陸との相互交流が本格化して、大陸の鄭文光、葉永烈、姜雲生、葉氷如などの作品が台湾に続々と紹介されはじめ、また台湾の作家の作品も大陸で出版されるようになってきた。紀大偉の『膜』が二〇〇三年に北京の華芸出版社から出版されると、北京のクィア作家崔子恩がその紹介文を書き[7]、紀大偉も崔子恩の『偽科幻故事』（珠海出版社、二〇〇三）のために序文を書くなど、今後、中国語圏のSF小説におけるクィアの参入とその展開には大変興味深いものがある。

デストピアの世界を幻視する「膜」

林建光が紀大偉「赤い薔薇が咲くとき」、「膜」などのクィアSFについて論じた文章によると[8]、これらの小説が描くポストヒューマンの世界では、「資本主義とハイテクの結合のもとで、流動／能動的に見える欲望は実際には相変わらず自主意識を欠いた流動記号（floating signs/signifiers）である。紀大偉の作品から我々は個人の欲望がいかに体制の欲望の模擬に変わってしまったか（「冥鏡」はその中の代表である）、真実と意義がいかに「絶えず変化し変異移転する」記号に変わってしまったかを見ることができる。まるで唯一の名状できない資本主義体系そのものが意義の最終来源であるかのようだ」（九九頁）と述べ、資本主義多国籍企業が絶対的な支配者となり、あらゆることが人為的操作の対象になるポストモダン社会を批判的に描いたものだと指摘している。一方、紀大偉のSF作品の本土性および現代台湾社会に対する批判性を高く評価する張志維は[9]、これらがポストモダンのバーチャル社会における身体の記号化、虚妄化、同質化を暴いて、台湾社会の主流文化に対する痛烈な批判となっていると述べ、紀大偉の焦燥感、つまり多元的で異質な声とされるものが実は「同一化」へと収斂するように予定された虚像ではないのかという危惧と焦りは、そのまま今日の台湾社会が直面しているグローバル化と本土化の難題を連想させると指摘している。

そもそもクィア小説は、男性性・女性性などの自明とされる対立概念を揺さぶってジェンダーの境界線を打ち破り、性の流動性、多様性を提示し、既成のセックス、ジェンダー関係が実は歴史的で、偶発的で、人為的なものであることを暴露するところに転覆性を有している。それゆえクィア実践の場としてSFが描く未来社会は一見、理想的な場に見えるが、皮肉なことに、その未来社会は生殖科学技術と資本主義の発達によって自然の身体、身分、ジェンダー、記憶はいつでも複製、改ざん可能な場と化し、人間の主体が絶対的支配体制を転覆できる可能性がますます狭められた世界として立ち現われてくる。「膜」はこうしたデストピアの世界を幻視したもので、その背景にはバイオテクノロジーと情報ネットワークの予想以上の発達によってすでに高度情報化社会に突入している今、ハイテク時代の進展が人間存在の根本を変えてしまうのではないかという紀大偉の強い危機感がある。

本論は紀大偉のクィアＳＦ小説「膜」を対象に、紀大偉がこうしたシミュラークルの世界で生きる女性の主体意識の形成をどのように描いているのか、特にその中の母と娘の物語に注目しながら考えていく。その理由は、人間の主体がもはや思考する主体とは言えなくなった（フーコーの言う「主体の死」）反人間主義の時代にあって、紀大偉はあくまで「主体の擁護」を唱え、これが社会に対する紀大偉の強烈な批判意識を生んでいると思うからである。また、「膜」は大きく三つの要素で構成されており、一つは上に紹介したようなＩＳＭ社を代表とする多国籍軍事企業・資本主義の絶対的支配下にある未来社会、二つ目はそのフレームの中で展開される、膜で覆われた世界に生きる主人公黙黙《モーモ》の三十年間の出来事、そして三つ目はＩＳＭ社に心ならずも娘の命を託すことになった母親の抵抗と悲しみの人生である。「膜」と「赤い薔薇が咲くとき」は同じ問題意識によって書かれたクィアＳＦでありながらその読後感に違いがあり、「膜」に深い悲しみが伴うのは、まさにこれまであまり論じられることのなかったこの後ろの二つ——母と娘の物語の存在によることが大きいように思われるからである。

ところで、紀大偉は多国籍テクストの借用と意味の読み替えを得意とし、自身の作品のあちこちに過去の著名な文学作品や映画などから人名・題名・ストーリーなどを借用している。その意図は「赤い薔薇が咲くとき」のあとがきによれば、今日では様々な内部爆発が身体内で、家庭内で、資本主義内で頻繁に起こっているが、「この小説にもたくさんの文字の内部爆発あって、たとえば僕はたくさんの典故と他のテクストをはめ込んでみた。僕は読者の脳波も、痛みを感じながら、内部爆発のSM的楽しみを味わって欲しいと願っている」[10]とある。そこで本論でも紀大偉のスタイルに合わせて、いくつかの外部テクストを参照した読みを提示し、「膜」を多様な読みが可能な開かれたテクストとして読んでいくことにしたい。

「黄色い壁紙」

「膜」の主人公の默默は、十歳のときの手術で脳の器官だけになり、多国籍企業のトップであるISM社の軍事工場で、その脳をアンドロイドの体内に装着されて秘密兵器の補修作業に従事させられていた。彼女は、十歳までの自身の記憶と、母とISM社がそれぞれ默默の脳に直接送り込む虚構の記憶に基づいて彼女の脳が想像する仮想世界に住んでいる。彼女が得る「知覚」もまた彼女の脳が収まっているアンドロイドの身体と脳に直接送り込まれる情報によって生じる刺激によって作られるバーチャルなものである。このように、記憶や知覚の大半が偽造された、一種の想像的身体を持って默默は生きているのである。

「膜」の時代背景は二十一世紀末の未来社会で、地球は環境汚染によってオゾン層が破壊され、人類は紫外線の猛攻撃から逃れるために全面的に海底へ撤退していた。二一〇〇年、默默は、彼女の脳内世界では、その海底都市T市に暮らす新台湾の有名なエステティシャンである。彼女は心から人と親密になることができず、自分の周りに幾重もの膜があり、直接触れあうことのできない、何かしっくりこないものを感じていた。小説の冒頭部分を見てみよう。

黙黙は手を伸ばして寝室の黄色い壁紙を撫でながら、ハウス栽培の水蜜桃を軽く噛んだ。そっと持たないとすぐにも破れそうな薄い桃の皮から果汁が滲みでてくる。しかし――自分の皮膚の内側にある神経網が本当にはっきりと壁紙の黄色い色まで分かっているのか、舌の味蕾が本当に果肉の甘みを受けとめたのか、彼女はそれを確かに知ることはできない――物体と人体の間には、常に越えることのできない境界があるのだろうか？

膜、これが黙黙のこの世界に対する印象だ。三〇歳の黙黙は、自分と世界との間には一枚の膜があると常に感じていた。（中略）それが彼女を常に、自分が一枚の細胞膜ですっぽり包まれたミジンコで、一人で海中を泳いでいるような気持ちにさせるのだ。海水はその全身を取り囲んでいるけれども、直に彼女に触れることはない……（一〇頁）

この描写は、都会で暮らす若い女性の疎外感を伝えており、ここで語られる膜のイメージは黙黙の身体感覚に関して極めて暗示的である。壁に触れたときの指の皮膚感覚の不確かさ、桃を口に含んだときの味覚に対するあいまいさ、まるで体のすべてが何か薄い膜に覆われているような身体感覚が、まず冒頭で示されている。そして黙黙が手を伸ばして撫でている黄色い壁紙は、シャーロット・パーキンズ・ギルマンのホラー小説「黄色い壁紙」（一八九二）[11]を連想させ、さらに女の抑圧と狂気が暗示される。

ギルマン「黄色い壁紙」は、神経衰弱に陥った主婦が精神科医の夫から治療と称して黄色い壁紙の部屋に閉じ込められ、発狂してしまう話である。主人公の女性が部屋の黄色い壁紙を眺めているうちに、壁紙の中から女の姿が現れる。彼女は自分もその中に閉じ込められるのを恐れて、その壁紙をはぎ取ってしまう。「やっと外に出られたわ……だからもう戻そうとしてもだめよ」（一一四頁）。彼女は壁から出てきた女たちと同じように床を這いまわりながら、部屋に駆けつけた夫にこう言うのだが、このとき彼女はすでに精神に異常をきたしていたという話である。だが、この小説はもともとゴシック小説として書かれたのではなく、十九世紀後半の白人上中流階級の女性たちが、自由意志や想像力の抑圧によって狂気に陥らざるをえなかった状況――夫の監視下におかれて徹底して保護される反面、使用人の監督と家事・育児以外の仕事は認められず、与えられた自由というのは非常にささやかなものだった――を書いたものである。壁の外に出ようとして絞殺された多くの女たちの頭が黄色い壁紙の模様になり（一〇六頁）、部屋に立ちこめる黄色い匂いが主人公の髪の中にまで潜りこんでくる（一〇五頁）。これらの狂気と怪しげな空気が「膜」のこの冒頭部分にも流れこんで、まるで黙黙もいつかは膜を破ろうとして発狂してしまうのではないかという不安を与える。その恐怖を生む根源は、「黄色い壁紙」では家父長的男権中心主義であるが、これを紀大偉は「膜」の冒頭で流用し、未来社会を支配する絶対的権力にジェンダー抑圧のイメージを付加することでその恐怖を増幅してみせているのだ。

では、このような膜に覆われた抑圧的な世界で黙黙はどのように自らの主体意識を形成していったのだろうか。以下、セクシュアリティの抑圧と母との確執の側面から具体的に見ていくことにしたい。

サイボーグとしての黙黙――セクシュアリティの抑圧

「膜」はクィアSFと呼ばれている。そのクィア性は、そもそも男性同性愛作家の紀大偉がレズビアンの世界を描くという創作過程そのものがクィアなのであるが、「膜」においては、まず登場人物や言及される人たちすべてがレズビアンかゲイであることが挙げられる（マミーと富江、黙黙と少女アンディやローラ、芝刈り師のパオロと男アンディ、パオロ・パゾリーニ事件、映画「ベニスに死す」など）。また、黙黙のお気に入りの子犬のアンディは、本物の犬であるのに性別がない。さらに黙黙自身のセクシュアリティも流動的で、黙黙は母と富江のレズビアンカップルの間に人工受精によって生物学的には男の子として生まれたが、それをよしとしない二人の母親によって女の子として育てられ、いずれ性転換手術を受けることになっていた。七歳から十歳まで入院していたとき、黙黙はスカートをはき、自分の体の男性性器を不要なものと感じ、少女アンディと結婚してかわいいお姫様を産みたいと夢見るなど、黙黙の性自認は女、性的志向はレズビアンである。後に黙黙は自分の体の一部はアンディから移植されたものだと気づくが、アンドロイドが自分の体に占める割合については不明のまま、物語の後半になって、ついに黙黙が生命維持装置のガラスケースに収まっている脳の器官であることが明かされる。病気治療のついでに行われることになっていた性転換手術は実際に行われたかどうか疑わしい。このように物語の主人公の性別がまさにクィアなのである。

次に、SF小説の中でも最も有名なサイボーグ（生物と機械の複合体）であるアン・マキャフリイ『歌う船』（一九七〇）[12]の主人公ヘルヴァと黙黙を比較してみよう。ヘルヴァは重度身体障害者として瀕死の状態で生まれた少女である。脳障害だけは免れていたため、彼女の命を救うために両親は彼女を殻人間（シェル・ピープル）として生かす道を選択する。彼女は軍事組織「中央諸世界行政機構」（セントラル・ワールズ）の手で、脳下垂体に手術を施されて宇宙船に接続され、彼女自身は小さな体に保たれたまま宇宙船の中央の金属柱、通称シェルの中で過ごすことになるが、彼女の身体である宇宙船は最新の設備と高度な五感を備えている頭脳船である。彼女の脳は特別な教育（および心理学による動機づけ）が施され、十六歳になったヘルヴァは優秀なサイボーグ船として大活躍し、これまで「中央諸世界」に立て替えてもらっていた諸経費を驚くほどの速さで返済し終わると、人間の肉体への移植手術を断り、引き続き頭脳船として生き続けることを願う。

この「歌う船」の主人公ヘルヴァと「膜」の黙黙を比較すると、「膜」の特色がよりはっきりしてくる。共通点は、身体の死に直面した彼女たちは親の判断で脳だけでも生かすことを選択され、身体部分はヘルヴァは宇宙船、黙黙はＩＳＭ社の軍事工場のアンドロイドが与えられ、いずれもその環境の中で優秀な成果を挙げている女性だということである。また両者の違いは、一つは、ヘルヴァは自分が置かれている状態を自覚しており自らの運命を選択できる権利を持つが、黙黙は自身に関する一切を知らされず自らの人生の選択権をほとんど奪われていること、二つ目は、ヘルヴァは恋愛をし自分の情慾を相手に伝えることができるが、黙黙はそうではないということが挙げられる。だが両者の比較で興味深く、また見落としてはならないのは、「歌う船」が二十世紀のジェンダー規範をそのまま借用して、女性からなる頭脳船と男性からなるブローン（パートナーとして頭脳船に乗り込む偵察員）の組み合わせに関心を払い、男女のハッピーエンドに終わる恋愛物語に仕上がっているために、ヘルヴァの身体性を搾取する男性中心の軍事組織「中央諸世界」とその権力構造に対する批判性が薄まってしまっているのに対して、[13]「膜」はそのクィア性によってジェンダー不平等の問題を軽やかに超え、マキャフリイが抜け出ることのできなかった創作における古いジェンダー規範のしばりから自由であることである。そして以下述べるように、「歌う船」が達成できなかった身体とセクシュアリティに対する権力側のコントロールと抑圧を描くことを通して、多様な性のありかたを追及するクィアの実践でさえもその絶対的権力から逃れることができないことを示し、女性の身体が徹底的に再構築されていく様を暴いていることである。以下、默默のセクシュアリティを取り巻く状況を概観してみよう。

默默がアンドロイドの体内に設置され、その脳内世界の中で生きた二十年間の彼女の「体験」を振り返ってみよう。默默は他者との関係性が希薄な孤独を好む女性として登場し、彼女と「直接」会話をする人たちは極めて少数で、人と人の接触は極端に抑えられている。默默が母以外で会話を交わすのは、默默のサロンの顧客の一人で、台湾駐在の雑誌記者伊藤富江、母の知り合いでエステティシャンのドラウパディ、移植用に作られたアンドロイドの少女アンディ、退院後に公園で知り合った、買い主に移植される日を待つ生殖器をもたない男のアンディ、エステ専門学校で学んでいたときの同級生の白人女性ローラがいるが、これらの人びとの中で、默默の一生を通して彼女のセクシュアリティやジェンダー意識を規定したのは、默默がまだ身体を有していたときに病室で同室だった少女アンディとレズビアンである母の存在だった。ここではアンディとの関係を引用してみる。

隔離病室で、默默はアンディを抱いてもキスしても、感染の心配は無用だった。アンディは高温殺菌されており、一般の人とは違っていたからだ。そのとき默默には初めて「相手を必要とする」以上のもっと深い感情が生まれていた。以前彼女はマミーに対しても一種の「相手を必要とする」感覚を持っていた——しかしアンディに出会ってからは、マミーへの執着はアンディに移っていた。／默默はこう願うこともあった。彼女がアンディの体の中に入り、アンディも彼女の中に入ることができたらいいのに――黙黙は当時まだ何が「性」なのかあまり知らなかった――彼女が空想したのは、「食べる」ことだった――彼女はアンディを食べて自分の腹の中に入れたいと望み、アンディにも彼女を食べることを望んだ。幼い黙黙は思った。もしお互いに相手を食べあったら、かりに肉片をひとかけ食べるだけでもいい、そうすれば黙黙とアンディは本当に一つに解け合ったことになり、別れられなくなる。アンディはマミーのように彼女から離れたりしない。／（中略）彼女もアンディに自分を一口噛ませようと思った。でも自分の指先はもったいなかったので、黙黙は短いスカートをめくって、おちんちんを食べて、と言った。彼女は自分のおちんちんが嫌いで、なにか余分な肉のかたまりのような気がしていた。アンディにはこれがなかったし、それに手術の後に切除することになっていたので、先にアンディに食べさせても別に構わないだろう――（六六―六八頁）

少女アンディとの交流で芽生えたこの黙黙のトランス・セクシュアルな性意識は、退院後にアンディの姿が見えなくなると（これ以降は脳内世界の物語となる）、同性のアンディへの執着とその反作用としての強い喪失感が黙黙の脳内にしこりとなって残留する。後にエステの学校に通い、その実習でローラという女の子と互いの体を触れあううちに、ローラが一方的に黙黙に恋愛感情を抱いたとき、黙黙は彼女の首に切り傷をつける事件を起こす。同性愛が当たり前の「膜」の世界で、黙黙は他の同性との関係を冷ややかに保ち恋愛の相手にしようとしなかった。悲しんだローラから「黙黙、あなたまさか女の子ではないの？　女子学生が嫌いなの？　まさか男の子が好きなの？」（五三頁）と言われると、黙黙が「怒り、侮辱されたような気がした」のは、ローラの言うことが図星だったからではなく、反対にアンディとのレズビアン感情を大切に思うあまりの反応だったと解釈できる。

黙黙の自己形成に大きな影響を与えるはずのセクシュアリティの発達は、少女アンディを失った心の傷のために、こうして手術直前の十歳のころで中断されたまま成長をはばまれ、黙黙は想像的身体を通り過ぎていく雑多で膨大な情報としての性的体験しかできないでいた。「彼女はほとんど外出しなかった。外界との関係は、ほとんど二セットの機器によっていた。一つはグローバルネットワークのマルチメディアパソコン、もう一つはスキャナである。インターネットは彼女に情報面での便宜を提供し、スキャナは彼女の官能の欲求を満足させてくれた」（七八―七九頁）からである。黙黙は、ISM社の巧妙な手口によって、記憶能力を有する「皮膚膜」で顧客の秘密を盗み見るだけでなく、自身の官能の欲求も満足させていたのだ。

彼女が自分の裸身にも「皮膚膜」を塗りさえすれば、他人の「皮膚膜」上の情報はすぐにスキャナを経由して黙黙の体の新しい「皮膚膜」上に置き換えられ、黙黙は他人の一週間の感覚を自らの体で感じることができた。／(中略）彼女はすべてを感じとれた。彼女の全身の産毛の毛穴までがこの情事を体験することができた。／彼女はもはや家を出て遠くに行く必要が全くなくなった。彼女の顧客群は彼女の感官の範囲を拡大し、顧客が天の果て海のかなたまで行きさえすれば、黙黙の身体経験はすぐに、そこに到達することができるのだ。（八六―八七頁）

このように、黙黙の性的体験はISM社にコントロールされた「皮膚膜」を通して得られる高度なバーチャル・リアリティによっており、まさに二重の仮想で覆われた世界の中で知覚されるものだった。そして作品中で引用されるニーチェの言葉「汝が深淵を覗き込むそのときに、深淵もまた汝を覗き込む」もまた、黙黙が「皮膚膜」で顧客の体験を盗み見る「見る主体」であると同時に、一方で、母やＩＳＭ社から脳内を常に盗視される「見られる客体」でもあり、セクシュアリティさえも相互監視下に置かれていることを語っている。ダナ・ハラウェイは現代をサイボーグの時代だと宣言し、フェミニズムには「現在の女性が、いかに科学とテクノロジーの社会関係により徹底的に再構築された世界に置かれているか」（七四頁）[14]を見つめる必要がでてきたと指摘しているが、確かに、すでに父権的資本主義と最先端の医療テクノロジーによって女性を取り巻く現実が大きく根底から変革されつつある現在、女性の身体とセクシュアリティは解放されるどころか反対にコントロールと抑圧を強められながらもその支配構造がますます見えにくくなっている。「膜」の黙黙の物語がまさに現代を生きる女性の寓話としても読める所以である。

このように、黙黙は外在的身体からセクシュアリティに至るまでＩＳＭ社の監視下に置かれながらも一人前のエステティシャンとして成長していく。では、彼女に生きる目標を与え、つらい修業時代を乗り切らせて、トップエステティシャンへと突き進ませたものは一体何だったのだろう。もしかりに自己のアイデンティティを獲得する契機が、他者への愛という自立した感情を手にするときであるとすれば、黙黙のように限られた虚実の混ざった世界に生きる者には、そういう機会を得るのは極めて難しい。黙黙を一人の女へと成長することを促したのは、黙黙が一貫して渇望と反抗の相手として位置づけていたマミーだった。

母と娘の物語

黙黙の手術前の記憶は、隔離病棟に入院して以降、母に抱いてもらえなくなった寂しさに支配されており、（その後二十年間黙黙の脳内にデジタル日記を送り続けた母にとっては悲しい誤解であったが）その感情は後の黙黙の脳内世界で母と娘の確執に編成しなおされている。皮肉なことに、黙黙の主体意識の形成にはこの母娘関係が最重要な役目を担っており、黙黙は幼いころの母との間の「真実」の感官の経験と記憶をよりどころに脳内世界で成長していくのだ。一般論としては、娘に関するすべての決定権が母にゆだねられている状況は、たとえそれが母の愛情から出た悪意のないものであったとしても、結果的には母の娘に対する支配とみなすことが可能であるが、「膜」をこの古典的母娘関係の枠組みに収めるにはやや無理がある。すなわち、「膜」の物語の前提が、黙黙は脳器官しかもたない、必ず他者の介在が必要な存在として設定されており、さらにこの秘密は本人には伏せられ本人の意思を聞けない状況にあるとされているからである。むしろこの二つの前提を付加したことで従来の「母の支配」の構図から解放されて、母と娘の原初風景を描くことが可能となったのではないかと考える。こうすることで娘を思う親心を巧妙に利用したＩＳＭ社に対する母の懸命な抵抗が際立ってくるのである。

マミーは黙黙のために何ができるだろう。娘を一つの巨大機構に託したのだ。枯れた黄土色の土の上に建てられた氷のように冷たい建物、一つの機構、一つのトラストに。彼女はＩＳＭが「マクロハード」と同じように手ごわい相手であることを知っており、ただ受身の状態を固守するしかないようだった……しかし彼女

はそれに甘んじなかった。／彼女は黙黙のために日記を書くことにした。（一六七頁）

黙黙を生かすために苦渋の選択としてISM社に黙黙を託す決心をした母は、それでも受身の位置から少しでも脱しようとISM社に懸命に抵抗した。黙黙はISM社が送り込む情報によってドラウパディをエステティシャンと思いこみ、自分がその道に進むきっかけを作った「第二の母」だとさえ思っていた。そしてドラウパディが提供した記憶能力を有する「皮膚膜」を使って、アンドロイドの軍事兵器をサロンの顧客だと思いこまされ、何の罪悪感も持たずに情報を盗み見ていた（これはISM社側が黙黙に与えた「ご褒美」だった）。また黙黙はISM社が設置した脳波安定装置を本物の子犬だと思い、アンディと名付けて心の安らぎさえ感じていた。このように、外部から権力を加えるのではなく、内部から働きかけて従順な身体をつくりだし、本人が気付かないうちに脳内支配をたやすくやってのけるISM社の手ごわさを良く知っていたマミーは、「彼女にできるのはただなんとか工夫して黙黙の考え方に刺激を与えることだけで、黙黙の思考の方向をコントロールする力はなかった」（一七二頁）けれども、必死になって黙黙がISM社に取り込まれないように抵抗した。

そもそも、黙黙のようにデジタル情報がそのまま脳神経に接続されて得られる「仮想」の感覚的刺激と、人が一般に「現実」から受け取っている感覚的刺激との間に本来は価値の上で優劣はない。リアルとバーチャル、実体験とサイバー・スペースでの体験の間に、意味の有無、完全不完全の別、本物偽物の区別などは科学技術の発展によってたやすく解消可能となるからだ。むしろ問題なのは、脳内に多種多様な系統性を欠いた、対立する概念が一度に流入することによって知覚や記憶の混乱を招くことであろう。本来なら感官から知覚に至る間に働くはずの想像力が有機的な働きを阻害されて、結局、自分が何者であるのか分からなくなり、アイデンティティの危機を招きかねないからである。マミーが恐れたのは、黙黙が自分の本来の姿を知ってしまうことだけでなく、ISM社の情報操作によって黙黙の人格形成にこのような偏りやアイデンティティの危機が生じはしないかということだったのである。

女の子であれば、その脳裏には当然憧憬があり、童話があり、性があり、人間関係があり、知識があり、仕事があって、女か男の友達がいたりシングルだったり、母娘関係に対する考えを持っていたりするはずだ……マミーは黙黙の脳がこれらの女の子たちが思うだろうことを思う機会がないのを心配した。そこで、彼女は黙黙のためを考えて、日記を書く方式を借りて黙黙の脳内ネットワークを活発にしようと思った。（一六七―一六八頁）

「膜」を母の側から読むと、幸せだったレズビアンカップルの家族が、黙黙がロゴ菌（張志維はこれを台湾に蔓延する各企業の商標〈ロゴ〉の隠喩だとする[15]）に侵されたために状況が一変し、心ならずも巨大組織ISM社（多国籍的資本主義・父権企業体）に黙黙を託してしまった母が、黙黙を守るためにISM社と争いながら二十年の歳月をかけてようやく娘を取り戻した物語として読める。パートナーの富江が去ったあと孤独に耐えながら、娘がISM社に取り込まれ、発狂してしまわないように電子日記を懸命に書いて送り続けた母、そしてついに女を閉じ込め自由を奪う黄色い壁紙の部屋から娘を救いだすことに成功した母の行動を台湾版デメテルの物語[16]として読めば、そのような状況に追い込んだISM社の冷酷さが一層際立ってくるだろう。「膜」を父子ではなく母娘のストーリーとしたからこそ、作中で何度も繰り返される母の言葉、「黙黙、お家に帰れるのよ。あなたは本当にずいぶん長いこと家に帰ってないものね」という、クラシックで人間味のある言葉が読者の胸に強く迫ってくるのである。胎児が母の子宮の中で眠るように、黙黙の脳が生命維持装置の施されたガラスケースに入れられて母の元に帰って来るシーンは、母が父権企業組織から娘の奪還を果たし、母と娘が最も近づいた瞬間を示している。

一方、娘の黙黙のほうは、見舞いに訪れない母を、自分より仕事を優先させる薄情な母親だと誤解していた。そして少女アンディの消失を母の仕業だと思いこんで不信感を募らせ、家をでて寄宿制の学校に通うようになると母との関係を絶ってしまう。後に独立してサロンを経営するようになってからも、マクロハード社の幹部に昇進していた母との関係を新聞記者の富江が勝手に「事業に成功した母への娘の強烈な思慕と恨みが満ち溢れ」(二二頁)た記事にしたとき、また黙黙の作品が受賞したときのインタビューでも、「どうか私を彼女のじ・ま・んの娘だと強調しないでください。まるで私が彼女に頼って、それで今の地位を手にしたと暗示しているみたいです。私は完全に独立していますし、ゼロから始めて、特別な身分的背景に頼ったことはありません。どうか私がこの職業に払った努力を尊重してください!」(四七頁)と、母からの自立を強調するのだった。

黙黙はマミーに対して、あまりにも多くのもつれ合った感情的なしこりがあった。/彼女はマミーが必要だったが、それは優しさの形でなくてもよかった。マミーの美しいイメージが黙黙の記憶のパスワードには め込まれさえすれば、ただそれだけで黙黙は勇気を出して懸命に生きていくよう自分に言い聞かせることができた。(八八頁)

しかし美しい母のイメージを持つことができる娘が実際にはどれほどいるだろうか。女性の自己形成の道筋が、父の娘、夫の妻、息子の母というエディプス的な家庭内関係の規定のコースを通ることだとされる社会では、娘の成長にはまず娘による「母殺し」が求められる。では黙黙の母に対するこのような反発は「母殺し」を意味するのだろうか。レズビアン家庭にも「母殺し」は娘の成長に不可欠なのだろうか。

社会的に成功した優秀な母の姿は、それをロールモデルとして誇りに思う娘もいれば、反対にコンプレックスを持たされプレッシャーに思う娘もいるだろう。娘が成長する過程で母をひとりの女性として認識し始めるときに生じる女同士の微妙な関係を、黙黙の場合は母をライバルとして位置づけ、その戦いに勝利する日を自身の成長の目標点に据えたのである。

黙黙がやっていたのは間接的でさらに煩瑣な力競べで、試合時間も無限で長かった。相手が黙黙の真剣さに取り合おうとしないので、こんな力競べはまったくでたらめだとさえ思った。だが黙黙はそれでも頑張り続ける。(中略)／不思議なもので、こうして言葉にすれば、黙黙自身もばかげたことだと思ったが、しかしこれらのすべては理性で考えてはならず、感情に突き動かされたものだとも思うのだった。／黙黙の戦いの相手は、マミーだった。(四八—四九頁)

なぜ自分はこんなに意地を張っているのだろう？　なぜ自分に対して、いつも過酷で自分に適しているとは思えない決定を下し、かつそれを執行するよう自分に強いるのだろう？——黙黙にはよくわかっていた。意地を張るのは、それは自分に自分のことを決めさせるためだ。彼女の若い人生の中で、すでにあまりに多くの重要な決定が他人の手によってなされてきた。もし同じく不合理な決定であるのならば、他人の意思によ

るよりも、彼女はむしろ自分で決断を下したいと思うのだった。(五五頁)

この引用箇所は、まぎれもなく娘が母を乗り越え成長していくための過程を語っている。だが、そのために母を拒絶することは、現実の母を不可視にし、母の先にある、女一般の意識や経験を排除し、目をつむることを意味する。このことについて水田宗子は次のように述べている。

現代女性文学における娘の母の否定＝〈母殺し〉の物語は、やがて〈母探し〉の物語へと展開していく。娘は母親の否定と母からの逃走を自己形成の出発点とし、自己認識のばねとしてきたが、やがてそれが〈自分殺し〉でもあることに気がつく。(中略)近代の娘は、自分を見つけるための〈自分探し〉の旅が、母探しの旅でもあることに気がつき、自分の内面を語らなかった、語れなかった母の体験を原点としなければ、女性として成熟しえないことを認識する。(一五―一六頁)[17]

ただ母に反発し母を批判するだけの「母殺し」では成熟した女性にはなれない。エディプス的規範から離脱し、母との女の連帯へと続くさらなる一歩が娘の成長には求められているのだ。

二一〇〇年の三十歳の誕生日、母から連絡が入り、黙黙はようやく母と会う決意をする。

黙黙がモニターで見るマミーには、普段広告メディアで見るあの自信に満ちた明るい美しさがなく、反対に目の縁が赤く潤んで見えた。/マミーは感情がひどく高ぶっているのだろうか?/黙黙は胸がどきりとして、まるで時間がカーブして結び目をつくり、三〇歳の二一〇〇年ではなく、二〇八〇年の一〇歳の時を生きているような気がした。昔なつかしいやさしい心臓の鼓動が彼女の脳裏に浮かんできた。彼女は、自分が退院したあの日も、似たような気持ちになったのを思いだした……（一三九―一四〇頁）

だがマミーが手にしていたノート型パソコンを目にした途端、黙黙は片時も仕事を忘れない母に反射的に反発を覚え、とうとう母のパソコンの中身を盗み見てしまう。「好奇心をどうしても抑えられなかった。マミーのこの厳重な警戒が施されたノートパソコンの中に、この二〇年来いったい何が書かれてきたのか、彼女は見てみたかったのだ」（一四三頁）。自分の秘密を探るためではなく（結果としてそうなってしまったが）、このとき黙黙は、この二十年間の母の歴史を知り、母の愛情を確かめたいと思ったのだ。母への渇望と反発を生きるエネルギーに変え、社会的な自立を果たした今、ようやく母と向き合う自信がついた時だった。だが、残念なことに母と娘が娘の三十歳の誕生日に二十年ぶりに再会し母との闘いに決着をつけようと黙黙が一歩踏み出したとき、黙黙の脳内世界も終わりを迎えてしまう。それではこの間の母との戦いは無駄だったのだろうか。

そうではない。脳内世界でしか生き続けることしかできない黙黙の意志を刺激したのはほかでもない母であり、その母に対する反発と愛着によって主体意識が形成されていったからである。身体の直接の体験を持たず他人の記憶を自分の記憶の一部にしながら脳内世界で生きていかざるを得ない黙黙にとって、幼い日々の母への思いは（それが反発であれ思慕であれ）身体経験をともなった確かな記憶であり、彼女の成長を促す核となるものだった。そして一方の母親も、パートナーとの別れを経験し子供を手放した苦しく孤独な生活の中で、ひとえに娘への愛情を支えに仕事に励み、マクロハード社という大企業の上層部にまで上りつめて、母もまた自立を達成できたのである。

ＩＳＭ社との契約が早めに解約されて晴れて自由の身になった黙默を引き取ったときの「マミーの表情はとても穏やかで平和だった」（一七八頁）という描写には、一つの戦いを終えたあとの崇高な感情が表現されている。そして黙默が深い眠りから覚めて最初に見た母は、自分と同じように頭上にカナリヤの入った鳥籠をつけていた。それは二人が今後もＩＳＭ社を象徴とする多国籍企業の支配下から逃れることができないということを暗示しながらも、[18] しかし黙默の頭上のカナリヤは「蜘蛛女のキス」やサリン事件の捜索に使われたカナリヤのように絶命の叫びをあげてはいない。「まるで幸福な夢を見ながら暗い洞窟の中で熟睡しているかのよう」（一八五頁）で、母に守られて誕生を待つ胎児のようである。そして黙默がこれからどこに行こうかと「ちょうど躊躇していたとき」、母の懐かしい声が聞こえてきて、黙默は母と一緒に人生の再出発をすべく家へと帰っていく。小説「膜」は、ポストヒューマンの未来社会を舞台にする物語でありながら、語られるのは極めて人間味溢れる物語なのである。

終わりに

黙默と一番多く言葉を交わすサロンの顧客である伊藤富江は、最初は日本光ディスク雑誌の台湾駐在の腕利きの記者として姿を現すが、後に母の知り合いとして、最後は黙默のもう一人の母親だということが判明する。伊藤富江という名前は伊藤潤二のサイコ・ホラー漫画シリーズ「富江」からきており、何度殺されても隙間をぬって生き返る変幻自在の妖怪富江のイメージは、黙黙と伊藤富江の関係がいつでも破壊あるいは再生可能な不安定なものであると感じさせ、黙黙がじかに見、聞いているはずの富江の姿や声の不確定性が強調される。また、黙黙に「皮膚膜」を提供したインド女性ドラウパディは、最初は母がよく利用していたエステティシャンとして、後に黙黙にとって大先輩のエステティシャンとして姿を現すが、最後はISM社の幹部だと判明する。ドラウパディーという名前は、古代インドの伝説「マハーバーラタ」からきており、その物語の中のドラウパディーは脱ぎ終わることのない着物を着ていて、男たちが彼女を裸にしようとしたが、永遠にできなかったという話がある。黙黙を取り巻く重要人物である伊藤富江もドラウパディも、常に変化し、あやふやで実体のない存在なのだ。高度の複製技術を有する現代の消費社会では、すべてがオリジナルの対応物を持たないシミュラークルと化す。自分自身の自然の身体、身分、ジェンダーがほとんど人為的操作の対象であるばかりか、他者もまた不確定であるのだ。だが振り返れば、黙黙を取り巻く人々の中で唯一マミーだけが黙黙の脳内世界で「真実」として、他者として、立ち現れていることが分かる。黙黙は他者である母の像への同一化を通して、寸断された身体の統一感と自己に対する肯定的な感覚を獲得し、自我を構成していったと言える。

小説「膜」は、現実世界とSF世界がますます接近してくる新たな時代の人間存在の危機を予言的に描いて、女性の身体やセクシュアリティに対する抑圧を可視化し、ISM社に象徴される権力による管理・監視の恐怖を際立たせることに成功しただけでなく、こうした中でも主体的な生き方を求め続けた黙黙という女性と、それを陰で支えた母の物語を重ねて描いたところに、優れた特色を有していると言えよう。

注

（1）紀大偉は一九七二年、台湾の台中県大甲鎮の生まれで、台湾大学外文系修士課程修了後に渡米。カリフォルニア大学ロサンジェルス校で比較文学博士号を取得、その後はコネチカット大学で教鞭をとっていたが、二〇一〇年六月に台湾に戻り国立政治大学に助理教授として勤務している。本論で取り上げる「膜」は紀大偉が台湾大学に在学していたときに書かれたものである。紀大偉の著作は本文で言及したもの以外に、小説集『恋物癖』、評論集『晩安巴比倫』、編著『酷児啓示録――台湾当代QUEER論述読本』、『酷児狂歓節――台湾当代QUEER文学読本』がある。翻訳書では、監房の中での青年テロリストと中年のゲイ男性の交流を描いた、アルゼンチンの作家プイグの代表作『蜘蛛女のキス』の翻訳によって、一九九四年聯合報読書人専刊最佳書賞を受賞している。また、寓話性とリアリズムを融合させたポストモダン小説の先駆的存在であるイタリアの作家イタロ・カルビーノの一連の作品『くもの巣の小道』『木のぼり男爵』『不在の騎士』『まっぷたつの子爵』の翻訳も精力的に手がけている。なお、今日広く使われるQUEERの中国語訳名「酷児」は、紀大偉が一九九四年、大学四年のときに、洪凌や但唐謨とともに雑誌『島嶼辺縁』の特集号「酷児QUEER」の編集に参画したときに初めてつけたものだと言われている。

（2）「他的眼底、你的掌心、即将綻放一朶紅玫瑰」原載「幼獅文藝」一九九四年三月。『感官世界』（皇冠叢書、一九九五年）所収。邦訳は拙訳で『台湾セクシュアル・マイノリティ文学2 中・短篇集「紀大偉作品集『膜』（ほか全四篇）」』（作品社、二〇〇八年）に所収。

（3）原載「聯合報・副刊・聯合文学」一九九五年十月十五日～一九九六年一月一日。『膜』（聯経出版、一九九六年）所収。本論での引用・引用頁は拙訳『紀大偉作品集『膜』（ほか全四篇）』〈注(2)〉による。

（4）参考文献として、黄海『台湾科幻文学薪火録 一九五六～二〇〇五』（五南図書、二〇〇七年）、武田雅哉・林久之『中国科学幻想文学館』下（大修館書店、二〇〇一年）がある。

（5）張系国「星雲組曲」「夜曲」の邦訳に、山口守・三木直大訳『星雲組曲』（国書刊行会、二〇〇七年）がある。

（6）林建光「政治、反政治、後現代――論八〇年代台湾科幻小説」『中外文学』第三一巻第九期、二〇〇三年二月。

（7）崔子恩「紀大偉之膜和〝酷儿〟発明馳名世界」新浪読書 http://book.sina.com.cn/new/b/2004-01-07/3/35096.shtml

(8) 林建光「主導文化与洪淩、紀大偉的科幻小説」『中外文学』第三五巻第三期、二〇〇六年八月。

(9) 張志維「従仮声借題到仮身借体——紀大偉的酷児科幻故事」『中外文学』第三二巻第三期、二〇〇三年八月。邦訳に西端彩訳「「仮声借題」から「仮身借体」へ——紀大偉のクィアSF小説」『台湾セクシュアル・マイノリティ文学4 クィア/酷児評論集「父なる中国、母(クィア)なる台湾?」(ほか全七篇)』(作品社、二〇〇九年)がある。張が挙げる具体的な事例は、生殖科学技術の進歩がかえって父権を強化していること、異なる統治者による記憶の書き直しが繰り返し行われた結果、台湾の歴史には「欠陥・空白・錯誤」が充満していること、国土開発を優先させた結果、環境・生態系の破壊を招いていることなど。

(10) 紀大偉『感官世界』〈注(2)〉、二五六頁。書名『感官世界』も、大島渚監督の映画「愛のコリーダ」(一九七六年作品。フランス語題名 *L'Empire des Sens* 官能の帝国)の中国語訳名「感官世界」からとったものだ。

(11) 引用頁は『英米女流怪談集 淑やかな悪夢』(創元推理文庫、二〇〇六年)所収の「黄色い壁紙」による。ギルマンは「女性と経済」(一八九八)、「Herland」(一九一六、邦訳「フェミニジア」)でも有名なアメリカのフェミニスト。その時代を超えた洞察力の深さによって近年再び注目を集めている。

(12) Anne McCaffrey, *The Ship Who Sang*. 一九六一〜六九年連載、単行本一九七〇年。邦訳にはアン・マキャフリー作、酒匂真理子訳『歌う船』(創元SF文庫、一九八四年)がある。

(13) 参考論文として、ジェシカ・アマンダ・サーモンスン「なぜジェンダーを呼び戻すのか?——アン・マキャフリイ『歌う船』を読む」(Jessica Amanda Salmonson, "Gender Structuring of Shell Persons in *The Ship Who Sang*," 1989)『サイボーグ・フェミニズム 増補版』巽孝之編(水声社、二〇〇一年。初版はトレヴィル、一九九一年)所収。

(14) ダナ・ハラウェイ「サイボーグ宣言」(Donna Haraway, *A Cyborg Manifesto*, 1985)『サイボーグ・フェミニズム 増補版』〈注(13)〉所収。

(15) 張志維「従仮声借題到仮身借体——紀大偉的酷児科幻故事」〈注(9)〉、一一九頁。

(16) デメテルの物語は、欧米で母娘関係を検証する際によく参照されるギリシア神話で、母デメテルによる娘ペルセポネー奪還物語。デメテルはギリシア神話に登場する生産・豊穣と深い関わりを持つ穀物の女神で、祖母ガイア、母レアと受け継がれてきた大地母神の系譜の三代目に当たる。彼女は絶大な権力を誇る弟のゼウスから強引に迫られて娘ペルセポネーを産み、その後娘と二人で幸せな日々を過ごしていたが、今度はもう一人の兄弟ハデスがゼウスの許可を得て娘を冥府にさらって行き妻にしてしまう。悲嘆にくれたデメテルが行方不明の娘を探して放浪する間、大地は荒廃したため、困ったゼウスは調停にでて娘を一年の三分の二を母のもとで、三分の一を夫ハデスのもとで暮らすようにした。そのため、デメテルはペルセポネーがハデスのもとで暮らしている間は大地の実りをもたらすのをやめ、娘が里帰りしたときに再び大地は実りを取り戻したという物語である。この物語はさらに、母デメテルがゼウスだけでなく別の兄弟の海神ポセイドンからも無理強いされて子供を出産するという、女の幸せが常に男性的暴力によって破壊されてきたことに対する抗議の物語としても読まれている。

(17)　水田宗子「〈母と娘〉をめぐるフェミニズムの現在」『母と娘のフェミニズム』田畑書店、一九九六年。

(18)　張志維「従仮声借題到仮身借体――紀大偉的酷児科幻故事」〈注(9)〉、一一八頁。

参考文献

小谷真理『女性状無意識〈テクノガイネーシス〉――女性SF論序説』勁草書房、一九九四年

巽孝之編『サイボーグ・フェミニズム　増補版』水声社、二〇〇一年

水田宗子・北田幸恵・長谷川啟編『母と娘のフェミニズム――近代家族を超えて』田畑書店、一九九六年

林建光「主導文化与洪凌、紀大偉的科幻小説」『中外文学』第三五巻第三期、二〇〇六年八月

張志維「従仮声借題到仮身借体――紀大偉的酷児科幻故事」『中外文学』第三二巻第三期、二〇〇三年八月

(補1)　本論は平成二十一〜二十三年度科学研究費・基盤研究(C)「現代台湾文学にみるジェンダー・ポリティクスとセクシュアリティの編成」(課題番号21520365)の成果の一部である。

(補2)　本論は「感官素材与人性辯證」国際学術研討会(台湾成功大学、二〇一〇年三月六日)での報告原稿に加筆修正を加えたものである。

邱妙津『ある鰐の手記』と村上春樹『ノルウェイの森』との間テクスト性について

垂水千恵

はじめに

『ある鰐の手記（鱷魚手記）』は、台湾人作家、邱妙津（チウ・ミアオチン、一九六九－九五）にとっての最初の長編小説である。一九九四年五月に台湾の時報文化出版社から刊行され、翌年十月には「一九九五年時報文学奨推薦奨」を受賞。その後も、台湾現代文学、特にレズビアン文学の正典として長期にわたる人気を博している。同書の主人公の名「拉子」および「鰐」が、台湾のみならず、中国大陸においてもレズビアンの代名詞となったことはよく知られたエピソードである。日本においては二〇〇八年十二月、作品社から「台湾セクシュアル・マイノリティ文学シリーズ（全四巻）」の第一巻として筆者訳の『ある鰐の手記』が刊行された。

本稿は『ある鰐の手記』における村上春樹の引用に着目しつつ、『ノルウェイの森』との間テクスト性についいて簡単に紹介しておこう。

邱妙津は一九六九年に台湾中部の彰化県に生まれた。名門、台北市第一女子高級中学を経て、八七～九一年、台湾大学心理系に学んだ。在学中の八九年、「囚徒」で台湾の新聞『中央日報』短編小説奨を、翌年九〇年には「寂寞的群衆」で台湾を代表する文芸誌『聯合文学』の中篇小説奨を受賞、九一年には最初の小説集『鬼的狂歓』を聯合文学出版から刊行している。大学卒業後、短い記者生活を経て、九二年十二月フランスに留学、九四年にはパリ第八大学に進学した。また、同年には前述のように『ある鰐の手記』が時報文化出版社から刊行されるなど、一見順風満帆の如き人生であったが、翌九五年六月二十五日、その短い生涯を自ら閉じた。[1]

邱妙津の代表作『ある鰐の手記』は「私」と名乗る主人公「拉子」の語りによって構成されているものの、所々に「鰐」が登場する寓話的な節が挿入されるという、二重構造をその特徴としている。「彼／彼女（性別がわからないので、鰐については今後このようにお伝えします）」（「第二の手記」8）とされる鰐が、既成の性別による存在の二分化を打破するセクシュアル・マイノリティの隠喩であることはまず間違いあるまい。[2] また常に「人間型スーツ（原文：人装）」を着用している鰐を、抑圧と差別のスティグマを刻印され、身分を偽装せざるを得ないすべての存在の寓喩であると考えてもいいだろう。作品はこの鰐を通して、国家の滑稽さや、メディアの暴力、また人々の好奇心の愚かさや悪意が浮きだす仕掛けとなっている。

一方、『ある鰐の手記』の大部分を構成する「拉子」の登場箇所では、レズビアンである自分をどうしても肯定できない苦悩が縷々と語られている。レズビアンとしての愛欲を実現し、レズビアンに「なる」ことへの恐怖から、拉子は恋人水伶の愛をも拒絶する。しかし、抑えきれない思いに二人は別れと修復を繰り返すのである。

自己否定と、自己を肯定し得る「支点」への希求の両極に揺れる拉子の灼熱する苦悩の美しさが、『ある鰐の手記』という記念碑的作品の真骨頂と言えるだろう。

こうした「拉子」と「鰐」の語りを中心としつつ、拉子の大学の友人たちであるレズビアン・カップルやゲイ・カップルのエピソードを交え、八七年の戒厳令解除後、民主化へと動き出した台湾の胎動をも伝えた作品、と言えば『ある鰐の手記』の輪郭をご想像いただけるだろうか。

その他、注目すべきはこの作品が様々な映画、文学作品への言及、引用に満ちた作品である、ということである。映画についてはデレク・ジャーマン『ザ・ガーデン』（一九九〇）を始め、レオス・カラックス『汚れた血』（一九八六）、ジャン＝ジャック・ベネックス『ベティ・ブルー』（一九八六）、アンドレイ・タルコフスキー『ノスタルジー』（一九八三）への言及や引用が頻出する。一方、文学作品においては日本文学への言及が多い。まず作品の冒頭が以下のような一節で始まっていることは象徴的であろう。

「来る時に、何かおもちゃ持って来てくれない？」と鰐が言う。
「いいさ。僕が縫ったお手製の下着を持っていってあげよう。」と太宰治。
「世界一美しい書架というのはどうだね。」これは三島由紀夫。
「ボクの早稲田の卒業証書のコピー百枚をキミのトイレに貼るってのはどうかな。」と村上春樹。（「第一の手記」1、七頁）

この他、安部公房もまた重要な鍵を握る作家であるが、本稿では圧倒的に言及・引用が多く、またその存在が深く浸透している村上春樹、特にもっとも言及・引用の多い『ノルウェイの森』を中心に、村上作品を邱がどのように解釈、あるいは「誤読」し、自己作品の中に引用―変形して取り組んでいったか、を分析したいと思う。さらには『ある鰐の手記』における解釈を通して明らかになる『ノルウェイの森』の読みの可能性を示すとともに、この両作品における間テクスト性（intertextuality）の問題についても考察してみたい。

『ある鰐の手記』における村上春樹『ノルウェイの森』への直接の言及と引用

まずは、『ある鰐の手記』（以下、『鰐』と略記）において、どのような文脈で、どんな村上作品が引用されているかを見てみよう。直接的に村上の名前、または作品名に言及・引用されている箇所は、以下の五カ所と考えられる。

1　「ボクの早稲田の卒業証書のコピー百枚をキミのトイレに貼ってのはどうかな。」と村上春樹。（「第一の手記」1、七頁）

2　二十歳の誕生日に、死のう！　死への欲望が一歩一歩私の意識に侵入してきた。誕生日の前の夜、大学二年間の日記、密封したままの水伶の手紙、村上春樹の『ノルウェイの森』、パパのキャッシュカードを持って、高雄行きの夜行列車に乗った。（「第四の手記」5、一二〇頁）

3　『ノルウェイの森』―「俺は直子を失ったんだ！　あれほど美しい肉体がこの世界から消え去ってしまった

んだぞ！」悲しみが私の石化した心を引き裂いて、怒濤のように溢れ出し、すべてを呑みつくしてしまった。(「第四の手記」5、一二二頁)

4　「違うでしょう。村上春樹によると、それから王様と御付きの者たちはみんな大笑いしましたとさ、って。」(「第六の手記」5、一七九頁)

5　苦痛は底の破れた袋のようなもの。ひたすら中身が漏れ続ける。でもどうやってその穴を綴ればいいのかわからない。どうやったら村上春樹の言う、「六年のあいだに三匹の猫を埋葬した。幾つかの希望を焼き捨て、幾つかの苦しみを分厚いセーターにくるんで土に埋めた。全てはこのつかみどころのない巨大な都会の中で行われた。」という心境に至れるのだろうか。私はこの精神状態に終止符を打てない。苦痛は無限に広がり、頭を破裂させそうだ……(「第八の手記」2、二二八頁)

1、4については邱妙津の作家意識と村上の関係を考える上では興味深い一節であるが、特に何らかの村上作品からの引用を踏まえているのではないと思われるので、本稿では取り上げない。2、3は『ノルウェイの森』(一九八七)に関する言及と引用、5は出典は明かされてないものの、「中国行きのスロウ・ボート」(一九八〇)[3]からの引用である。「中国行きのスロウ・ボート」の引用は、実は『鰐』よりも『蒙馬特遺書［モンマルトル遺書］』(一九九六)において大きな作用を果たしていると考えられるので、別稿に譲り、本稿では2、3の『ノルウェイの森』の引用に注目して分析していく。

村上春樹の代表作である『ノルウェイの森』(以下、『森』と略記)については今更説明するまでもないとは思うが、簡単に内容を確認しておこう。

一九六八年、東京の私立大学に入学したばかりの僕（渡辺）は、ある日電車の中で旧知の直子と再会する。直子は神戸の高校時代の親友、キズキの恋人だった。しかし、キズキは高校三年のときに自殺していた。以来、定期的にデートを重ねていた二人は、翌年の四月、二十歳になった直子の誕生日に関係を持つ。僕はそれが直子にとって初めての性体験であり、キズキとは肉体関係がなかったことを知る。それ以降、直子は心を病み、京都の郊外にある療養施設「阿美寮」に入ってしまう。僕はその後、大学の同級生の緑と付き合う一方で、直子とも文通を続けていたが、一九七〇年の夏の終わりに直子は自殺してしまう。十八年後、ドイツ行きの飛行機の中で直子の好きだったビートルズの「ノルウェイの森」を聴いた僕は、一九六九年の秋に（「阿美寮」近くの）草原で「いつまでも私のことを忘れないでくれる？」と言った直子の言葉を思い出す……。

台湾における村上春樹の受容については張明敏「台湾人の村上春樹――「文化翻訳」としての村上春樹現象」(4)に詳しいが、一九八九年に最初の翻訳である傅伯寧訳の『挪威的森林』が故郷出版社から刊行されており、おそらく邱妙津が読んだのは傅伯寧訳のものと思われる(5)。

3の引用は『森』下巻第十一章、直子が死に、その葬儀後、「僕」が旅に出て海辺を彷徨う場面の一節である。海辺の廃船の影で泣いている僕をみつけた若い漁師が、泣いている理由を尋ねる。「反射的」に「母が死んだからだ」と「嘘をついた」僕に同情した漁師は、自分も「十六で母親をなくした」と語り、僕に酒を勧める。その後に、引用箇所が始まるのである。

　僕はコップ酒を飲みながらぼんやりと彼の話を聞き、適当に相槌を打った。それはひどく遠い世界の話であるように僕には感じられた。それがいったいなんだっていうんだと僕は思った。そしてこの男の首を締めてしまいたいような激しい怒りに駆られた。お前の母親がなんだっていうんだ？ **俺は直子を失ったんだ！ あれほど美しい肉体がこの世界から消え去ってしまったんだぞ！** それなのにどうしてお前はそんな母親の話なんてしているんだ？（下巻第十一章、二五四頁。太字は邱妙津の引用部分）(6)

一方、『鰐』における『森』の引用は「第四の手記」5、水伶と別れて一年になろうとする拉子が、二十歳の誕生日を前に死のう、とするエピソードが描かれている箇所に登場する。引用2のように、死を決意した拉子は『森』と、受け取ったまま開封していなかった水伶の手紙を持って、高雄に赴く。高雄のホテルで水伶の手紙を開封した拉子は、そこに水伶の愛の告白が描かれていたことを知る。「でも、最後のお願い。一日でいいから私が思うように私を思ってくれる？ 私にやさしく声をかけさせて——愛してる。一九八八年七月二十一日」という水伶の手紙の後、前述の『森』の引用が唐突に続くのである。「第四の手記」はこの引用の後、「悲しみが私の石化した心を引き裂いて、怒濤のように溢れ出し、すべてを呑みつくしてしまった。」と結ばれている。さらに、「第五の手記」の内容からも、水伶の手紙を読んだことが契機で拉子は死を思い留まったことが示されている。

こうして引用箇所の両作品における文脈を比較してみると、いくつかの相違点が浮かび上がってくる。まず、共通点としては、語り手である「渡辺」／「拉子」が「死」に直面し、旅に出た場面だ、という点が挙げられる。しかし、拉子は「二十歳の誕生日に、死のう！」という死への強い欲望を持って旅に出たのに対し、渡辺は直子の死に強いショックを受けて放浪しているものの、自殺する意思はない。女友達の緑に電話をかけ、「今は東京に戻れないんだ。まだ」「十月になったら——」（下二五〇頁）と帰還の意志を伝えている。また、帰還の動機に関しても、水伶の愛を知ったことで生へ意思を取り戻して台北へと帰還した拉子に対し、渡辺にとって直子は永遠に失われたままであり、「一カ月の旅行は僕の気持をひっぱりあげてはくれなかったし、直子の死が僕に与えた打撃をやわらげてもくれな」（下二五七頁）いままの帰還であった。さらに、現実に直子を失った渡辺に対し、拉子にとって水伶を「失ったんだ！　あれほど美しい肉体がこの世界から消え去ってしまったんだぞ！」という表現は比喩に過ぎないし、実際には水伶の手紙によって愛を確認したのだから、むしろ「あれほど美しい肉体」は現実に近づいたとも言えるのである。

こうしてそれぞれの作品における引用句の置かれた文脈を比べてみると、邱妙津の引用には意図的な「別のテクストの吸収と変形」[7]がある、ということが明らかになるのである。

『鰐』における『森』の隠された引用と、レズビアン表象について

邱妙津の「別のテクストの吸収と変形」を含む引用は、前述のような直接的引用箇所だけに見られるものではない。実のところ、『森』は直接的引用の形を取らないままに、『鰐』に深く浸透しているテクストである。と同時に、そうした隠された引用においても「別のテクストの吸収と変形」は絶え間なく繰り返されている。その最たるものは、レズビアン表象をめぐる両作品の差異であろう。レズビアンであることを主題とした『鰐』ではあるが、『森』において明確に表されたレズビアン表象については、全く言及も引用もしていない点は注目に値する。

『森』には一人のレズビアン少女が描かれている。直子の阿美寮におけるルームメイト玲子の回想において登

場する、「あの子」と呼ばれる少女は、「天使みたいにきれい」（上二五〇頁）で「見るからに頭のいい」「相手をひきつける天賦の才がある」（上二五一頁）と同時に、「病的な嘘つき」（上二五一頁）で「筋金入りのレズビアン」（下二〇頁）だったと説明されている。ある日、少女は自分のピアノ教師であった玲子を誘惑し、それを「全身の力をふりしぼって」拒絶した玲子に対して「あなたレズビアンなのよ、本当よ。どれだけ胡麻化したって死ぬまでそうなのよ」（下二三頁）と言い放つ。その後、少女の虚言によって「精神病院に何度も入っていた札つきの同性愛者で、ピアノのレッスンに通ってきていた生徒の女の子を裸にしていたずらしようとして、その子が抵抗すると顔がはれるくらい打った」（下二八頁）という悪質な噂を流された玲子は、それが契機となって発病、七年間にも及ぶ療養生活を送ることになるのである。

レズビアンであることを主題とし、また随所で村上へのオマージュを捧げている『鰐』ではあるが、『森』においで明確に表されたこのレズビアン表象については、全く触れていない。渡辺みえこは、十三歳にして「美しさと成熟した肉体、確固とした性アイデンティティを持ち、指だけで三十一歳のピアノ教師を「頭のヒューズが飛んじゃいそうだったわ」と言わせる程の魔の力をもっている」この少女は、「負の異界からやってきた超人」であると論じている。名前もなく「あの子」としか呼ばれないこの少女の造形には、全くのリアリティがないばかりか、レズビアンに対する表象の暴力すら感じさせると言っていいだろう。『鰐』においてこの少女について全く触れられていないことは、負のレズビアン表象に対する邱妙津の暗黙の批判と読んでいいかもしれない。

こうした点を男性作家である村上春樹の限界である、と指摘することは易しいが、一方、邱妙津はおそらくは村上自身も全く予期しない形で、『森』に描かれたレズビアン表象を読み取っているのである。

『鰐』では、水伶と拉子の間に以下のような会話が交わされる。

「いっしょに精神病院に入れたら、どんなにいいかしら。」彼女が言った。／「同じ部屋に入るの？」／「同じ部屋でなくていいわ。」／「どうして？」／「あなたが怖いから。」／（中略）／「隣の部屋に住んで、一枚の壁を隔てて眠るの。私はベッドに座ってあなたに話しかける。あなたもベッドに座って、ずっとずっと話しかける……だれもいないのよ。どんなにいいかしら。」／「話が尽きたらどうするの？」／「どうして話が尽きることがあるの？　疲れたら壁を叩いて、寝るの。起きたらまた自然に話が始まるわ。」（「第二の手記」4、五一―五二頁）

慧敏な『森』の読者であれば、水伶の理想とするこの二人の関係が、阿美寮における直子と玲子の関係に酷似していることに気付くであろう。

阿美寮は恋人キズキおよび姉の自殺を遠因として精神を病んだ直子が入っている「療養」施設である。一般の病院のように「治療」は行わず、「人里はなれたところでみんなで助けあいながら肉体労働をして暮らし、そこに医者が加わってアドバイス」（上一九八頁）する、「グループ療養」を行っている。玲子は初めて阿美寮を訪ねた僕＝渡辺に、「直子と私は同じ部屋で暮らしているの。つまりルームメイトよね。あの子と一緒に暮らすの面白いわよ。いろんな話して。」（上一九七頁）と自己紹介する。実際、直子と玲子は「私たち何でも話すのよ」（下二五頁）といった関係であり、さらには直子が「こんな風にねじ曲がったまま、二度ともとに戻れないと、このままここで年をとって朽ち果てていくんじゃないか」と「夜中に目が覚めて、たまらなく怖くなる」（上二九〇頁）ときには、「レイコさんを起こして、彼女のベッドにもぐりこんで、抱きしめてもらうの。そして泣くのよ。彼女が私の体を撫でてくれるの。体の芯があたたまるまで。」（上二九〇頁）ということすらある、と説明されている。

一方、村上は周到にも玲子の言葉を通して、彼女のレズビアン性を否定させている。

たとえば直子を抱いたって、私とくに何も感じないわよ。私たち暑いときなんか部屋の中では殆ど裸同然で暮らしてるし、お風呂だって一緒に入るし、たまに一つの布団の中で寝るし……でも何もないわよ。何も感じないわよ。あの子の体だってすごくきれいだけど、でも、そうね、べつにそれだけよ。ねえ、私たち一度レズごっこしたことあるのよ。（中略）直子がためしに私の体を撫でてくれたの、いろいろと。二人で裸になってね。でも駄目よ、ぜんぜん。くすぐったくてくすぐったくて、もう死にそうだったわ。」（下二五頁）

しかし、『鱷』において、直子と玲子の関係がレズビアンにとっての理想の関係として「引用」されたということは、玲子の（あるいは村上春樹の）意識を越えたレズビアン表象が『森』においてなされている、と言えるだろう。十三歳の誘惑者としてのレズビアン少女が不自然であるように、玲子・直子のレズビアン性の否定も相当に不自然である。そもそも、『森』においては、「その子は私の背中にこう手をまわしてね、撫でてたの。そうするとそのうちにね、私だんだん変な気になってきたの。」（下一九頁）と、「撫でる」はレズビアン的行為として描かれている。また、前述の玲子の言説を注意深く読むなら、それは玲子が直子の愛撫に反応しなかった、ということは証明していても、玲子を愛撫する直子の心情については明言されていない。つまり、直子にはレズビアン的傾向があり、それがキズキや渡辺との性交を不可能にしている本当の原因であった可能性は否定できない。

さらに、唐突な印象を与える直子の自殺についても、注意深く読みなおすならば、いろいろな手掛かりは残されている。死の前夜、玲子との部屋に戻ってきた直子は、渡辺とのたった一度の性交について「ものすごくわしく」（下二七二頁）玲子に語って聞かせる。それはセックスについて「くわしいことは絶対に言わなかった」直子にとって、自己のセクシュアリティを語る最後のチャンスでもあった。以下の直子の言葉に注目してみよう。

「それはやって来て、もう去っていってしまったものなの。それは二度と戻ってこないのよ。何かの加減で一生に一度だけ起こったことなの。」（中略）「私何も心配してないのよ、レイコさん。私はただもう誰にも私の中に入ってほしくないだけなの。もう誰にも乱されたくないだけなの」（下二七四頁）

そして、直子が玲子に最後に求めた行為は「抱いてほしい」ということであった。しかし、「ねえ、変なんじゃないのよ。だって私たちずっと一緒にお風呂だって入ってるし、あの子は妹みたいなものだし」「わかってますよ、それは」という玲子と渡辺という男女の異性愛者の言説の中で、直子のメッセージは掻き消されていく。つまり、『森』全編を通して、直子のセクシュアリティは、深い「友情」という森の中に隠されたまま、決して姿を現さない仕組みとなっているのである。そして、それはちょうど山奥の雑木林に囲まれた阿美＝ami寮にひっそりと隠れ住む直子とパラレルな関係にあると言えるだろう。

その意味において、直子と玲子の暮らす阿美寮の「阿美」が「フランス語のami（友だち）からとったもの」（上一八五頁）である、とされていることは象徴的である。直子は性交不可能であったキズキ、あるいは一度だけしか「濡れなかった」渡辺に対するセクシュアリティについては言及するが、玲子に対する自己のセクシュアリティについては決して言及しない。しかし、二人は「ami＝友だち」にしかすぎないから、という思い込みによって読者はそれを不思議とも思わない「仕掛け」がなされているのである。

この「仕掛け」は十三歳のレズビアン「あの子」によって二重に強化されている。つまり、レズビアンとは自己の性的アイデンティティに不安を持たないばかりか、「あなたレズビアンなのよ、本当よ。どれだけ胡麻化したって死ぬまでそうなのよ」（下二三頁）と他者に対して「名付け」を行うことも厭わない「あの子」のような暴力的存在のことを指すのであって、「どうして私濡れないのかしら」（下一八五頁）と自分のセクシュアリティの不安に慄く直子のような存在では決してない、というアリバイ証明を行うために。(9) 直子と玲子の関係はあくまでも「友情」であって、邱妙津が読み取ったようなレズビアン表象は「誤読」なのであると言うために。つまり、村上は直子のレズビアン性を隠蔽するためにこそ、極端に誇張されたレズビアン「あの子」を造形した、と読むことすら可能かもしれない。

まとめ――『スプートニクの恋人』、“Norwegian Wood”をも含めて

さて、『鰐』における『森』の隠された引用を手掛かりに、『森』における二つのレズビアン表象について論じてきた。『鰐』における、『森』という「別のテクスト」に対する「吸収と変形」の在り方を通して、逆に『森』における隠蔽の仕掛けが明らかになったのである。

『鰐』『森』というこの二つのテクストが、古典的な意味での影響関係を越えた間テクスト性（intertextuality）を持つことは明らかだが、それをより明確に論証するために、あと二つ、別のテクストを登場させよう。最初の一つは一九九九年、つまり邱妙津の死後に刊行された村上春樹の『スプートニクの恋人』である。「とても奇妙な、

この世のものとは思えないラブ・ストーリー[10]」と評される『スプートニクの恋人』の主人公「すみれ」は、自らのセクシュアリティに目覚めた「直子」とも言うべき存在である。簡単に内容を解説しておこう。

主な登場人物は「ぼく」と「すみれ」、そしてすみれの恋した十七歳年上の女性「ミュウ」である。ほぼ同年の男女[11]と、十七歳年上の女性、という関係は『森』における僕（=渡辺）、直子、玲子の関係を彷彿とさせる。「ぼくはすみれに恋をしていた」（一二頁）が、「性欲というものがよく理解できない」（一六頁）すみれにとってぼくは友人でしかない。そのすみれが十七歳年上の女性ミュウと「平原の竜巻のような激しい恋」（二八頁）に落ちる。すみれはミュウへの感情が「100パーセント間違いない」「性欲」（八一頁）であり、「そういうふうに考えると、これまでのいろんなことにすっきり説明がつくのよ。どうして男の子とのセックスに興味が持てなかったのか。どうしてなにも感じなかったのか。どうして自分はほかの人たちとどこか違うとずっと感じつづけてきたのか」（八二頁）と語る。

つまり、一九九四年（『鰐』の小説内時間に合わせるならば一九八九年）に邱妙津が読み取った直子の玲子へのレズビアン的感情が、一九九九年に村上春樹自身によって作品化されたのである。ちなみに『鰐』の筆者による日本語訳の刊行は前述のように二〇〇八年十二月のことであり、『鰐』が『スプートニクの恋人』に影響を与えたということは、まず考えられない。邱妙津がテクストとしての『森』を引用し、吸収し、変形して『鰐』という新たなテクストを織り上げたように、村上春樹自身も『森』というテクストに対して「吸収と変形」を重ね『スプートニクの恋人』というテクストを織り上げた、と考えるべきであろう。

さらに、『鰐』と『森』の間テクスト性を論じる上で、もう一つ無視できないテクストは、『ノルウェイの森』のタイトルの「出典」とも言えるビートルズの“Norwegian Wood”である。ビートルズの“Norwegian Wood”は日本に紹介される際「ノルウェーの森」と訳されたが、「She showed me her room, isn't it good, norwegian wood?」の「wood」が「森」であるはずはなく、邦題そのものがある意味の「誤訳」であることは、ネット上でもかまびすしく議論されている話題である。(12) 英語の翻訳にかけては一家言ある村上が作品のタイトルとしてこの曲を「引用」する際、その「誤訳」に気付かなかった訳はない。しかし、それにもかかわらず、彼は直子にこう言わせている。

　私が『ノルウェイの森』をリクエストするときはここに百円入れるのがきまりなの」と直子が言った。「この曲いちばん好きだから、とくにそうしてるの。心してリクエストするの」（中略）「この曲聴くと私ときどきすごく哀しくなることがあるの。どうしてだかは分からないけど、自分が深い森の中で迷っているような気になるの」と直子はいった。「一人ぼっちで寒くて、そして暗くって、誰も助けに来てくれなくて。だから私がリクエストしない限り、彼女はこの曲を弾かないの」（上二二四頁）

直子をセクシュアリティの森に迷わせるためには、"Norwegian Wood" は必ず「森」と訳されなければならなかったのである。さらに、注目すべきは "Norwegian Wood" には「We talked until two/And then she said, "It's time for bed"/She told me she worked in the morning/And started to laugh/I told her I didn't/And crawled off to sleep in the bath.」という歌詞があることである。男の性的期待を裏切って一人ベッドで眠る女と、性的関係を持てず一人空しくバスタブで眠る男。この女は直子を、また「バスタブ」で眠る男は、鰐を思わせはしないだろうか。というのも、図版が示すように、『ある鰐の手記』において邱妙津が描いた「鰐」は何故か始終バスタブに入っていることをその特徴としているからである。(13)

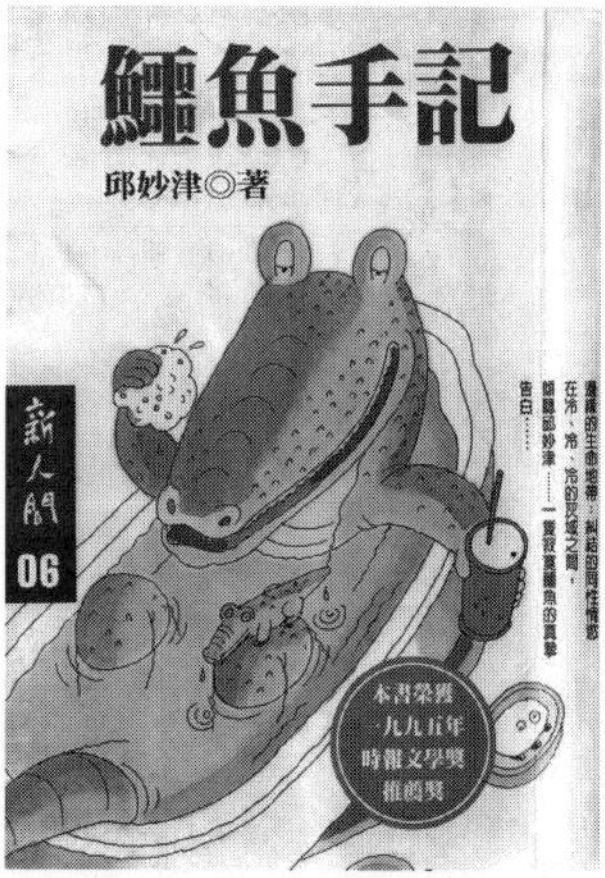

『鱷魚手記』時装文化出版二版七刷の表紙

『鰐』における鰐の表象にはデレク・ジャーマンの『ザ・ガーデン』が強く影響を与えていることについては、すでに蕭瑞莆[14]が指摘しているが、実際『鰐』における『ザ・ガーデン』の「引用」は蕭の指摘を遥かに超える範囲にわたっている。この件についてはまた別途論じる予定ではあるが、邱妙津がバスタブに入った鰐を造形する際、『ザ・ガーデン』のバスタブに入ったゲイのカップルの映像から強く影響を受けていることは間違いあるまい。しかし、『ザ・ガーデン』におけるバスタブはいわばゲイ・カップルにおける婚礼の床であるのに対し、『鰐』におけるバスタブは鰐の世界からの疎外と孤独の表象でもある。その意味においては、“Norwegian Wood”における性的関係を持てず一人空しくバスタブで眠る男の表象に近いものがあるだろう。

つまり、“Norwegian Wood”という短いテクストに描かれた「男の性的期待を裏切って一人眠る女」と、「性的関係を持てず一人空しくバスタブで眠る男」という二つの表象のうち、前者は村上春樹の『森』における直子へ、そして後者は『森』に強く影響を受けた邱妙津の『鰐』における鰐へと「引用」されたと考えることができる。と同時に「I once had a girl, or should I say, she once had me…」から始まり、「And when I awoke, I was alone, this bird had flown」で終わる“Norwegian Wood”のテーマを恋愛の不可能性と捉えるとすれば、『森』も『鰐』もそのテーマそのものを引用し、吸収し、変形させたテクスト同士であるということが言えるのである。

以上、『ある鰐の手記』における引用を通して明らかになる『ノルウェイの森』の読みの可能性を示すとともに、この両作品における間テクスト性（intertextuality）の問題について考察してきた。今後は邱妙津作品における村上春樹を含むその他の日本文学の「引用」にも範囲を広げ、同時代作家としての邱妙津について論じて行きたいと思う。

注

（1）邱妙津の経歴に関しては雑誌『ＩＮＫ』二〇〇五年六月「邱妙津　完成与未完成的生命写作特集」掲載の邱妙津自筆「履歴表」（八一頁）を参考とした。

（2）邱妙津自身は前掲『ＩＮＫ』掲載の「作品摘要介紹」（八二頁）において「双数章節則以一擬人化鱷魚的独白、另組合成独立於単数章節之外的寓言、諷刺、影射「鱷魚／性異常者」在人類社会孤独、受圧迫的命運」と記している。こうした意図を反映して、原文で鰐に対して使われている「它」の訳語に直訳の「それ」ではなく、「彼／彼女」を採用した。

（3）『海』一九八〇年四月号に初出の後、一九八三年五月に中央公論社より単行本として刊行。

（4）張明敏「台湾人の村上春樹——「文化翻訳」としての村上春樹現象」藤井省三編『東アジアが読む村上春樹』若草書房、二〇〇九年、三五—六七頁。

（5）ちなみに、現在台湾で広く読まれている頼明珠版の『挪威的森林』の初版は一九九七年で、『鰐』の刊行後のことであり、また引用箇所についても微妙に訳が違う。

（6）引用に際しては講談社文庫版『ノルウェイの森』上、二〇〇八年六月二日第二一刷発行、および『ノルウェイの森』下、二〇〇八年五月十五日第一八刷発行を使用した。頁数もそれに拠る。

（7）ジュリア・クリステヴァ『記号の解体学——セメイオチケ1』原田邦夫訳、せりか書房、一九八三年、六一頁。

（8）渡辺みえこ『語り得ぬもの——村上春樹の女性《レズビアン》表象』御茶ノ水書房、二〇〇九年、二八頁。

（9）溝口彰子は「レズビアン＝女性と性愛関係を結ぶ女性」と大きく定義した上で、ジュディス・バトラーを引用しながら「常に主体にとっても未知の領域を含むセクシュアリティは、そのセクシュアリティを表明する主体にとっても、知り得ることはありえない」ものであり、「レズビアンのアイデンティティを持つ女性でも、女性を含めて誰とも性愛関係をむすぶわけではない」asexualな人々の存在を指摘している。直子をこうしたasexualなレズビアンと読むことも可能だろう。溝口彰子「『砂の女』再読――レズビアン・リーディングの新たな可能性」西嶋憲生編『映像表現のオルタナティヴ――一九六〇年代の逸脱と創造』森話社、二〇〇五年、二四五―二七四頁。

(10) 村上春樹『スプートニクの恋人』講談社文庫版、二〇〇一年六月十五日第二刷発行の裏表紙に書かれた宣伝文句である。なお、引用頁も同版による。

(11) 「ぼく」は「すみれ」より「学年がふたつ上」とされている。前掲『スプートニクの恋人』二二頁。

(12) ウィキペディア「ノルウェーの森」http://ja.wikipedia.org/wiki/%E3%83%8E%E3%83%AB%E3%82%A6%E3%82%A7%E3%83%BC%E3%81%AE%E6%A3%AE（二〇〇九年十二月五日ダウンロード）。

(13) 『ある鰐の手記』の底本とした一九九九年九月発行の『鱷魚手記』時装文化出版、二版七刷の表紙。

(14) 蕭瑞莆「另一種視觀／看法――閱讀／書写邱妙津的《鱷魚手記》及徳瑞克・賈曼的電影《花園》」『中外文学』第二五巻第一期、一九九六年六月、三九―五七頁。

Ⅲ　交錯するからだ——身体表象の政治学

愛の不可能な任務について
——映画『ラスト、コーション』に描かれた性・政治・歴史

張小虹（羽田朝子訳）

『ラスト、コーション』のこの言葉は誰のものか？

嶺南大学話劇社の学生たちは抗日愛国劇の公演が成功した後、リーダーの鄺裕民から汪精衛の部下である特務機関の頭目、易の暗殺を目標に、現実の人生で「愛国行動」を起こすことを提案される。演ずることはできても人を殺したことがない彼らは、一歩間違えれば命を落としかねないこの計画案に最初は戸惑う。しかし鄺の言葉——「刀を引き一たび快を成せば、少年の頭に負《そむ》かず」[*1]によって士気を鼓舞され、皆は手を重ねて結盟し、ここに「愛国」話劇社の「想像の共同体」が形作られることになった。

しかし目ざとい映画評論家はすぐにこの映画の「歴史考証の誤り」を指摘した。この言葉の典故は「慷慨して燕市に歌い、従容として楚囚と作る。刀を引き一たび快を成せば、少年の頭に負《そむ》かず」[*2]である。しかし、これはかつて革命志士であった汪精衛が醇親王載灃[*3]の暗殺に失敗し、逮捕されて獄中にいた時に詠んだ詩なのだ。『ラ

スト、コーション』において、愛国大学生が慷慨激昂して暗殺を謀った相手こそ、まさに彼らにとっての売国奴汪精衛陣営に属する特務機関の頭目であった。にもかかわらず、なぜ汪精衛の詩句を引いて士気を鼓舞したのだろうか？（李怡）『ラスト、コーション』の監督が「歴史的無知」のために、この言葉が汪精衛の獄中の詩であることを忘れたわけではないことは明らかだ。では『ラスト、コーション』の監督はなぜ大漢奸［訳注＝中華民国の裏切り者の意］の詩句を愛国行動のスローガンにしたのだろうか？　愛国大学生たちの「歴史的無知」を表現しようとしたのか？　それとも、清朝の重臣を暗殺しようとした昔日の愛国志士が、今日では対日協力の売国奴に成り果てたという「歴史的アイロニー」を表そうとしたのか？　しかしながら本論の目的はこの意図を推し量ることではない。この「誤用」に隠されている意味は表面的な「歴史的無知」や「歴史的アイロニー」によって解釈できないのだ。そのため本論ではこの「誤用」を『ラスト、コーション』というスパイ映画に切り込む出発点とし、『ラスト、コーション』における愛国主義と政治的潜在意識の「迂回路（detour）」の理論化をはかる。言い換えれば、この「誤用」の正しい答えを探し出すのではなく、間違いは間違いとして、この「誤用」を映画の「テキストの兆候」としてとらえ、新しい理論を構築・発展・整理していく。ここでの「誤用」を、「誤読（misreading）」や「誤認（misrecognition）」と同じように、正／誤、知／無知といった二項対立の枠外で創造的な思考をする契機とするのだ。

まず字面から、抗日から保釣運動［釣魚台＝尖閣諸島を死守せよという運動］といった愛国運動の中で繰り返し引用されたこの言葉について解読してみよう。「刀を引き一たび快を成せば」とは民族のために惜しげもなく命を捧げ、熱血を注ぐという勇猛果敢な精神を、「少年の頭に負《そむ》かず」とは青春と死を緊密に結びつけたものである。この言葉がはらむ強大なエネルギーは愛国・青春・肉体・死を結合させ、「民族的情動（national affect）」や「情動的ナショナリズム（affective nationalism）」の構築をさらに強めるのだ。[1] この言葉を『ラスト、コーション』のストーリー展開の中でとらえてみると、それはこれら愛国学生の漢奸暗殺が失敗に終わることを暗喩的に「予言」している。しかし、この言葉を昨今の「ナショナリズム構築論」といった文化批判の文脈で考えてみると、「民族とは民族主義の発明である」（Hobsbawn）、「民族国家は想像の共同体である」（Anderson）などの「虚構論」とは違った行為遂行性《パフォーマティヴィティ》・肉体性・情動性を表している。そしてこれは二十一世紀における「愛国主義」、「ナショナリズム」、「インターナショナリズム」、「コスモポリタニズム」、「グローバリズム」といった理論の転換点となりうるものである。

以下、映画『ラスト、コーション』における「愛国主義」と「映像メカニズム」の関連性に切り込み、次の問題について検討する。第一に、「映像の再現」としての愛国主義と、「映像メカニズム」としての愛国主義は何が違うのか？『ラスト、コーション』が描写するのが愛国学生による漢奸暗殺の物語だけでないのなら、この映画のカメラのカッティングや場面背景はいかにして国を愛し、漢奸を殺すのか？第二に、「国を愛する」と「人を愛する」という「愛」は、同じ「愛」であり、同じ「心理的メカニズム（psychic mechanism）」なのだろうか？「国を愛する」と「人を愛する」の間には、どのようなつながりや矛盾があるのか？国を愛するゆえに人を愛し、人を愛するゆえに国を愛するのか、あるいは国を売るゆえに人を愛し、人を愛するゆえに国を売るのか？それとも、これら既定のものとされてきた因果関係や順序を徹底的に解体しようとするものなのか？以下、これらの（修辞的）問いと問題（意識）によって、音声による「愛」の召喚、「愛」の視覚的縫合、「性」の身体政治《ボディ・ポリティクス》、「歴史」に内在する歪《ひず》みという四つの点から、『ラスト、コーション』の「愛国主義」について検討する。

愛の召喚――舞台と客席、階上と階下

現代における情動に関する研究の中で、「愛」は最も「結合性」を具えた情動の記号だとされてきた。ロマンチック・ラブや同胞愛であれ、愛はみな違った個体をひとつに結合させることができるのだ（Ahmed p. 204）。フロイトが『集団心理学と自我の分析（*Group Psychology and the Analysis of the Ego*）』で指摘したように、「愛」は集団アイデンティティの構築においてとても重要な鍵である。様々な形式の「愛」は、たとえ性に向かわない結合であっても、「リビドー」を持っており、主体を強力に愛の対象に向かわせることができるのだ（Freud 1922, p. 38）。社会的結びつき（social bond）が形成されるのは、一群の個人が「彼らの自我理想（ego ideal）を同一の対象に置き換え、その結果お互いの自我において同一視しあうのである」（Freud 1922, p. 80. 原文は斜体）。フロイトはまた次のように強調する。異なった形式の「愛」は相互に変換が可能であり、身分アイデンティティや対象選択の中でとても複雑な結合関係を展開している（Freud 1922, p. 64）、と。以下、『ラスト、コーション』の映画テキストに切り込み、一種の集団アイデンティティである「国民（nation）」が、どのようにして「祖国への愛」の召喚を通して形成されるのかを検討する。また「祖国への愛」がどのようにして「男女の愛」へと情動形式の「転移（transference）」をなし、小我から大我への「情動の共同体」を形作るのかを窺いたい。

まず『ラスト、コーション』において最も分かりやすい愛国主義的な場面である「愛国劇」公演のシーンを見てみよう。この「劇中劇」の重要なカッティング論理は、次の村娘の最後の台詞に表れている。「お願いです。国のため、死んだ兄のため、民族の万世万代のために、中国を滅ぼしてはいけない！」この時、カメラは一八〇

度方向を変え、舞台の前の客席にいる白髪の老人を捉える。彼は立ち上がって右手を挙げ、「中国を滅ぼすな！」と叫ぶ。続いてカメラはまた方向転換して舞台に切り替わり、舞台の後方から前に向かって、舞台の役者たちの後ろ姿と、「中国を滅ぼすな！」と叫ぶ客席の観衆たちをひとつの画面に捉える。続いてカメラの方向が変わって客席から舞台が映り、激するあまり跪く役者たちと立ち上がる観衆たちが同じ画面に映される。それから舞台裏で感動して涙を浮かべている学生たちのミディアムショット、立ち上がって叫ぶ観衆たちのミディアムショット、声高に叫ぶ一人の女性観衆のクローズアップに次々と切り替わる。最後にまたカメラは舞台の前に戻ってきて、激する役者たちの正面と観衆たちの背中を同じ画面に収めるのだ。

このモンタージュ編集[*4]が素晴らしいのは、その映像のカッティング論理にある。すべてが「中国を滅ぼすな！」という台詞の繰り返しにより展開し、舞台と客席がひとつになって、フレームの中に「愛国の共同体」を形成したのである。まさに「中国を滅ぼすな！」という「音声縫合（acoustic suture）」によって、舞台と客席、老若男女が死に瀕している「中国」のために一体化し、悲憤を分かち合ったのだ。それだけでなく、政治共同体の「象徴記号」としての「中国」と情動共同体の「愛の対象」としての「中国」を縫合し、「愛国情緒」を愛の対象がまもなく失落し、滅亡しようとすることへの悲憤に変え、さらにこの悲憤を抗日救国のエネルギーへと変換したのである。同時に、この愛国劇の音響モンタージュと映像カッティングは、「情動」は外在や内在で働くのではなく、人と人の間の関係や接触において生まれることを示している。フェミニズム文化研究者サラ・アフメッド（Sara Ahmed）は次のように言っている。「情動（emotion）」の語源であるラテン語は*emovere*で、「移動、転置」を指している。情動は「心理」や「内在的」な表現ではなく、「社会性（sociality）」と「関係性（relationality）」の接触や構築によるものなのだ（Ahmed p. 11）。この愛国劇の段は愛国情動がどのような「働き」を経て「祖国」に結びつき、愛の対象としての「祖国」が群衆の中で「働き」続けるのかを見せてくれている。さらに重要なのは、この「愛国劇」の「働き」が同時にカメラの「働き」とカッティングの「働き」を通して、画面と音声を完璧に結合させ「愛国の共同体」を縫合していることだ。このことは、この「愛国劇」を単に「再現されたストーリー」上の愛国でなく、「再現された映像メカニズム」上の愛国にもしているのだ。

これと同時に、この「愛国劇」のシーンが強調している情動の「行為遂行性《パフォーマティヴィティ》（performativity）」を見逃してはならない。「中国を滅ぼすな！」という台詞はこのシーンの最も主要な「言語行動（speech act）」であり、効果的に「中国」を言語記号にし、家・国家・民族をひとつに結合させた。この「言語行動」によってもまた、「情動」は働きを為すことができ、能動性と身体的強度という特質を備え、単なる生理あるいは心理上の強烈な情緒反応だけではないことを表している。『ラスト、コーション』は愛国劇の公演と愛国行動の実践を通して、「愛国」という感情は生まれつきのものでも、心に内在する根深いものでもなく、また一度召喚すればそれでよいわけでもなく、日常生活の実践の中で不断に召喚され、引述され、遂行され続けねばならないことを証明している。学生たちが愛国劇を「上演（perform）」して民心を召喚するのは、まさに愛国情動が「遂行的《パフォーマティブ》（performative）」であり、何度も召喚され、繰り返され、実践されねばならないからだ。そのため『ラスト、コーション』は「愛国劇」によって「愛国主義」に対し最大の構築と脱構築をしているのである。稚拙で誇張された舞台メイクや大げさな文芸口調や話劇口調を風刺的に使って、急ごしらえの学生劇団や四〇年代の話劇演出の常套的パターンを強調したほか、時代の距離感をだし、「深情への疎外感」と「疎外感のある深情」の間の揺らぎを表したのだ（しかしさらに皮肉なことに、この映画はこれら「破綻」を観客に見せると同時に、愛国召喚の「縫合」をもなしている）。さらに『ラスト、コーション』の劇中劇である「愛国劇」は、メタフィクション的に「愛国」とはひとつの情動が繰り返し引用され、ひとつの言語行動が繰り返し実践される過程であり、その過程の中に隠されている「規範の反復（the repetition of norms）」を示して見せた。それにより「愛国」を生来の、天経地義的な、根深く堅固なものとする本質化の傾向が脱構築されたのである。

次に、もうひとつの「愛の召喚」シーンについて見てみよう。「愛国劇」の公演が終わった翌日の朝、王佳芝は講堂の舞台に戻り、舞台セットの木や雲を眺め、昨日の素晴らしい公演に思いをはせる。この時、カメラは王の後ろ姿を捉えている。そして画面外から「王佳芝！」（鄺裕民の声）という呼び声が聞こえ、王が振り向くのにあわせて彼女の正面がクローズアップされる（実にアルチュセール的な主体の「召喚」である）。その後カメラは講堂の二階にいる他の学生たちの姿を映し出す（鄺ともう一人の女学生頼秀金が前方に立っている）。そして頼秀金が舞台上の王に向かって「上がってきて！」と叫ぶのである。この「王佳芝！」、「上がってきて！」という緊密に連なった音声召喚は、さらに映画の結末において王佳芝が封鎖線に包囲され、コートの襟に忍ばせておいた毒薬を取り出して躊躇する瞬間にも、「倒叙」的に現れる。この召喚が重要であるのは、王佳芝が女子学生から女スパイになり、生から死へと向かう運命を決定づけたものであるからだ。この召喚の前半部分「王佳芝！」は、王が密かに思いを寄せる学生鄺裕民から発せられ（ロマンチック・ラブの想像の召喚）、召喚の後半部分「上がってきて！」は王のルームメイトである親友頼秀金によって発せられる。そして二階に上がった後の王佳芝は切実な仇怨を持たないにもかかわらず、「愛の転移」のなかで（人を愛するがゆえに国を愛し、友を愛するがゆえに国を愛する）、「みんなと一緒に」［日本語字幕は「私もやるわ」］と決意したのだ。こうして学生話劇社は共に国難に赴く「想像の共同体」と漢奸を暗殺する「愛国行動」を形成したのである。

忘れてはならないのは、この礼堂の階上と階下での「愛の召喚」のシーンにおいて、学生リーダーである鄺裕民が汪精衛の「刀を引き一たび快を成せば、少年の頭に負《そむ》かず」の詩句を「誤用」したことだ。この言葉は「言語行動」として「王佳芝！」、「上がってきて！」と同様に、幾つにも重なる「行動」の意味を含んでいる。一つめの意味は最も明らかで、言葉が発動する実際的な行為を指している（組織に参加し、救国のために寄付し、漢奸を暗殺する）。二つめは比較的分かりにくく、言葉が発せられた時の「存在（being）」や「感情（feeling）」の結合、「愛国主体」と「愛国共同体」の形成、また発話時にもたらされた言語が実際に形をもつ効果を意味している。たとえ実際に外在的行動が起こる前だとしてもである。三つめは最も脱構築の力を具えており、繰り返し引用されて不断に進行されねばならない行動を意味している。恋愛映画が感動して涙を流す女性を不断に召喚するように、愛国劇も激動して立ち上がる観衆を召喚し、団体組織は国のために身を捧げる女学生を不断に召喚するのだ。『ラスト、コーション』の「愛国行動」が複雑で意味深いのは、国を愛するために行動する（話劇を上演し、経済援助し、漢奸を殺す）だけでなく、この行動によって主体の再構築がなされたことだけでもない（Schamus p. xii–xiii）。それが愛国とは必ず不断に繰り返し強化され、繰り返し引用される遂行《パフォーマティブ》的な行動であることを表したからである。この幾つにも重なる「愛国行動」のなかでこそ、いわゆる「誤用」に対してはじめて創造的な読みをすることができる。「刀を引き一たび快を成せば、少年の頭に負《そむ》かず」は、言語による遂行《パフォーマティブ》的行動としての愛国の「再度の引用」である。この詩句は「民族主義」や「愛国主義」の「模範」（国のために命を犠牲にする理想の典範）として、不断に引用され（それによって正当性や正統性を得る）、この詩句が引用されるたびに（抗日戦争であれ、保釣運動やその他の愛国運動であれ）、「民族主義」や「愛国主義」といった正当な精神を伝承するための繰り返しの衝動に立ち戻る。それが強調しているのはまさに「行為遂行《パフォーマティヴィティ》の歴史性（the historicity of performativity）」であり、愛国行動の歴史的伝承なのである。

愛の廻視——断裂と縫合

『ラスト、コーション』は上述した愛国主体の召喚と愛国共同体の形成のほか、それと平行して発展する「愛の廻視」があり、もうひとつの愛の映像言語メカニズムを展開している。「視覚の往復（visual reciprocity）」によって愛の想像の縫合をなしているのだ。前節で注目した「愛の召喚」と、ここで取り上げる「愛の廻視」との違いは、前者は主に音声によって縫合が行われる（「王佳芝！」「上がってきて！」）のに対し、後者は主に視覚によって縫合が行われることだ（私があなたを見て、あなたが私を見る）。そして前者は衆人の間でのやりとりだったが、後者は二人の間に回路が形成されている。

　この「愛の廻視」がなぜこの映画の他のカメラワークと異なるのかを理解するために、まずスパイ映画としての『ラスト、コーション』の映像メカニズムについて分析しよう。幕開けの最初のカットであるシェパード犬のクローズアップから、『ラスト、コーション』は画面の前後左右、四方八方が皆疑わしい雰囲気を醸しだしている。そして特務警備員たちによる監視や、相互の監視のほか、まるで隠しカメラのような視点がある。その視点は見えないところから見、監視されないところから監視しており、この映画を疑念に満ちたものにしている。このように「蟷螂《かまきり》蝉を窺えば野鳥蟷螂を窺う」といった視覚の監視リレーは、スパイ映画としてのこの作品の基本的なカメラワークになっている。この視覚の監視リレーは王佳芝が凱司令《ガイスーリン》珈琲店[*5]に入る時のシーンにも現れている。帽子をかぶりコートを着た女スパイ王佳芝は町の通りを横切り、まず警戒して振り返って辺りを見回す。するとカメラは道の向こう側にいる謎の男性（仲間か？敵か？それともただの通行人であるのか分からない）を捉える。

カメラはまた王の顔に切り替わり、これで最初のショット・リバースショットの主観ショット[*6]ショット[*7]（王佳芝の主観ショット）が完成する。しかし次のショットのカッティングは、最初は直前のショット・リバースショットの主観ショットを繰り返しているが、最後に大きな逆転がある。まず王の顔が映され、次に道の反対側にいる男性、そして他の場所にいる男性が映される。その後また「予想通り」（すでに前のショットによって提示された）王佳芝の正面にカメラが切り替わるのなら、前と同じショット・リバースショットの主観ショットであるのだが、ここでは王佳芝の後ろ姿を映し出す。これにより王佳芝は観察する主体から監視される客体へと変わるのである。この監視の視点がどこからのものなのかは不明で、敵なのか味方なのかも分からない。言い換えれば、『ラスト、コーション』はスパイの物語を叙述するだけでなく、『ラスト、コーション』のカメラそのものもスパイになっているのである。映画における、常に警戒があり気が抜けないスリリングな雰囲気は、「スパイ―カメラ」（警戒心の高まった状態の男女スパイを再現する）と「カメラ―スパイ」（カメラの切り替えやカッティングによって緊張した疑心暗鬼の雰囲気を醸しだし、得体の知れない視点を作り出す）とが組み合わさって作り出されているのだ。

こうしたスパイ映画としての『ラスト、コーション』の独特な映像メカニズムをおさえた上で、王佳芝と易が共に宝石店に行くシーンについて見てみよう。これはこの映画では、いわゆる「漢奸を逃がす」という物語のクライマックスである。そして「螳螂蝉を窺えば野鳥螳螂を窺う」といった視覚の監視、焦りや怖れが、あっという間に愛の想像融合や愛の廻視へと転換するのを見ることができるのだ。まず易は王佳芝こと「麦夫人」の肩を抱いて道路を渡る。王が最初に振り返って辺りを見回すと、カメラは早回しで町の一隅を続けて五箇所映し出し、そして王の主観ショットに戻る。王は再び振り返り、また前を見て、その後スローモーションで町を歩く易と王の後ろ姿が映される。宝石店の入り口に着くと、二人は見知らぬ男性とすれ違い、宝石店に入った後はまた王が店内の二人組の知らない男性を見るというショット・リバースショットの主観ショットがある。そしてその後、易の主観ショットに切り替わる（このシーンのなかで唯一の易の主観ショットなのだが、完全なものではなく、そのまま易の斜め後ろからのショットになる）。これらのショット転換のなかで、王佳芝には二回の完全な主観ショットが、易には一回の不完全な主観ショットがあることになる。王と易が目にした人物はみなお互いを目撃しながらも敵か味方か分からず、至る所にスパイや暗殺者が潜んでいるようなスリリングな雰囲気が作り出されている。

二人が宝石店の二階に上がって座り、インド人の店主が六カラットのピンクダイヤが嵌め込まれた指輪を取り出して王佳芝に渡すと、カメラはここから決定的な時間へと移行する。王と易の二人はお互いに見つめ合い、第三者であるインド人の店主はその場にいるものの、片言の画面外の音声で処理されており、カメラは王と易しか捉えていない。王はダイヤの指輪を付けた後、「このままじゃ外を歩くのがこわいわ」と言って外そうとするが易に制止される。そして易は王に「私が一緒にいる」という言葉をかける。王は心を動かされて易を見つめ、困惑し躊躇しながらも最後には「逃げて」という警告を発する。易は一瞬驚くがすぐにその意味を悟り、矢のように店の外に飛び出す。こうしてつかの間の易と王の「愛の廻視」が終わる。このシーンを分析すると、六カラットのピンクダイヤは重要であり、『ラスト、コーション（原題：色、戒）』という幾層もの意味をもつ題名の「（ピンク）色の指輪」［中国語で指輪を「戒指」という］に対応している。それだけではなく、「欲望のメトニミー（metonymy、換喩）」としてのダイヤと「愛情のメトニミー」としてのダイヤという二重の意味を含んでいる。そしてその重要な鍵となっているのは易の愛の言葉――「私が一緒にいる」である。それはダイヤを愛の証しに転換しただけでなく、王佳芝が最初に漢奸を殺害する愛国行動に参加することになった重要な言葉「私もみんなと一緒に」に置き換わったのである。「一緒に」という親密な連結は、まさに「孤独」で父に見捨てられた、「孤」立無援な王佳芝が最も渇望したものである。過去に彼女は同級生たちと「一緒」になるために漢奸の暗殺計画に参加する愛国者となり、ここで彼女は易と「一緒」になるために漢奸を逃がす売国奴になったのだ。さらに重要なことは、ストーリー展開の重要なセリフであるこの言葉が、映画言語にも転換していることである。易が「私が一緒にいる」と言うとともに、カメラもまた「私が一緒にいる」と言っている。カメラはこの二人を同じフレームに捉えるだけでなく、固定カメラによって二人の眼差しのやりとりを捉えており、王佳芝の主観ショットのようでありながら、また二人の「世界＝視界」のようでもある。

このように『ラスト、コーション』は愛の任務を描き、また同時に愛の不可能な任務を描いている。愛はスパイの任務を可能にし（人を愛し友を愛するがゆえに、国を愛し抗日運動に参加して、漢奸を殺害する）、愛はまたスパイの任務を不可能にしたのである（人を愛するがゆえに漢奸を逃がし、人を愛するがゆえに国に背く）。現代の精神分析理論において、いわゆる「愛の不可能性」がある。これは、すべての愛の障壁は「愛は可能にする」という幻影につながっており、愛の可能性は愛の不可能性から生まれるとしている。[2] そして現代の政治哲学理論においてもまた「愛国の不可能性」がある。これは、愛国主義のなかの理性的／非理性的な要素を対立させ、それを自由民主制の「存在の難局」と見なしている。[3] 本論のいわゆる「愛の不可能な任務」について、この思考の脈絡において精神メカニズム上から検討すると、この「不可能」はただ外在環境が険悪であったため任務が達成できなかったという「変動的」な要素によるのではない。そのため『ラスト、コーション』は撮影カメラによって愛国主義の物語を語り、同時に愛国主義の不可能の物語を描いている。愛国主義が可能であるのは「自我理想の同一化」としての「愛」が可能であるからであり、国を愛する大我の愛と人を愛する小我の愛は、「自我理想の同一視」としての「愛」と本質的にはなんら差異がないのである。愛国主義の愛があるなら漢奸を愛する愛もあり、敵を愛する愛もある。『ラスト、コーション』においては、諸刃の剣である愛が、愛国を可能にし、また終には愛国を不可能にしているのだ。

性のスパイ合戦——肉体と国体

本論において前半の二節では、それぞれ音声縫合と視覚縫合の観点から、ナショナリズムの愛とロマンチック・ラブが『ラスト、コーション』において奇妙な依存関係にあることを検討した。しかし、この愛の召喚、愛の廻視は『ラスト、コーション』公開から今に至るまで最も多くの論議を呼んできた大胆なベッドシーンとどんな関係があるのか？　性の映像メカニズムと愛の映像メカニズムにはどんな違いがあるのだろうか？『ラスト、コーション』のベッドシーンに関するこれまでの論評は、「国体」と「肉体」を対立させる傾向があり、これに基づいて「集体」と「個体」の対立、「大我」と「小我」の対立、「文明」と「自然」の対立を論じてきた。この二項対立を用いた論評はさらに二つの相反する論理パターンへと進展する。ひとつは『ラスト、コーション』では男女間の「肉体」が民族大義の「国体」を台無しにし、「赤裸々で低劣なポルノ的凌辱によって抗日烈士の志の節を汚した」のであり、これは歴史を改竄して愛国の女性英雄を汚した売国行為であるため、全力で批判するべきだと主張するものだ。(4)もうひとつは、より主流な読みであるが、『ラスト、コーション』の赤裸々でリアルな「肉体」が抽象的で虚無的な「国体」を打ち負かし、色から情へ、欲から愛へ、抑圧から解放へ、受動から主動へと向かう（女性の）情欲の覚醒のプロセスを描いているとしている。これら二つの論理パターンは正反対の方向性を見せているが（前者は性を煉獄、堕落と見なし、後者は性を啓蒙、救済と見なしている）、論の展開において「肉体」と「国体」という二項対立をとっている点では同じである。

以下、『ラスト、コーション』の「ベッドシーンの性政治《セックス・ポリティクス》」に対する検討で、第一に解体したいのは、この「肉体」と「国体」の二項対立である。なぜならば「肉体」は国家民族の大義の外にあるのではなく（それが堕落の煉獄であれ、ロマンチックなユートピアであれ）、「肉体」はいつも「国体」の一部分であり、権力を超越した身体部位や、権力欲望のメカニズムの枠外にある純粋な「肉体」は存在せず、こうした「肉体」が「国体」に反撃する可能性はないのである。ある角度からいえば、『ラスト、コーション』のベッドシーンに加虐／被虐（S／M、Sadomasochism）といった身体的刺激が取り入れられたのは、「国体」を通じた「肉体」が「不感症」の「肉体」になり、この「肉体」の「不感症」がS／Mの身体的刺激によってまた身体の官能感覚を取り戻すのを強調するためである。『ラスト、コーション』のベッドシーンが卓越しているのは、この難度の高い試みにあるのである。「売国」ゆえに「不能」になった特務機関長官と「愛国」ゆえに「冷感症」になった女スパイは、激しいベッドシーンで「スパイ合戦」を繰り広げるのだ。

こうした基本的な理解をふまえつつ、『ラスト、コーション』における三回の重要なベッドシーンについて分析し、性・権力・ジェンダー・身体的警戒の緊迫した複雑な関係を明らかにしたい。最初のベッドシーンでは突如として加虐と被虐が具体的に展開される。しかしこのS／Mベッドシーンの真のクライマックスは、易が背後から王の身体に挿入した瞬間ではない。セックスが終わった後に易が立ち去り、着衣が乱れているがすすり泣いたりはしない王佳芝がベッドに横になって微動だにせず、カメラが王の口元に突然現れた一抹の笑みを捉えて終わる箇所である。主導権を握ろうとした王佳芝は、表面上では易の加虐的な勢いに攻め破られたようである。しかしこの笑みは王が易の心の防御線を攻め落とし、初めてその心の奥に達したのを自覚したことを表している。王の笑みは主導権を握った勝利の笑みではないにしろ、少なくとも意味深で測りがたい笑みであり、一回目のスパイ合戦では、誰が勝利者なのか分からないのである。

　二度目のベッドシーンは王佳芝こと「麦夫人」が滞在している易の邸宅の客室で展開される。簡単で短い会話の後、二人はまた身体的刺激に満ちたセックスにふける。王がオーガズムに至るとカメラは王の脆弱で高ぶった表情を捉える。そして王が易に「私に部屋を借りて」と言うと、カメラは易の「奇妙な」笑みに切り替わるのである。しかし最も奇妙なのは、易の笑みではなく、王の要求である。オーガズムに達した瞬間の王の要求はまるで「愛の要求」のようである。王が易の性の攻撃に屈服し、彼の情婦になり、彼に囲われることを決めたかのようである。奇妙なことに、王が最もリアルで偽ることのできない身体のオーガズムの最中でなした要求は、まさに王がこの美人局《つつもたせ》において次に担う任務（易にアパートを要求し、そこに暗殺者を潜ませる）であった。さらに重要で、このベッドシーンの「国体＝肉体」という性政治《セックス・ポリティクス》の鍵となっているのは、多くのメディアが騒ぎ立てた「屈曲位［セックスの体位のひとつ］」ではなく、カメラのカッティングである。王と易がベッドの上で絡み合っている時、カメラは易邸の外にいる護衛のシェパード犬に切り替わる。このシェパード犬のクローズ・アップは、『ラスト、コーション』の幕開けの最初のショットにも現れており、このシーンでもこれが再現されたのには深長な寓意がある。最初のシェパード犬のアップはスパイ映画である『ラスト、コーション』のスリリングな警戒した雰囲気をもたらしている。そしてセックスシーンの合間に挿入されたシェパード犬のアップは『ラスト、コーション』のすべての「色」はみな警「戒」した状態で行われていることを代喩しているのだ。この警戒した状態は外的環境の警備の厳重さを指しているだけでなく、登場人物の内在的な生理や心理的な警戒心や恐怖心を指している。警戒心や恐怖心は『ラスト、コーション』の情動の基調となっており、愛は「戒」の中で生まれ、性は「戒」のなかで展開する。そしてそこには乱世における極限状態、戦争による暴力や恐れ、また密通を隠すための偽装や欺瞞、さらにベットでのスパイ合戦があるのだ。

三度目のベッドシーンでは、このスパイ合戦の警戒心や恐怖心が崩壊直前の限界にまで達し、「性」と「愛」を分離するためにもがき苦しみ、「死の影がベッドサイドの拳銃から放たれるのである」(李欧梵 六〇頁)。このシーンの照明・フレーミング・音楽やカッティングのテンポはこの「黒いベッドシーン」の深い鬱屈や内在する恐怖を表している。性欲を挑発するようなのぞき見の感覚はなく、ただ警戒した中での攻防の緊張感と脆弱な疲弊があるだけである。このベッドシーンと前の二回との共通点は、音声や映像による縫合もなく、ベッドシーン中の視線による愛の伝達もなく、ただ探り合いとはぐらかしがあるだけである。また身体的な喘ぎがあるだけで、会話も召喚もない。『ラスト、コーション』で十一日一五六時間をかけて撮影したというほど三回のベッドシーンを重視したのは、スパイ映画にとって口にし難く、著しにくく、コントロールしにくい「ベッド上での任務」を徹底的にクローズアップしようとしただけでなく、さらに女スパイとしての王佳芝の「性の任務」の難しさを強調することであった。ただし、この「性の任務」についていえば、彼女は決して失敗したわけではない。彼女は「性」と「愛」を分離させることに全力を注いでおり、易との激しい媾合のあと、組織に計画を早めることを催促している。そして珈琲店では電話で通報しており、彼女は「性」のために易を逃がしたのではないのだ。王佳芝は「愛の任務」にこそ失敗したのであり、最後に彼女の心を「貫いた(鑽)」のは「ダイヤモンド(鑽石)」であり、性ではない。目(愛の視覚の往復)であり性交ではないのだ。王佳芝の心を「貫く」ことができた「ダイヤモンド」は、人の目をくらませる豪奢な消費記号から人の心を突き動かす愛情のメタファーへと変化したのである。一心に性を警戒していた女子大学生スパイは、愛に対して無防備であり、それを防ぐ術をもたなかった。前述したように、人を愛することと国を愛することが同じ愛の想像の同一化のメカニズムであるならば、『ラスト、コーション』は諷喩的に私たちにこう告げている。愛国主義の致命的な弱点とは、愛であり性ではないのだ、と。

愛の歪《ひず》み——祖国への愛と情動の原動力

本文で前述した愛の召喚と性のスパイ合戦についての検討では、ヒロインの王佳芝に焦点をあて、彼女が色欲を「戒め」た一方で、愛に屈服したことを説明した。では、彼女の相手、「漢奸」易はどうであったか？『ラスト、コーション』は本当に中国大陸の毛沢東主義の批評家たちが言うように、漢奸である易を美化した恥辱的作品なのだろうか？ 監督アン・リーは易という従来とは違ったタイプの「漢奸」を描くことによって、どのように異なる愛国物語を語ったのだろうか？ 本文の最後は、討論の焦点を「女性の物語」から「男性の物語」に移し、『ラスト、コーション』の易に対する人物描写と映像再現が中国近現代史に対してどのような転換をもたらすのかを検討する。また『ラスト、コーション』の監督アン・リーがどのように愛国主義を脱構築し、どのようにしてもうひとつの紆余曲折した「祖国への愛」を展開したのかを見ていきたい。

「漢奸」易の描写については、『ラスト、コーション』の公開以来、大変多くの論議を呼んできた。観衆は戦争の血なまぐさい暴力を目にすることはなく、香港の演技派俳優で物憂げな雰囲気をもつトニー・レオン（梁朝偉）という「スターのテクスト」を目にし、表面は冷淡で無情だが、内心は脆く孤立無援な易という「役柄のテクスト」を目にする。そして映画の中では戦争という動乱期の無力感と周縁性が繰り返し強調されるのだ。しかし『ラスト、コーション』の漢奸に対する複雑な描き方は、おそらく皮相的に肯定したり攻撃したりする「ヒューマン化」の問題ではない。特務機関の頭目である易は、ステレオタイプの無情な売国奴ではなく、彼が「悪者の手先になった」政治状況も、大きな時代においては個人が無力でちっぽけな存在であることを表している。しかしスクリーンの易が身を置く私的・公的空間や彼の服装をよく観察してみると、『ラスト、コーション』が汪政権、抗日戦争や愛国行動に対して、「ヒューマン化」よりもさらに急進的な描写をしていることに気付くだろう。映画の幕開けの特工総部（特務機関本部）の大ホールを見てみると、国旗（中華民国の青天白日満地紅旗は汪政府にも援用された。ただし国旗の上に「和平反共救国」という黄色い帯を付け加えている）、党旗（中国国民党の青天白日旗）、国父孫文の肖像と遺言が大ホールの中央に登場している。易の邸宅の書斎では、国父の写真と遺筆が壁に掛けられており、机の前には国父の写真が置かれている（カメラはこれらの歴史記号をアップにはしないが、登場人物の背景や舞台装置として映し出される）。結末には特工総部の易のオフィスにおいて、壁の左右に日本国旗と中華民国国旗が掛けられ、その中間にはまた国父の肖像と写真があり、その下には易が書いた「自由、平等、博愛」といった国父の遺訓がある。さらに国父は易と王佳芝の最初の密会の時にも現れる。易のお抱え運転手が王にアパートの鍵が入った封筒を渡した時、その封筒の中央には2Bという部屋番号が書かれていたのだが、その封筒の右上には国父の肖像があったのである。

もちろん、この封筒はもともと公務用のものであったと解釈することもできる。しかし易の周りには至る所に国旗があり、国父がいる。これは汪政府と国民党とがもともとは同じ淵源であること、また汪政府が懸命に国父の遺志の継承という正統性を作り出そうとしていることを強調している。しかし、これら政治記号が繰り返し登場するということは（密会の封筒にさえも現れる）、それら政治記号が単なる歴史的「背景」ではなく、歴史的な「徴候」であり、歴史記号が「氾濫」した「徴候」となっているのだ。『ラスト、コーション』の中の「符号の氾濫」としての中国旗と国父は、本来は時代背景の記号としての効能を有していたが、『ラスト、コーション』が易という「漢奸」に対して最大の改作をしたという可能性――「漢奸」はかつて、あるいは現在まさに「愛国青年」（あるいは「愛国中年」）かもしれないという可能性をも含んでいる。一心に漢奸を殺そうとする「愛国青年」鄺裕民や蔣介石政府の特務機関主任である呉と、汪精衛政府の特務機関頭目の易では、本質的に忠／奸、愛国／売国を弁別できなくなっているのだ。当然、民族主義の旗印を高く掲げ、歴史は必ず善悪を明確にせねばならないと考える批評家にとっては、これは漢奸の「ヒューマン化」よりもさらに誅すべき罪悪であるだろう。易と国民党との歴史的なつながりは、易が身につけている「中山服」にも転喩法によって表されている。易はスーツも着るが、特務本部と自宅では「中山服」を着て登場し、その中山服を着たシーンは、国旗や国父といった政治記号にあふれた室内装飾と組み合わされることが多い。この「中山服」という視覚記号は、汪政府の易と張秘書が着ている濃紺の中山服（当時の中華民国の文官制服）だけでなく、蔣介石政府の特務リーダーである呉の黄土色の中山服にも現れている。これにより、「もともとは同根」である「二つの国民党」を、敵対しながらも相似しており、仇讐に燃えながらも多くの曖昧な雷同があり、暴力によって区別を強いながらも、自らの手足を傷つけ合う苦しみに満ちたものにしている。

ある批評家は汪政権関係の歴史資料が現在でも公開されていないため（国民党と共産党が裁定した歴史においては、汪精衛政権はまぎれもない漢奸である）、『ラスト、コーション』を敵味方や愛憎が明白な伝統的「愛国映画」と大きく異なり、歴史的評価が混沌とした、民族の立場が曖昧な「愛国映画」にさせた（李欧梵 四五―四七頁）

と考えている。しかし本論が強調したいのは、この「歴史未定論」を以て『ラスト、コーション』を定論づける(「歴史未定論」を『ラスト、コーション』が従来とは違った「愛国映画」である原因あるいは結果とみなす)ことではなく、この「歴史未定論」がいかに『ラスト、コーション』の創作に作用したのか、『ラスト、コーション』の創作はいかにめぐりめぐってこの「歴史未定論」に作用するのかということだ。そしてこの変動し続ける作用の中で生じた情動の反応では、「歴史未定論」は『ラスト、コーション』という映画の情動の原動力として働くのであり、因果関係にあるのではないことを述べたいのだ。この「歴史未定論」の情動の原動力という枠組みでこそ、私たちは『ラスト、コーション』が批評家の言うような「脱政治化」の映画ではなく、「別の形の政治化」の映画であり、「外在的」な抗日あるいは聯共、反共といった複雑な歴史状況ではなく、「愛国主義」に内在する歪み(国民党内部の「もともとは同じ根源であるのにお互いに傷つけ合う」という骨肉の争い)を専ら描いているのだということを理解できるのだ。日本はあるにはあるが掘り下げられず(上海の町で検問する日本兵や、料亭のシーンで登場する喪家の狗のような軍人だけである)[*8]、共産党を取り上げていないのだ(国共の合作や分裂は映画の中で徹底して語られていない)。これらは『ラスト、コーション』における上海淪陥区の「再現」に重大な歴史的欠落や盲点をもたらしているのだが、この欠落や盲点があるからこそ、国民党の「内部分裂」(一方は抗日によって愛国をなし、一方は対日合作によって救国を目指す)を重点的にクローズアップすることができている。そして「愛国主義」の複雑な歪みを際立たせ、ロマンチック・ラブや祖国愛を交錯させて脱構築しただけでなく、漢奸と愛国青年の区別を曖昧にして、同じ根源のものとしたのだ。

ここに来て最後に次の問題を投げかけたい。この愛国主義に「内在する歪み」は『ラスト、コーション』の監督アン・リーと一体どういう関係があるのだろうか? これまでずっと「光宗耀祖(祖先の名を輝かせる)」台湾の光と見なされてきたアン・リーは、どういうわけでこの映画によって中国大陸の毛沢東主義の批評家から漢奸、国辱とされて排斥されたのだろうか？　アン・リーは『ラスト、コーション』によって愛国主義を脱構築するのに際し、どのような情動を込めたのか？　そしてこの情動は『ラスト、コーション』で描かれた四〇年代中国と、どのような歴史や政治的なつながりがあるのか？　『ラスト、コーション』で表現されたのはアン・リーの個人的なヒューマニズムや温情主義だけではない。アン・リーは漢奸を厳しく批判しなかったのと同じく、愛国学生をも厳しく批判していない。歴史的な歪みが多すぎるため、はっきりと歴史を裁断したり善悪や敵味方を明白に区別したりすることはせず、これによって動乱時代の個人の無力さや彷徨を表現した。それだけでなくアン・リーの「愛国主義」に対する曖昧な処理もまた、紆余曲折した形式によって、「愛」すべき国がなく、「曖昧な国しかないという、彼が置かれている歴史と情動の境地を具体化したものではないか。例えばアン・リーは次のように言っている。「現実の世界では、私は生涯よそ者である。どこが家なのか、私は他の人のようにはっきりとどこかに帰属することができない。台湾では私は外省人であり、アメリカでは外国人、中国では台湾同胞である。自分では致し方のないものであるが、また自己の選択でもあり、運命が決めたことでもある。私は一生よそ者であるしかないのだ。私の中には台湾への情、中国との絆、アメリカンドリームがあるが、どれも確実なものではない。そうしているうちに、心には「住めば都」の感が芽生え、映画という想像の世界で、私は暫しの安住の地を探し当てることができたのだ」（張靚蓓 二九八頁）、と。

歴史の流れと地理的な移動は、アン・リーにどこにも家がないという悲しみをもたらした。台湾・中国・アメリカを寄る辺なく流浪し、「世界の公民」という美名をもちながらも実は「離散した主体」という境遇にある。こうしたことが、アン・リーの映画『ラスト、コーション』の複雑さや深刻さを形作っているのではないか。まず最初に、アン・リーが帰属先のない「よそ者」であることは、そのまま『ラスト、コーション』を帰属先のない「よそ者の映画」という境遇に陥らせた。一連の国際映画祭で「本国の映画」として扱われない置き場のなさをもたらしたのだ。ヴェネチア映画祭では一旦はアメリカの中国映画と見なされたが、中華民国台湾の「本国映画」として出品したアメリカのアカデミーでは「外国語映画賞」の対象から外されてしまった。台湾本土の参加スタッフが少なすぎたため、その代表となるのに不十分と見なされたのだ。そして次には、アン・リーの「よそ者」としての境遇が、『ラスト、コーション』を継承の正統性に対する焦りや、愛国主義に対するこだわりの多いものにした。台湾は実質的に実在する政治共同体でありながら、国家と民族アイデンティティが極度に分裂した状況にあり、その中で育ったアン・リーは最も深刻な愛国主義の挫折を経験したのかもしれない。台湾独立にアイデンティティをもたぬ外省人の二世でありながら、もともとのナショナル・アイデンティティは絶えず容赦ない質疑・挑戦・破壊にさらされてきた。アメリカに移民した後は中華民国国籍を放棄しない外国人として、中国大陸に行って映画を撮るときは台湾同胞、さらにひどい場合は台奸〔台湾の売国奴〕となるのだ。それらすべてが一心に国を愛そうとするアン・リーに、「愛」すべき国をなくさせ、「曖」昧な国しかなくさせているのだ。

『ラスト、コーション』の愛国主義が決定的に奇異であるのは、愛国の大義名分をもたぬアン・リーに、ひとつの大義名分のある愛国感情を投入する場を提供したことにある。それは「ひとつの中国」を愛すること、つまり一九四九年の分裂の前の「ひとつの中国」を愛することである（たとえ当時の中国が四分五裂しており、日本に侵略され、国共分裂し、さらに「偽」南京政府や「偽」満州国が相次いで成立したのだとしても）。このひとつの中国を愛するという情動の投入は、「祖宗への回帰（認祖帰宗）」という独特で複雑な情動パターンによる。この「祖」というのは「父祖」を指している（アン・リーは『ラスト、コーション』は父親の年代、父親の都市を撮影したと言っている。そして『ラスト、コーション』には前述したように「国父」の記号が氾濫しているのだ)。また政治実体を取り去り、地理空間を取り去った「祖国」を指しており、この「祖国」は父祖伝承や血縁文化の想像によって結びつけられ、愛国情動の歴史的な遂行的《パフォーマティブ》行動によって召喚されるのだ。この「宗」は中国の「中」と発音が近く、祖宗・宗法・正宗と正統の想像とを結びつけている。血縁から象徴へと向かう一貫性は、『ラスト、コーション』の愛国主義を、西洋の patriotism や、中国語の「祖国への愛」の字源である「父地(fatherland)」と「父祖」の想像に立ち返らせている。これはアン・リー監督の「情動的ナショナリズム」の「祖宗への回帰」であり、また愛国主義という言葉の翻訳字源学における「祖宗への回帰」でもあるのだ。

例えば、アン・リーは次のように言っている。「台湾の外省人は中国の歴史の中でかなり特殊な文化現象である。中原文化に対し、彼らは一種の継続性を持っている」(李安 三頁)、と。しかし従来の「文化としての中国」の漂泊についての討論では、往々にして「情動としての中国」が中心/周縁という地理空間の想像を超越しうるという複雑な面は見過されてきた。皆はただ『ラスト、コーション』が表した「旧い中国」や四〇年代上海の「時代劇(period drama)」を見て、「離れて久しい『旧時の王謝』[*9]が今帰ってきて、以前の古なじみのようだ」(李安 三頁)と感じるだけで、「旧い中国」の文化的懐旧の中には、さらに重要な「中国を救う」という愛国主義の情動の出口が形を変えて表現されていたことを忘れているのだ。それは「ナショナル身分アイデンティティ」を政治実体や地理空間の枠組みから解離させ、時代性と情動を強く結び付けた。そして『ラスト、コーション』の愛国主義に新しい感情の回路を創造させ、「祖国への愛」という形で「祖宗に回帰」させたのである。言い換えれば、『ラスト、コーション』が特異な「愛国映画」であるのは、そこに特殊な歴史地理の状況下での特異な「国家のない愛国主義(patriotism without the state)」が強調されていることにある。そしてその特異な「情動政治」によって、現前の「民族主義のない民族（nations without nationalism）」[5]あるいは「国家のない世界主義（cosmopolitanism without the state）」といった「ポストナショナリズム」論に切り込んだのである。それと同時に過去の歴史的紛糾や今日の台湾海峡の複雑な政治状況、世界の冷戦後に形作られた政治文化の構造などに呼応させたのだ。このような「国家のない愛国主義」によって、「よそ者」であるアン・リーと「よそ者映画」という曖昧な立場の『ラスト、コーション』（現前の既存の世界映画や中国語国際映画、離散論の枠組みに収まらない曖昧な落ち着きの悪さ）は、実に強大な理論の潜在力を秘め、国家愛国主義としての愛国主義という前提と現行の「ポストナショナリズム（postnationalism）」や「コスモポリタリズム（cosmopolitanism）」といった西洋モデルの設定を根幹から揺るがしたのである。

「ポストナショナリズム」を叫ぶグローバル化の時代にあっても、「愛国主義」は歴史の亡霊のように至る所に存在する。『ラスト、コーション』が精彩を放っているのは、愛国の無知・ロマン・衝動を描き、また「祖国への愛」を以て祖宗に回帰するという情動パターンを展開したことにある。前者は愛国主義の崇高さや偉大さを脱構築し、後者はその脱構築の中で愛の強さと愛の回路を再構築した。愛によって『ラスト、コーション』は愛国主義の可能を探索した映画となり、歴史的な重厚さと複雑な敏感さを兼ね備えた。また愛によって『ラスト、コーション』は愛国主義の不可能を暴く映画となった。曖昧な時空の流れの中で、映画化による再現は、どれも歴史的な裁断を下したり敵味方を明確に区別したりできない。この脱構築と構築の狭間で不断に曖昧で揺れ動き続ける「曖」国主義は、あるいは『ラスト、コーション』がその独特に紆余曲折した「情動政治」でもって現今の国家の想像や民族の虚構を強調する「ナショナリズム」や「ポストナショナリズム」に分け入る真の力と強さのよって来るところなのかもしれない。

原注

（1）「情動的ナショナリズム」とは、ドイツの政治学者カール・シュミット（Carl Schmitt）の言葉である。彼は民族主義が具える破壊力とは、その「情動的エネルギー」（例えばナチス政権）であると主張し、「政治（the political）」を一元的なアイデンティティ（例えばナショナリズムという神話）において情動的エネルギーを集合・散失させるものと新しく定義した。そしてこの集体エネルギーが集中すると、「空洞」の実体が純粋な強さをもち、「政治アイデンティティ」は平凡な日常を超越して、個体を慣習や常規から解離させ、脅威にさらされた「例外的状況」――暴力と法が境界を持たぬ状況に引き込むのだとした。

（2）そのなかで最も著名なのはジャック・ラカン（Jacques Lacan）による宮廷愛（courtly love）についての議論である。彼の著作 *Feminine Sexuality* を参照。ラカンによれば、愛の不可能とは、愛がナルシズムの欺瞞と幻影であり、自身が持たないものを与えるものである（to give what one does not have）ことによるという。この精神分析「愛の不可能」は「ナショナリズムの愛の不可能」にも応用されている。ナショナリズムの愛には本来は回答が約束されているが、この回答が一旦保留となって、遅々として実現されない場合、個人によるナショナリズムの情動の持続的投入はかえって強化される。そしてこの「理想自我」は未来に向かって不断に先延ばしにされていくのである（Ahmed p. 131）。

（3）アラスデア・マッキンタイア（Alasdair MacIntyre）『美徳なき時代（*After Virtue*）』を参照。同書では、愛国主義はある意味において「倫理からの免除」がされ（理性批判の枠外にある）、公共福祉、国家の利益のために「無条件」に個人の利益を犠牲にするのであり、これは近代国家の本質である自我意識と理性批判に反しているのだと強調している。言い換えれば、愛国心は媒介や反省のない情動的行為であり、近代国家の理性自由主義によって論証できるものではないが、かえって政治共同体としての近代国家の最大の結合力となっているのだ。

（4）このような読み方は張愛玲の小説やアン・リーの映画が王佳芝に、実在の抗日愛国の女英雄鄭蘋如を投影したものと見なしている。そのため漢奸を美化し、女英雄を貶めた（性欲化した）「漢奸映画」であると憤り、非難するのである。これに関する議論は大陸「烏有之郷」サイトの黄紀蘇「中國已然站著、李安他們依然跪著」、「就《色｜戒》事件致海内外華人的聯署公開信」を参照。http://blog.voc.com.cn/sp1/huangjisu/093426390318.shtml（二〇〇八年七月十五日アクセス）。

（5）これはジュリア・クリステヴァ（Julia Kristeva）の概念である（この概念について論述した同名の著作がある）。彼女はこの著作において啓蒙主義フランス的な「民族」の可能性を整理し、その契約性、一時性、象徴性といった特質を強調した。そしてこの「過渡的」な民族だけが「アイデンティティ（再保証されるため）の空間を提供することができる。現代の主体にとって有益であるために、それは転移し、一時的なのである（そのために開放的で禁制が無く、創造性を具えている）」（Kristeva p. 42）という。その他の「ポストナショナリズム」論は、安定したナショナル・アイデンティティを打破し、領土や国境の境界を打破することを目標とし、様々な国際的な流動や「他者を迎え入れる」（ジャック・デリダ Jacque Derrida）、「共同体の脱構築」（ジャン＝リュック・ナンシー Jean-Luc Nancy）の可能性を主張している。従来のアン・リー映画に関する評論では、「国家のない世界主義」によって世界的監督、融通無碍的公民、離散主体としてのアン・リーの国を超越した文化の流動性を強調する傾向がある。

訳注

＊1　「刀を引き寄せて、素早く引き抜けば、若い時代の心の誓いに悖ることはない」（日本語字幕：「たとえ死んでも悔いはない」）

＊2　「意気高らかに燕の市で歌っていた荊軻のように、騒がずに悠々と囚われの身となろう。刀を引き寄せて、素早く引き抜けば、若い時代の心の誓いに悖ることはない」

＊3　醇親王載灃：宣統帝溥儀の実父。溥儀の即位後に監国摂政王に就任して軍国の権限を掌握した。

＊4　モンタージュ編集：視点の異なる複数のカットを組み合わせて用いる撮影技法のこと。

＊5　凱司令《ガイスーリン》珈琲店：実在する一九二八年創業の有名洋菓子店。

＊6　ショット・リバースショット：撮影技法の一つで、ある登場人物が視ているものをカメラが捉え、その直後にその対象を視ているその人物本人の顔へショットが一八〇度反転（リバース）する。

＊7　主観ショット：カメラの視線と登場人物の視線を一致させるようなカメラワークのこと。

＊8　喪家の狗：喪中の家の犬。転じて、しょんぼりした、見捨てられた人の例え。出典は『孔子家語』困誓。

＊9　旧時の王謝：出典は唐の詩人劉禹錫（七七二―八四二）の七言絶句「烏衣巷」（「金陵五題」の第二首）。烏衣巷とは六朝の

都の建康（現在の南京）にあった路地の名。「王謝」とは、そこに大邸宅を構えていた六朝の大貴族の王氏と謝氏を指している。

参考文献

李安「簡体中文版序」張靚蓓編著『十年一覚電影夢——李安伝』北京：人民大学出版社、二〇〇七年、一—四頁

李怡「《色、戒》的敗筆」『蘋果日報』名采版、二〇〇七年十月二日

李欧梵『睇色、戒——文学・電影・歴史』香港：牛津大学出版社、二〇〇八年

沈松僑「我以我血薦軒轅——黄帝神話与晩清的国族建構」『台湾社会研究季刊』第二八期、二〇〇〇年、一—七七頁

張靚蓓編著『十年一覚電影夢——李安伝』北京：人民大学出版社、二〇〇七年

Ahmed, Sara. *The Cultural Politics of Emotion*. New York: Routledge, 2004.

Anderson, Benedict. *Imagined Communities: Reflections on the Origin and Spread of Nationalism*. London: Verso, 1991.

Freud, Sigmund. *Group Psychology and the Analysis of the Ego*. Trans. J. Strachey. London: The International Psycho-Analytical Presss, 1922.

Freud, Sigmund. *The Interpretation of Dreams. The Standard Edition of the Complete Psychological Works of Sigmund Freud, Vol. 5*. Ed. James Strachey. London: Hogarth Press, 1990.

Kristeva, Julia. *Nations without Nationalism*. Trans. Leon S. Roudiez. New York: Columbia University Press, 1993.

Lacan, Jacques. *Feminine Sexuality*. Ed. Juliet Mitchell. Trans. Jacqueline Rose. New York: Norton, 1984.

MacIntyre, Alasdaire. *After Virtue: A Study in Moral Theory*. Notre Dame, Indiana: University of Notre Dame Press, 1984.

Schamus, James. "Introduction." *Lust, Caution: The Story, the Screenplay, and the Making of the Film*. New York: Pantheon Books, 2007. xi–xv.

Schmitt, Carl. *The Concept of the Political*. Trans. G. Schwab. New Brunswick: Rutgers University Press, 1988.

見えない欲望
――『彷徨う花たち』における「フェム」表象について

張小青

イントロダクション

電車の音がする。電車が近づくにつれて、音は次第に大きくなる。電車が走り抜けた後の線路が、光と影の間で遠くまで延びている。トンネルをくぐるとすぐに懐かしい歌声が聞こえてくる。その歌声に惹かれるように、電車の中に座っている老女リリーが席から立ち上がる。窓の外で風景が流れていく。無表情なリリーの顔が前面に映し出されたのち、電車は再びトンネルに入り、くっきりとした線路は二つの白い線となってゆっくりと消えていく。

これは『彷徨う花たち』の冒頭のシーンである。リリー、ジン、メイ、ディエゴなどの人物によって織りなされる『彷徨う花たち』は、三つの物語によって構成されるオムニバス映画(1)である。この作品は多くのボーイッシュで〝リアル〟なレズビアン女性が女優として起用されていることで話題を呼んだが、そのなかでも特にディエゴというブッチなレズビアン・イメージ(2)は本作品のなかでひときわ際立つものとして注目を浴びた。しかし本作品において、ブッチの陰に隠れながらもフェム・レズビアンに極めて特異な位置があてがわれていることには、これまでほとんど関心が払われなかったといえる。

ここでブッチ・レズビアンとフェム・レズビアンについて簡単に振り返っておくべきかもしれない。われわれはある人物の性別を判断する際、その人物が演じているジェンダーを認識することから始めるのが通常だろう。つまり、ジェンダー・パフォーマンスを根拠にその人物の性別を推定するのである。さらに、その人物の性別を、その彼／彼女のセクシュアリティと当然のごとく同一視する。「ブッチ・レズビアン」はこのような「常識的な」暗黙の想定に挑戦する形象である。ドレスやハイヒールなど派手な衣装で身をまとい、厚化粧で大仰な態度をとるドラッグ・クィーンが、「女性の性」を過剰に演出しながら自己主張するように、男性のように振る舞うボーイッシュなブッチ・レズビアンの存在は、「レズビアン」の可視化には不可欠な存在である。ドラッグ・クィーン、ブッチ・レズビアンというような差異を誇張した表象は、男／女というジェンダー・カテゴリーからの逸脱であり、セクシュアル・マイノリティを過激に可視化している。

一方フェム・レズビアンの場合、彼女がレズビアンであることを外見から判断することは困難である。たとえば映画において、フェムのレズビアン性はしばしばブッチと一緒に登場させることによって表現されるが、言い換えればこれは、フェムがつねにクローゼットのなかにおり、それが媒介なしには表象不可能であることを意味していよう。

『彷徨う花たち』はレズビアンの表象可能性を描いた作品である。それゆえ本稿では、ブッチ／フェム・レズビアンの欲望構造の分析を参照しながら、本作品における主要な登場人物メイとリリー、および盲目のジンのレズビアン性に焦点を当て、フェム・レズビアンの不可視性を考察したい。また、その「不可視性」の問題の背後にある視覚優位性の傾向を指摘したうえで、フェム・レズビアンを描く本作品が、男性中心的な価値基準に疑義を呈する可能性を秘めていることを明らかにしたい。

フェムの不可視性

まず、『彷徨う花たち』におけるレズビアン性を考察するために、第一エピソード、メイの物語の冒頭の分析から始めることにしたい。映画では最初にリリーがクローズアップされた後、ジンの歌声とともに、歌っているジンのクローズアップへディゾルヴする。(3) この視点の滑らかな移動は、見る者に「ジンとはリリーの若かりし姿であるかもしれない」との錯覚を与える効果を持っている。つまり、このシーンは、リリーとジンがまったくの他人なのではなく、彼らが何かを共有しているような印象を観客に与えるのである。

そして次に、ジンからメイへの視点のシフトも同様の効果を持っているといえよう。カメラは歌っているジンからゆっくりとズームアウトし、ジンとディエゴを背景にするメイの場面が映し出される。そして、カメラがジンとディエゴを見つめるメイを捕捉したとき、「1　メイ」というタイトルがゆっくりと現れるのである。

リリーからジンへ、ジンからメイへと視点が移動するという構造は、これら三人が女性ということを除いて、背景も年齢もほとんど共通していないにもかかわらず、見るものになにがしかの連想をさせずにはいない。もっともこの時点では、リリーのそばに女性の服を纏った性別不明な者が座っていること、および続くジンのシーンでは、ジンのそばでアコーディオンを弾くディエゴがタバコを吸い、男性のように振る舞っていることが印象的であるのみである。

しかし物語が展開するにつれて、リリーの脇にいた人物が女装したゲイのイェンであり、リリーと偽装結婚していることが分かり、そしてさらにディエゴは女性でブッチ・レズビアンであることが明らかになる。つまり物語の進行を俟って、リリー、ジン、メイの共通点がフェム・レズビアンであることがあらわにされるのだ。この事実は映画のほとんど終盤になって彼らを取りまく人間関係に基づきようやく明らかになる。言い換えれば、彼らがフェム・レズビアンであることは目に見える形では描写されていない。このことはフェム・レズビアンの不可視性と密接に関連しているといえよう。

フェム・レズビアンの可視／不可視化を考察するためには、清水晶子が提起する二つの概念「偽る身体（lying body）」と「多義的曖昧性（equivocality）」が手掛かりになる（Shimizu pp. 50–54）。清水はリュース・イリガライの「擬態（mimicry）」と、その概念に含まれる模倣的な反復を再評価する。ここでイリガライの言う「擬態」とは、社会が強制する女性の位置を積極的に引き受けることで、逆説的にその強制力を失効させてしまう戦略を指しており、これにより女性は従属から主張へと転じることが可能になるのである（イリガライ 七六頁）。清水によれば、「擬態」は反復的に増殖する女性の身体の固定化を防ぎ、「生存と転覆」の実現を可能にする。つまり「偽る身体」は嘘や見せかけとして機能することにより、身体それ自身を自ずと暴露するのであり、これはジュディス・バトラーが定式化したジェンダーのパフォーマティヴィティと同様の効果をもたらすものでもある。

しかしこの「偽る身体」の戦略的効果は「多義的曖昧性」がなくては意味を持たない。清水が言う「多義的曖味性」とは、表面の「偽る身体」にかえて、背後にある「見えないもの」を「真理」とするのではなく、「偽る身体」がもつ多義性と曖昧性とを積極的に評価することにより、「真理」そのものを問題視することである。清水の論理に沿ってフェムの「不可視の身体」を考えれば、そのフェムの「見えない」部分を「真理」とするのではなく、どういうふうに見えないのか、あるいは見えないのはなぜかという問いから始めたほうが妥当であるといえる。本稿では以上の理論を踏まえて、『彷徨う花たち』におけるフェム・レズビアンの多義的曖昧性を通して、彼らの表象がどのように可能／不可能にされ、また可視／不可視化されているのかを考察することにしたい。

多義的曖昧性

1　メイの場合

『彷徨う花たち』の第一話は、八歳のメイの物語である。盲目の姉ジンと共に暮らすメイは、男女の愛に疑問を抱く少女である。彼女は、歌手である年の離れた姉のためにアコーディオンを演奏するボーイッシュな印象のディィエゴに好意を寄せる。舞台の上で歌う美しい大人の姉を見ながら、彼女は姉ではなく自分自身が、観客席に座るディィエゴの前で舞台に立ち、恋愛の歌を歌う夢を見る。この夢は、彼女が姉のようにディィエゴに愛されたいという願望の反映だと解釈できる一方で、彼女自身がディィエゴに見られる対象であることを意味している。それは、ディィエゴの欲望の対象になりたいという彼女の欲望の表れであり、ディィエゴの視線を男性化し、自分自身を女性化することによって成り立つものである。(4)

しかし、その淡い恋心は悲しい結末に終わる。というのも、メイはディエゴと姉が親密な関係にあるのを目撃してしまうのである。こうして嫉妬にかられた彼女は、姉と離れて暮らすことを選択する。

ディエゴに恋心を抱いていたメイはやがて中学生になる。思春期を迎えたメイのセクシュアリティは不明瞭に描かれる。映画では、彼女が、教室で他の生徒に告白するシーンがスクリーンに映し出される。カメラはメイを正面から捉えているのに対し、相手の生徒には頭部にしか照明があたっておらず、その結果、性別が分かりにくくなっている。そのうち椅子に座っている相手の上半身だけが映され、ようやくショートヘアであることだけが分かる。彼女が「女性」であることは、彼女が立ち去るときにスカートをはいていることによって示されるが、そのシーンは一瞬で、よほど注意深くしていないかぎり性別が分からないような仕掛けになっている。

ブッチなディエゴに恋することと、ショートヘアの女子学生に告白することによって浮き彫りにされるのは、メイがフェム・レズビアンであることの可能性である。そして、「女らしい」外見のために、彼女のセクシュアリティはヘテロセクシュアルとホモセクシュアルという両義性を引き受けざるをえなくなっている。ブッチに恋するフェム・レズビアンの曖昧性は、ブッチである相手の女性のなかに、男性的なものを求めることにより異性愛的な関係を模倣しているのか、それともブッチ・レズビアンを男性からは異なるものとみなし、彼ら独自の関係を作り上げているのか、判別しにくいという点にある。メイが外見上、異性愛女性と区別がつかないことは、男子生徒からラブレターを手渡されるシーンによって示される。しかし、そのすぐ後に、電車の中でメイが彼からもらった手紙を破いているシーンが映し出され、その男子生徒からの愛の告白に応える意思がないことが分かる。このことは、彼女が「女らしさ」を装いつつも、レズビアンとしてのアイデンティティを自覚している可能性を示唆している。そうだとしたら、「女らしさ」を積極的に引き受けることによって得られるフェム・レズビアンのアイデンティティとはいかなるものを意味するのだろうか。

2　リリーの場合

第二の物語のなかで、結婚式場でウェディングドレスを身に纏うのはリリーである。祝福の言葉に応じながらリリーは、男性的な女性オーシャンに連れられ着替えに行く。オーシャンと手をつないだリリーが結婚式場から出てくる。彼女らは別の部屋に入るやいなやキスを交わすが、ここでリリーが結婚相手ではなく、ブッチなオーシャンと恋愛関係にあることが明らかになる。さらにリリーの結婚相手イェンがもう一人の男性と一緒に部屋に入り、その男性と手をつなぐ。これはリリーとイェンの結婚が偽装であることが暴露されるシーンである。

これが偽装結婚であることを知らない限り、リリーは異性愛の花嫁にしか見えず、リリーのレズビアン性はオーシャンを媒介にしてはじめて現れるといえる。つまり、フェムのレズビアン性はブッチとペアでいるかぎりにおいて表現されうるのである。そのうえリリーのレズビアン性は偽装結婚し、クローゼットに潜り込むことでますます分かりにくくなる。

偽装結婚は、クローゼットにいるリリーにとって居心地のよい隠れ家を提供する。男性的なジェンダーを引き受けることによりレズビアンであることが可視化されるブッチに比べ、フェム・レズビアンはしばしば異性愛の女性と同じく異性愛結婚という選択を迫られる。リリーのレズビアン性は既婚女性として振る舞うことによって隠蔽される。その後、リリーの看護士が、イェンの身分証の配偶者欄を見、リリーとイェンが結婚していることを確認しているシーンもまた、リリーがクローゼットの中に隠れていることを暗示している。

リリーのレズビアン性を隠匿する行為は、偽装結婚だけではなく、恋人オーシャンを女友達に見せかけようとすることもその一つである。第二の物語では、オーシャンの死後、アルツハイマーを病む年老いたリリーが主人公となっている。彼女は久しぶりに再会したゲイのイェンを、彼女の恋人だったブッチなレズビアンであるオーシャンと間違える。「オーシャン」（実はイェンである）と外出する際、彼女は、イェンに女性の服を着るようにと主張する。これは、彼らの関係をレズビアンではなく、女友達にみせるための偽装である。

クローゼットに隠れようとするリリーの行為は、しかし、女装するのがオーシャンではなくイェンであることによって反転される。女装したイェンは、彼の男性ジェンダーを逸脱し、公園で少年たちから「変態」と呼ばれて暴行を受ける。女装するゲイや男装するブッチは、「目立つ」存在であり、彼らによってゲイやレズビアンのステレオタイプが構築されるが、「男らしい」ゲイや、「女らしい」レズビアンは、容易にクローゼットに隠れることができる一方で、ゲイもしくはレズビアンのステレオタイプからは逸脱するため、ゲイやレズビアンとしてのアイデンティティを構築することを困難にもするのである。

3　ディエゴとの比較

ここまで見たように、メイとリリーのレズビアン性はそれぞれ異なる方法で隠され、多義的な解釈をもたらすが、彼女たちのセクシュアリティの曖昧性はディエゴとの対比でより分かりやすくなる。

映画のなかでのディエゴのレズビアン性は、彼女のジェンダー越境によってはっきりと表現される。背が高く華奢で短髪、そして男性的な服を着ているディエゴはボーイッシュである。『彷徨う花たち』の第三話は、自分のジェンダーに悩むディエゴの物語である。「私みたいな女を女性っていえるだろうか」という質問を彼女は二度も発する。女子トイレに入る時も清掃スタッフにじろじろ見られ、体育室でも「お前は男なのか、女なのか」

と聞かれる。兄より「布袋戲」(5)の腕が上だが、男のような格好をするため兄から疎まれる。とりわけ彼女の将来を心配する母親が絶えずディエゴにブラジャーを差し出すシーンでは、ディエゴの心理状態がよく表現されている。ディエゴは母親が買ったブラジャーをつけてみるものの、大きく見える胸に嫌悪感を覚え、結局薄い布で胸を押さえてしまうのである。

映画ではディエゴのジェンダーだけではなく、セクシュアリティについての描写も明らかにされている。ディエゴは男性の友人に自分は女が好きだとカミングアウトしているだけでなく、ジンとの関係においてもディエゴは積極的に面倒を見たり、さらには告白したりもする。

ディエゴのように明確にボーイッシュなキャラクターは台湾のT―Poというレズビアン文化を反映していると考えられる。Tという言葉は英語の「tomboy」の省略であり、男性的なレズビアンを指している。Tに対応するのはPo(中国漢字は「婆」と書く)である。このPo(婆)はTの妻(フェミニンなレズビアン)のことを指している(Chao p.379)。TとPoのアイデンティティはボディー・ビルとも関連している。Tのボディー・ビルは女性的な特徴を最小限にするためである。たとえば、胸を押さえる、髪を短くする、男性の衣装を着るなどが挙げられる。しかし、これらの行為は男性のように見せるためではなく、Tのように見せるためである(Chao p.380)。ゼロ・チョウ監督によれば、ディエゴ役のチャオ・イーランは台湾の本物のブッチ・レズビアンの雰囲気にとても近く、彼女のようなタイプが台湾のレズビアンの中では多いという。そうしたリアル感を出すために、もともと中性的なルックスのチャオを起用したという(6)。

ディエゴに対する描写は明らかに目に見える形でブッチ・レズビアンを表象し、ステレオタイプを辿っている。一方で、メイ、リリーというフェム・レズビアンの表象はブッチとしてのディエゴを媒介にして表象され、

Tのようなステレオタイプを形作らないのである。

ジンの欲望

『彷徨う花たち』には電車のシーンが多く見られる。映画は電車から始まり、電車によって終わるだけではなく、三つの物語の間にも電車のシーンが挿入されている。ここで電車は時空移行を示す役割を果たしており、電車を通じて三つの物語、そしてすべての登場人物たちが一つの大きな物語に統合されることになる。特に最後の電車シーンでは、ジン以外すべての主人公が電車に乗っているが、このことは多くの示唆を与える。

最後の電車のシーンにジンが登場しないのはなぜだろうか。それはメイ、リリーと比べ、ジンが映画の中でもっとも不可視化された存在であるからだろう。メイやリリーと違い、ジンは自分のセクシュアリティを表現しないうえに、それに悩んでいるシーンも見られない。彼女の悩みは、少なくとも表面的には、妹との関係についてのことである。映画では、ジンは欲望を持たない存在であるかのようにさえ見える。ディエゴとのキスシーンでも、彼女が妹とのことで悩んでいる時に、ディエゴにキスされるだけである。それではジンのセクシュアリティをわれわれはどのように考えるべきなのだろうか。

ジンのセクシュアリティを分かりづらくしているのは、ジンとディエゴの関係におけるメイの存在である。ジンのディエゴ像は、メイの口から教えられる「ディエゴは女だけど、男みたいな服を着ているの」という情報に頼ったものであるが、これだけではディエゴがレズビアンであるとは分からない。メイに対し「(ディエゴを)お姉さんって呼ぶべきだわ」というジンの返事はディエゴが女性だからこその判断であるといえる。また、ディエゴがジンのガイド役をしようとするとき、それはメイの説明に従って行われる。ジンとディエゴの間にメイがいるために、ジンのディエゴへの感情が描写されないのである。

つまり、レズビアンとしてのジンの物語は、メイとジンの姉妹関係の物語によって隠されているのだといえる。ジンはメイの母親代わりの存在であるため、二人の関係は母と娘の関係をなぞったものとなる。メイは目の不自由なジンのガイド役を務めたりするため、その絆はよりいっそう強められている。ジンがディエゴに送り迎えを頼むのも、ディエゴへの思いからというより、メイに宿題をさせるためなのである。またジンがディエゴとキスするのも、メイを手放すかどうか悩んでいる文脈においてである。このように、ジンのレズビアン性はメイとの姉妹関係によって覆い隠されている。

しかし本当にそれだけであろうか。ディエゴとの関係において、ジンは完全に受動的なわけではなく、時に誘惑する者でもあるのだ。髪が短く、男性のような服を着ているブッチなディエゴとは対照的に、いつでもレースのついたフェミニンなワンピースを着ているジンは可憐である。ディエゴに送り迎えを頼むことでジンはディエゴに騎士《ナイト》の役割をさせていること、またディエゴにキスされるとき、躊躇する様子のない自然な仕草などは、彼女のディエゴに対するレズビアン的な欲望の表れとして解釈できる。

メイと再会するシーンでは、ジンはディエゴと登場する。ジンとディエゴが手を握り合っているのは、二人の関係がずっと続いていたことを示している。しかしメイが現れると、ディエゴには照明があてられず、ジンのそばにディエゴがいることは、分かりにくくされる。

リリーの分析のところで論じたように、フェムのレズビアンはブッチとペアでいないかぎり、そのレズビアン性が見えにくい。ディエゴとペアになっているジンは、ディエゴの隣にいることでレズビアンであることが分かるのだが、このシーンのように、ディエゴに光があたらず、彼女が男性的なシルエットとして登場する場合、異性愛カップルとして見える可能性もあり、そのかぎりで彼女のレズビアン性は映像的には隠されているともいえる。

再会して見つめ合うメイとジン、この二人の視線が本当に交わされているかどうかは不明である。映画は、ジンとメイのクローズアップを交互にスクリーンに映し出している。しかし、交互に現れる二つのクローズアップが本当に見つめ合っている二人なのかは不明である。盲目のジンの瞳にはメイは文字どおり映っていないだろう。そして、メイが本当にジンだけを見ているかどうかも不明である。メイは、初恋の相手であるディエゴを見つめているかもしれないのだ。それゆえ、姉妹の再会というこのシーンは、メイの初恋の相手との再会というシーンへ読み替えることが可能となる。もちろん、映画は、ディエゴを陰のなかに隠すことによって、姉妹の再会というプロットを前景化しようとするのであるが、メイのセクシュアリティの曖昧性のために、映像が意図したものからはみ出すような欲望を、過剰な部分として観客に差し出してしまうのである。姉妹の物語へと書き換えられた二人のフェム・レズビアンの物語が、「期待を裏切る」形で顔を出してくるのである。

まとめ

本稿で明らかになったことは、『彷徨う花たち』においてフェム・レズビアン、メイのセクシュアリティの曖昧性と、クローゼットに隠れたいというリリーの欲望、また可視化されえないジンのセクシュアリティである。

ジンの盲目であるための受動性は身体的マイノリティを意味すると同時に、「見えない」レズビアン性を暗示している。彼女自身が盲目であることと、彼女の欲望が他者から見えないという二重の不可視性が、ジンという人物の上で交差しているのである。

ただし、「不可視」とは、存在しないことを意味するわけではない。「見る」という行為は視覚の部分だけを指している。可視／不可視という問題設定は、視覚だけを優先する構造に依拠しているが、その構造そのものに問題がないわけではない。ジェーン・ギャロップは、フロイトの「去勢理論」は、視覚を中心として「去勢の発見」を説明していると指摘する。男性的ファルスを中心とした秩序では、「視覚を他のどんな知覚より特権化する」ことにより、女性的なものが「消失」してしまう（ギャロップ 六六頁）。

こうした問題に立ち向かうためには、『ひとつではない女の性』でイリガライが提起した「女性的なもの」を積極的に評価することが重要である。イリガライによれば、女性についての理解は、常に男性の視点からなされてきた。それゆえ、「女性的なもの」を表現するためには男性的言説から離れることが必要だと彼女は主張する。(7) それは、第一に、「女性的に語ること」である。そして第二に、単一的価値を表象するファルスに抵抗するために、女性がもつ複数のセクシュアリティを強調することである。そして、第三に「擬態」、「模倣」によって男性の視線の裏をかくことである。彼女のこうした提案は、フェム・レズビアンの不可視性について多くの示唆を与えてくれる。

『彷徨う花たち』で表現されているメイとリリーという多義的な曖昧性をもたらすフェム・レズビアン像はまさに、単一のファルスを中心とする男性の優位性に対する攪乱行為であり、女性のセクシュアリティについて「ひとつではない」視点を提示している。映画のなかでもっとも不可視の欲望の持ち主として描かれたジンもまた、視覚を優先する価値観に対する挑戦として認めることができるのである。

映画はジンの歌声から始まる。盲目の歌手というジンの人物設定は特別な意味を有している。視覚の代わりに、ジンは美しい歌声を持つからである。ディエゴの伴奏にあわせたその歌声は、ジンの感情を語っている。映画の最後のシーンではジンだけ電車に乗っていないが、エンディングに近づくころ、ジンの歌声が再び聞こえてくる。歌声は身体と空間の接点としてジンの不在と存在を印象づける。映画の中で「香香」、「阿妹嬌嬌比蓮花」、「誰人用心」などジンの歌はジンの精神世界、感情世界を伝えるものとして機能している。ジンが電車のなかにいないことで、フェム・レズビアンの不可視性を暗示する一方で、声によって存在がほのめかされるのは、「見る」という行為に対する一種の抵抗だとは考えられないだろうか。

『彷徨う花たち』では、異性愛女性を「擬態」するフェム・レズビアンたちを主人公とし、その「擬態」の反復を表象することによって、「自然な女らしさ」の虚構性を暴いている。彼女たちの「偽る身体」と「多義的曖昧性」は、フェムの不可視性と可視性の両方を可能にすることにより、視覚を優先とする男性中心的な「真理」体制そのものを解体する可能性を有しているのである。

注

（1）オムニバス映画とは、いくつかの独立した短編をある種のテーマやコンセプトに沿って並べて一つの作品にしたものである。一つの大きな物語を描く映画と異なり、オムニバス映画では物語がそれぞれ独立しながらも、一つの新しい物語を生み出す。

（2）レズビアン関係におけるブッチ／フェムとは、日本語で「男役、女役」と説明される。しかし、そのペア的な関係は相対的なもので、時代、文化によって異なった様相を呈する。英米におけるブッチ／フェムの役割の歴史については、リリアン・フェダマン『レスビアンの歴史』の第七章「ブッチ、フェム、カイカイ」を参照。台湾での研究はChaoを参照。

（3）ショット間の転換の一種。最初の映像が徐々に消えていきながら次の映像が徐々に現れてくること。二つの映像が瞬間的に多重露出の状態で融合する。

（4）「視覚的快楽と物語映画」（一九七五）のなかでローラ・マルヴィは、精神分析の概念を用いながら、ハリウッド映画がいかに観客＝男性主体に満足を与えるかを分析している。彼女は映画に登場する女性が去勢の記号として表現され、「見られること」を目的として映画に組み込まれていることを指摘する。その男根中心主義の視覚的快楽嗜好のもとで、女性は常に欠如の存在として男性的なファルスを象徴するのである。つまり、表現される男性性と女性性のヒエラルキーは、能動性、受動性という関係に対応している（Mulvey pp. 6–18）。ジュディス・メインは、この対応関係を打破するにはレズビアンをテーマとする映画が最も戦略的であると示唆している（Mayne pp. 117–118）。

（5）台湾の一種の人形劇。

（6）Keiser「台湾映画監督ゼロ・チョウのインタビュー」を参照。

（7）イリガライはその理由として、男性的言説を支えてきた哲学的ロゴスは、「どんな他者をも同一者の体制の中へと還元してしまうため、女性は「常に価値を独占する唯一の性である男性の性の欠落、萎縮、裏面として描写」されてきたからである、と説明する（イリガライ 八二頁）。

参考文献

〈フィルム〉

『彷徨う花たち（漂浪青春）』ゼロ・チョウ監督、二〇〇八年　DVD. Wolfe Video, 2009.

〈書籍〉

Butler, Judith. *Gender Trouble: Feminism and the Subversion of Identity*. New York: Routledge, 1990.（ジュディス・バトラー『ジェンダー・

トラブル——フェミニズムとアイデンティティの攪乱』竹村和子訳、青土社、一九九九年）
Mayne, Judith. *Woman at the Keyhole: Feminism and Woman's Cinema*. Bloomington: India University Press, 1990.
Mulvey, Laura. "Visual Pleasure and Narrative Cinema." *Screen* 16.3 (Autumn 1975) pp. 6–18.（「視覚的快楽と物語映画」斉藤綾子訳『Imago』第三巻第一二号、一九九二年十一月、四〇—五三頁）
Shimizu, Akiko. *Lying Bodies: Survival and Subversion in the Field of Vision*. New York: Peter Lang, 2008.
清水晶子「期待を裏切る——フェムとその不可視の「アイデンティティ」について」『女性学』第一一号、五二—六八頁、日本女性学会、二〇〇四年
ジェーン・ギャロップ『娘の誘惑——フェミニズムと精神分析』渡辺桃子訳、勁草書房、二〇〇〇年（Gallop, Jane. *Feminism and Psychoanalysis: The Daughter's Seduction*. Basingstoke: Macmillan, 1982.）
デヴィッド・ボードウェル、クリスティン・トンプソン『フィルム・アート——映画芸術入門』藤木秀朗監修、藤木秀朗ほか訳、名古屋大学出版会、二〇〇七年（Bordwell, David and Kristin Thompson. *Film Art: An Introduction*. Boston: McGraw-Hill, 2004.）
リュース・イリガライ『ひとつではない女の性』棚沢直子ほか訳、勁草書房、一九八七年（Irigaray, Luce. *Ce sexe qui n'en est pas un*. Paris: Éditions de Minuit, 1977.）
リリアン・フェダマン『レスビアンの歴史』富岡明美・原美奈子訳、筑摩書房、一九九六年（Faderman, Lillian. *Odd Girls and Twilight Lovers: A History of Lesbian Life in Twentieth Century America*. New York: Columbia University Press, 1991.）

〈ウェブ〉

Chao, Antonia. "Global Metaphors and Local Strategies in the Construction of Taiwan's Lesbian Identities." *Culture, Health & Sexuality*, Vol. 2, No. 4, Critical Regionalities: Gender and Sexual Diversity in South East and East Asia (Oct.–Dec., 2000), pp. 377–390. Taylor & Francis, Ltd. http://www.jstor.org/stable/3986697.（二〇〇九年七月三十日アクセス）
Keiser, Yuki.「台湾映画監督ゼロ・チョウのインタビュー」二〇〇八年 http://www.tokyowrestling.com/articles/2008/08/1_zero_chou.html（二〇〇九年十二月十二日アクセス）

台湾小説における身体の政治学と青春想像
――国家からジェンダーまで

梅家玲（許時嘉・星野幸代訳）

序

若者は未来の国家の中堅であり、社会の棟梁である。殊に国家が動揺し、風雲吹きすさぶ時代には、文学上の想像においても、現実の革新的実践についても、若者は一人ひとりが「青春」「希望」といった特質を備えているために、無限の希望を託されるものだ。しかも「若者の成長」と「国家の成長」とは、しばしば文学的想像において表裏を為し、互いに象徴され喩えられ一体となる。

またそのために、二十世紀の中国文学は当初からすでに、若者の成長と幻滅にまつわる多くの物語であった。さらに彼らの愛憎と悲喜、境遇が、政争と戦争、社会の変遷の証人となってきた。一八九五年以降、台湾は半世紀にわたって日本に植民統治され、日本政府下の処世の道として、台湾人はまず武装抗争し、その後文化的に啓蒙され、さらに皇民化運動のもと、或る者は順応し、或る者は嫌々ながら従うなど、日台関係は多くの曲折をたどってきた。四九年以降、国民政府が台湾に渡り、大陸と台湾が反目し合うと、小説家たちは今回も若者の探求をテーマに、重層的で雑然とした方向性を表現した。本論は、「身体の政治学」と「青春想像（Youthful Imagination）」を切り口として、日本統治期の若者の議論と、現在の台湾小説における台湾想像が関連し合って発展していく軌跡を描き出すことを目的とする。さらに、二大ポイントとして「国家」と「ジェンダー」とにスポットを当てる。

基本的に「若者」が「青春」と「希望」の象徴になるのは、おおかた生物学的な理由による——若くて伸び盛りの身体を備え、その身体がはぐくんでいるのは、未来へ向かって無限に進歩し、躍動し、向上する可能性だからだ。しかし、身体の成長はもともと単なる生物的な問題にとどまらないのであって、それは、フーコーからバフチンにいたる昨今の様々な理論が、いたるところで喚起しているとおりだ。肉体がすでに存在するという前提のもと、政治、経済、軍事、思想、教育、公共衛生などの力が、それぞれ導管を通り抜け、身体が構築されるプロセスに抜け目なく介入し、身体はそれによって色々な権力がしのぎをけずる輻輳点となる。だが一方で、身体は醜いパフォーマンスによって、既存の体制に対する嘲笑、抵抗、拒絶、あるいは転覆を表すことができる。そのほかに、身体を社会学、文化人類学などの角度からとらえ、その世界性・社会性・消費性といった特質を指摘する議論は、むろんどこにでも見られる。(1) さらに、強健さと病弱さ、あるいは様々なジェンダーが刻印された身体は、文学において多様化する修辞的戦略の基礎でもある。だから、「身体の政治学」は様々な文化・文学について議論する場合、軽視できない要点なのである。

さらに、時間という尺度に着眼すれば、「青春」はもともと特定の時間の緯度において定められた想像のコードであり、事物が新たに生まれ、無限に伸びていくさまを象徴する。一九二〇、三〇年代台湾で、新文化運動が朝日が昇るように起こり、文学青年は水を得た魚となって、様々な若者の議論が雨後のタケノコのように力づよく発生したのは、まさに台湾に未曾有の「青春想像」[2]を投射したからである。しかし、植民地の文化政治と社会的現実が、所詮特殊なものであったことは否定しがたい。八〇、九〇年代以降になると、フェミニズム思潮の影響から、台湾の「国家」という問題に今度は「ジェンダー」理論がしばしばからみ合う。その間で沈思しつつ、「青春」の主体たる台湾の若者が、いかにして己れの身体で、この特殊な歴史的状況における様々な文化政治、国家、ジェンダーの葛藤を「体」現しようとしたか。この問題は特に注目に値しよう。紙幅の制約から、本稿では台湾小説を対象として検討し、以下の三つの項目に議論を絞ることにする。

・身体と空間／(国家)アイデンティティ・ポリティクス
・台湾の身体から皇民の身体へ
・国体から個体へ――身体／性的欲望とジェンダー・アイデンティティの葛藤

なお、第一、二項では日本統治期の小説を扱い、第三項では八〇、九〇年代の小説を扱うことにする。

身体と空間／(国家)アイデンティティ・ポリティクス

日本が台湾にうち建てた植民政権に従って、台湾では続けざまに「現代化」の革新措置が講じられ、また段階的に展開された。新式学校の設置、工場建設と生産効率の計算、衛生面と医療面の慣習の改良、時間順守・法令遵守の定着など、いずれも従来の伝統的台湾にはなかったものである。動機はさておき、これらの措置は台湾に思いがけない空間的な変化をもたらし、またそれらは権力によって運用され、身体の生成に影響を与えた。さらに帝国統治のイデオロギー支配を徹底させるために、都市空間に対して大規模な改造を推し進めたのであり、その影響力はさらに言うまでもない(3)。しかしこれと同時に、異なる空間の中に逡巡する身体は、かえって個人の往来と回避、身体パフォーマンスによって、国家政治と文化アイデンティティにおける雑駁性を体現し、さらに、転じて空間の属性の構造を左右した。本節では、異なる空間における若者の身体の逡巡と往来を取り上げ、そのアイデンティティの変遷を考察したい。

一九二二年、『台湾』雑誌に掲載された追風（謝春木）の「彼女は何処へ」は、台湾新文学史上において最も早期の口語小説の一つであり、内容は青年男女の恋愛と結婚のストーリーであったが、そこに投影された意味は、その後の台湾若者が異なる空間において展開していくアイデンティティ探しの起点と見なしてよかろう。この日本語で書かれた小説で、作者が創作した台湾少女桂花は、伝統社会の父母の言いつけで、日本留学中の若者清風と婚約し、将来の夫が学業を終えて故郷に帰るのを待ちわびる。実は、新式教育を受けた清風は婚約前に愛する人がいたのだが、父母がとりつけた縁談に深く悩み、仕方なく受け入れたのであった。台湾に戻ると、彼はこの不合理な制度に精いっぱい抵抗し、旧社会に「改革の烽火をあげよう」と婚約を破棄する。桂花は深いショックを受けるが、はっと目を覚まし、この事実を果敢に受け入れただけでなく、「全く社会制度の罪です……家庭専制の罪です。私はその犠牲になった一人に過ぎません。……私は今それを明《ママ》つきり見ることが出来ます。私は彼等の為に此の敵と戦はなければなりません。強く、勇敢に戦ひます[*1]」。さらに、従兄について東京に留学するという選択をし、「勉学に励」み、それを彼女の「行く先」とする。

現在我々から見れば、作者が新青年を旧制度に対抗させ、また「東京へ行って勉強する」ことを問題解決の方法としたのは、安易な希望的観測と見なされても仕方がない。しかし、そこにある空間アイデンティティの追求に注目すれば、〈彼女〉が自由恋愛、旧社会の改革といった普遍的な新文化を求めるだけでなく、「東京（日本／都会／異郷／内地）まで勉強し（新式教育を受けるため）に行く」ことを特に強調するところに、当時の台湾若者が空間アイデンティティを探す際に思い浮かべる、最も重要な選択肢が微妙に表れている――日本か、台湾か。都会か、田舎か。異郷か、故郷か。旧式な書院か、新式の学校か。またそのために、後に続く沢山の小説において、我々は大勢の台湾若者がそういった異なる空間の中で逡巡し往来する姿を絶えず見出し、そして自由恋愛、改革実践および様々なイデオロギーの相互作用は、さらに彼らのアイデンティティに変数を与え、独特の雑駁性を明らかにする。そのうち、思考する価値のある議題を最小限に包括すると次のようになる。異なる空間を求めれば、異なるアイデンティティを選択したことになるのか否か、あるいは異なる空間を求めることは、いかにして異なるアイデンティティを体現しているのか？　身体の行方には、必ず精神的な意向が完全に投影されているのか？　通時的に考えれば、異なる時期の身体の変位は、外在する政治的現実に従ってどのように代わり、アイデンティティの流転あるいは変質を示すのだろうか。

台湾が植民政権に対して終始抗争し続けたにもかかわらず、日本および日本が台湾にもたらした近代（都市）文明、資本主義ブルジョア式の生活、また教科書を通して強力に宣伝される日本の「国民」意識が、少なからず台湾人民の成長を促したことは否認しがたい。特に一九二〇年代以降、植民地公学校教育を受けた知識青年は、公学校に対して好意を抱いている。だから「日本（東京）へ行く」ことが、自己の理想の追求と実践となりえたのであり、また現実に迫られた際の逃げ道となりえたのだ。しかし興味深いことに、「彼女は何処へ」に端を発する、恋愛結婚問題のために日本を自己探求ないし家出の目標とし、旧社会の網を突き破ろうとする物語は、新青年が日本で起業するとか、卒業して故郷に錦を飾るといった方向へは発展せず、個人的なラヴ・ストーリーが延々と続き、若者たちは頽廃的な感覚世界へと進んだ。この類のストーリーは巫永福の「山茶花」（一九三五）、翁鬧の「残雪」（一九三五）等、日本に留学した青年男女を主人公とする小説においてひときわ光彩を放っており、翁鬧「夜明け前の恋物語」（一九三七）はその集大成である。そこに現れたのは、正に資本主義に染まりながら、若者たちが個人精神の自由を追求しながら次第に自我の世界に耽溺していく過程である。このような無邪気な理想主義の影のもとに隠されているのは、まさに植民統治集団が強力なイデオロギーによって台湾の歴史文化を切断したあと、極度に膨張しついには破裂した個人の自我である[4]。

それとともに、台湾を離れる機会のない大勢の台湾青年たちは、仕方なく引き下がりながらも、次善の策として植民政権が台湾にもたらした異空間を選択し、胸の内の日本ないし近代化へのあこがれをそこで満たした。龍瑛宗の「パパイヤのある街」（一九三七）は、植民化されて整然とした清潔な景観を、乱雑で不潔な台湾本島の居住区と対比しながら鮮明に描きだすことによって、「内地人風の家に住み、内地人風の生活をする」ことを一生の努力目標とするよう台湾本島の若者に呼びかけている。

一方、現代日本ないし資本主義がもたらす頽廃と混乱に対して、楊逵「郵便配達夫」（一九三二）は同じく東京へ活路を求めるという前提ではあるが、広く群衆を組織し、労働者運動の左翼のふところに身を投じる。台湾の農家の出身である若者楊君は、家の土地を植民支配者にだまし取られ、家が没落した後に、単身日本に赴いて勤労学生となるが、今度は新聞販売所に搾取されて、ついに彼の階級意識は目覚め、労働者運動の勝利を勝ち取る。小説の結末で、楊君は船に乗って日本を離れ台湾に戻り、奮闘し続けようと決める。「私は確信に満ちて、巨船蓬莱丸の甲板から、表こそ美々しく肥満しているが、一針当れば、悪臭プンゝたる血膿の迸りを見るであらう台湾の春を見つめた」(5)。このくだりは、疑いもなくこのように宣言している。知識青年は書斎を出て、労働者の群れという異空間の活動路線へ向かうことが、すなわち発展なのであると。同時に、またこうも意味しているようだ。日本留学から帰ってきた知識青年は、啓蒙者たる使命感を抱いて、台湾本島の同胞を教化せざるをえないと。

焦点を再び台湾本島に戻してみると、一九三〇年代、朱点人「島都」(一九三二)、楊守愚「決裂」(一九三二)、王詩琅「十字路」(一九三六)、「没落」(一九三六)等の小説に出入りする台湾青年が、様々な群衆運動を転々とする姿を見出すことができる。注意すべきは、倒れても起き上がる者はもちろんいるのだが、もっと多いのは没落し沈淪し、壮志をすり減らす者であることだ。彼等のたどる道は、私的な色恋に耽溺する退廃した日本留学出身者とは異なっていても、ついには同じ末路を避けることができず、自我の幻滅に向かってしまう。

しかし「決戦時期」皇民文学の誕生に従って、四〇年代以降、はじめのうち異空間で逡巡していた絶対多数の憂える志士たちが、うってかわって自信に満ち、台湾本島の様々な職場に身を投じ、意気揚々と気焔を吐く姿が見られるようになる。周金波「水癌」(一九四一)、呂赫若「山川草木」(一九四四)を例に挙げると、ストーリーはいずれも日本に留学した青年男女が台湾に戻って働くという物語であり、主人公が積極的に奮闘する姿は似通っているかもしれないが、空間の往来モデルはこれまでとは非常に隔たりがあり、そのために若者の身体/空間アイデンティティとして完全に異なる二種類の想像モデルを投射しており、そこに見られる曲折は、特に慎重に思考するに値する。

一九四一年、二十一歳の日本留学青年周金波は、生涯初めての小説「水癌」を発表し、称賛されて文壇デビューを飾り、注目の新進作家となった。この小説はある日本留学から帰ってきた若い歯科医を主人公とし、冒頭から、それまでとは異なる現象が露にされている。

彼は目を覚まして横たわつたまま、新しい青畳の匂ひの中に遊びながら（中略）高い生活に一歩近づけたとも思ふ――。（中略）

畳の上で日本人らしい生活が始まるのだ！

それが彼を有頂天にし、彼を漠としてではあるが新しい希望を持たせるものでもあつたのだ。支那事変を機に、拍車をかけられた皇民錬成運動は勿論、指導階級の立場にある彼たちの足下から拡がつていつた。それは枯野原に点いた野火のやうな勢ひで、迷信を焼き払ひ、陋習を打ち壊していつた。（中略）忽ち、房閨の寝台は取りのけられて畳敷に改造され、そこで寝起きすることになつた。彼はもとより家族の者も最初のうちこそ窮屈な思ひをしたが馴れてしまへば案外楽に寛げる畳の上の生活を賞賛した。殊に子供たちはその上を跳ねまわつて誇らかに思つてゐるらしかつた。（中略）

島民は教化し得るのだ。それも予想以上に容易に速かに出来得るのだ――と彼の抱きつづけてきた信念はこの頃頓《とみ》に頭を抬げてきた力強い自信にぐんぐん押し上げられていつた。[*2]

このように「彼」が信念を持って、意欲的に本島の同胞を教化するさまは、一見、従来の知識人の啓蒙者たる使命感の延長のように見える。しかし、自分独りが「指導階級」の身分に目覚め、「皇民錬成運動」に適合しようという選択は、実はすでに早期の文化啓蒙者とは全く違う。それだけでなく、「パパイヤのある街」に登場する、「内地人風の家に住み、内地人風の生活をする」のだと一心に念じながらもかなわず、日本人住宅を眺めて嘆くばかりの若者洪天送と比べても、あるいは同じ小説に登場する、もともとは一心に発奮して邁進していたのに、最後には町の怠惰な体質が肉体に浸み通ってしまい、「寂しく怠惰な街の空気が意志を風化させた」陳有三とは逆に、「水癌」の「彼」は外在する環境を変え、創造しようとする強烈な運動エネルギーをむき出しにしている。寝室を改造して畳にした部屋は、自分と家人に「畳の上で日本人らしい生活」をさせてくれる。すると、身は台湾にあっても、空間を媒介にして変わることができ、日本の生活様式を厳格に守っていることを、子供たちは「誇らかに思つてゐる」。[*3]

この「誇らか」な気持ちの是非はさておき、外在する空間の特性あるいは象徴的意義に動かされた往来と回避にはじまり、抜本的な問題解決、つまり主体的に空間を根本的に改造してしまうにいたるまで、若者たちは、頽廃や意気消沈の状態から立ち直ってとたんに積極的に奮闘する、昔とは異なる姿を見せている。しかし実はその裏に、アイデンティティの変質が隠れている。まず「彼女は何処へ」が日本を帰結としているのは、台湾本島の若者の日本近代文化ないし資本主義生活に対する志向を表し、「郵便配達夫」の台湾―日本間の往来は、明らかに左翼／プロレタリア思想が理想とする身体への志向を表しているとしよう。それに対して「水癌」は台湾本島で空間改造と自己意識改造が同時進行するとともに、それが「皇民」として理にかなっていると明言する。しかし、若い身体がこれらの異なる空間アイデンティティの間で躊躇い、次々と改造し、改造されるとき、台湾にはまだ語るべき「主体」があるのだろうか。まだ改造されていない風景は、そこで奔走する若者たちにどのような連動関係を引き起こすのであろうか。ここでは、呂赫若「山川草木」があるいは傾向の異なる観照を提供してくれるかもしれない。

「山川草木」は、日本に留学した女学生宝連を描いている。宝連は日本で音楽を学び、台湾のために女性音楽芸術家として名声を得ようと志していたのだが、ある日父親が亡くなり、台湾に戻って葬式を出したが、折り合わない継母に代わって幼い弟妹の面倒をみるため、やむなく日本留学を放棄し、弟妹を連れて山へ引っ越し農業で身を立てることになり、人生は急変する。宝連の友人である語り手は、はじめは実に惜しいことだと思っていたが、月日が経ち、妻とともに山に宝連を訪ねたところ、彼女の変化に大いに驚く。

> 四五箇月ぶりに見る宝連の顔は見ちがへるほど黒く、山村の日ざしの強さが頬にほてつてゐる感じで、その頬肉は硬く張りきつてはゐるがうはべの日ざしを透かして一層若々しい健康さが輝いてゐた。私はこんなに健康で力強さに満ちてゐる美しい宝連の姿をついぞ見たことがなかつた。東京時代のあの人為的な厚化粧、殊に真紅に塗つた唇のあくどさや描いた眉の偽善性など、見てもあぶなつかしい今にも壊れさうなはらゝさせる魅力は毛頭もなく、私は働く女も美しいものだと感嘆せずには置かなかつた。改めてこの方が真に宝連の美貌を発揮してゐるのを発見したやうに驚き、この健康美ならば宝連も安偖《ママ》して暮らしてゐるにちがひないと思ふと胸が軽くなつてくるのだつた。[*4]

そしてこの「健康美」を培った「生活」は、むろん台湾の山川草木に根ざしている。語り手の夫婦が山へ行く途中、道々目にする台湾本島の田舎の風情が、すでに宝連が変わったのは自然であり、必然であったのだと予言している。

植ゑ揃つた青田の間を微風に吹かれながら時々の激動に躍り上りつゝ上つていつた。その日は春らしい息吹の感ぜられる晴れ上つた天気で、白い層雲に重つてくつきりと浮んだ山々、青田に憩ふ水牛、稲面をかすめて飛ぶ鳥群、ひとつとして鮮やかに眼に映らないものはなかつた。妻は明らかにこの色鮮やかな風景に感激して、しきりに宝連は大変な田舎に引込んだものだと笑つていつた。その眼にはもはや宝連に会へるといふ嬉しさがありありと浮かんでゐた。私も同様、心楽しいものがあつた。[*5]

人を楽しませる山川の風物、若い身体の健康美、この二者が照り映えている、これは日本統治期の小説としては珍しく感動的なシーンである。興味深いのは、ヒロインが家庭のために自己を犠牲にし、学業を放棄して日本から台湾に帰り、都市から田舎へ入っていくのは、「彼女は何処へ」に示された女性の帰結と明らかな対話関係を為しているだけではなく、身体によって特に明示される「労働」という特質、およびそれによって生まれる「健康美」は、左翼作家たちが植民政府の戦時「増産」スローガンに仕方なく応じながらも、山に入り田舎へ下り、民衆に近づくことによって表明した政治的姿勢の隠喩かもしれない[(6)]。この現象は、次のようなことを我々に気づかせてくれる。すなわち、台湾新文学の発展の歴程を検視すると、これらの文学的想像によって投射された身体は、異なる空間の中で往来し回避し、アイデンティティに躊躇いそれを変質させるだけでなく、身体そのものの物理的な状況が雑駁な政治的内涵とからみ合っているのである。そこで、次節では、小説における若者の身体／物理的現象にスポットを当て、そこに投射された台湾の想像を検討していく。

台湾の身体から皇民の身体へ

早くから研究者が注目していたように、日本統治期小説中の人物に、「死」んだり「狂」ったりする人物の登場率は驚くほど高い。しかも小説中で発狂または死亡する人物は、大半が農夫、農婦、童養媳《トンヤンシー》、子供である。こういった小説のねらいは、植民政権もしくは旧弊による迫害を指弾することにある。(7)本節ではさらに踏み込んで、もともと弱者に属するそれらの人物たちのほか、社会の中堅たる若者の身体の衰弱に、特殊な歴史的時期における台湾の状況が投射されていることを指摘したい。なお、それらの若くて病弱な身体、およびそれに施される治療の過程に、イデオロギー、文化政治、社会的現実の攻防が見てとれる——さらに小説の目的は、まさに「台湾の身体」から「皇民の身体」への変質をいかにして遂げるかを描くことにある。

1　島での病と死——病弱で衰えた台湾の身体

そもそもはじめからといってよいほど、台湾小説に様々な病状、およびそれに伴う死が氾濫していたのは明らかだ。さらにそれらの台湾本島での病と死が、決まって若者の身に起こるのには驚かされる。「台湾新文学の父」と言われる頼和の小説を例にとれば、代表作「一桿称仔」（一九二六）が、明確にこの主題に触れている。「一桿称仔」の主人公秦得参は、二十歳をすぎたばかりなのに、「彼の身体は、過労のために病気のもとを抱えていて、早い収穫のころ、彼はマラリアを患い」、仕方なく田圃を離れ、一家を養うため商売を始めるが、称《はか》りの正確さをめぐって問題で巡警と衝突し、ついに命を落とす。(8)

続いて、楊守愚「女丐」(一九三一)の少女は継母の虐待に耐えかねて商売女に身を落とし、不幸にも梅毒にかかって死ぬ。張文環「閹雞」(一九四二)では、もともと病弱であった阿勇が過労で疲れ、マラリヤを患い、病床で苦しむ(9)。ほとんどが農村出身のこれらの青年男女は過労で病気になるか、あるいは植民勢力に抑圧されて気が挫けてしまい、あるいは自分の身体を犠牲にして伝統的な旧習にささげる。いずれも本来現れるべき青春の成長という正常な状態ではなく、病気で命を落とし、日本統治期の小説における「台湾の身体」の衰微を表している。

これにとどまらず、多くの都会における知識青年もまた、病気になったり死亡したり、気息奄々としている。例えば王詩琅「青春」(一九三五)の十八歳の少女は、台北高女の試験に合格して首席で公学校を卒業、風琴《オルガン》とピアノを良くし、声楽で身を立てようと志すが、肺病にかかってしまい病床で青春を散らす(10)。また琅石生「頬」(一九三六)は、高校を卒業したばかりの男性教師が教育に励んでいるうちに、頬がこけ、体力は衰え「吐き出す痰はいやな黄色を帯び声はかすれて来、息切れがする様にな[*6]」った。以上のとおり、やはり驚かずにはいられない。どういう理由で、このように花盛りの若い台湾知識青年が若くして死んでしまうのだろう。特に目を引くのは、田舎の若者の病は色々あるのに対し、町の知識青年は大半が結核を患うことだ。こういった病の類型的差異は、そこにある文化の政治学を暗喩しているのではなかろうか。

事実、早くから西洋文化では伝統的に結核は一種の「時間の病気」であり、「結核は生をせきたて、際立たせ、霊化」し、「死の床にある結核患者はより美しく、より霊的なものとして描かれ」てきた。そこで、ロマン主義者は新しい形式で死の寓意を解釈しようと、結核による死が「肉体を解体し、人格を霊化し、意識を拡げる」ととらえるに至った。これを踏襲して、いわゆる「結核神話」が形成された。結核は情熱によって誘発されるが、この情熱は必ず妨害され、希望は必ず挫折する。この情熱は、通常は愛情を指すが、政治的あるいは道徳的な情熱であってもよい。[*7]

この論理から、前述の結核を患う青年たちを顧みれば、次のようなことを発見できよう。実は、彼らはそれぞれ異なる方面でこの「結核神話」に符合しており、また植民社会における理想の追求と失敗を陰喩している点では一致している。左翼の感慨であろうとブルジョア意識であろうと、出路を探し出せず、未来も見えない宿命は共通なのである。しかも最後に、挫折した知識青年たちは龍瑛宗の小説の中で対話を成している――病弱な結核の身を社会の革新理想に託す青年像の集大成は、言うまでもなく「パパイヤのある街」の「林杏南の長男」である。それに応える者は、すなわち「宵月」(一九四〇)の彭英坤である。

小説の中では名前さえ出てこない「林杏南の長男」は、「幼い時から身体が弱く」、公学校卒業後、働きながら夜学に通い、二十歳で専門試験に合格したのだが、そのために身体を壊してしまった。彼は肺病にかかり、「久しく病床にあり、医者も難色を示し」ついに亡くなる。彼は青ざめて上品で、繊細で、情熱的であり、まさに結核患者の典型である。彼の主人公陳有三に対する言葉や、亡くなる前に陳に手渡した原稿は、「政治的または道徳的な情熱」にあふれている。

僕の命はもう旦夕に迫つてゐるかもわからない。しかし僕の肉体と精神が永遠の虚無に消える瞬間まで僕は真実を追求する、わが欲求を放棄しないでせう。吾々の眼前を塞いでゐる暗黒な絶望的な時代がその儘、永久的なのか、それとも吾々にユートピヤのやうに思はれてゐる楽しき社会が必然性をもつて現はれて来るのか。(11)[*8]

今は限りなく暗く悲しいが、やがて美しい社会が訪づれて来るであらう。
僕はその幸福に充ち溢れた地上の姿をさまざまに想起しつゝ、冷たい地下の長き眠りに就くことを祈る(12)*9

明らかに、この若者の机上の理想と情熱は実践するにはあまりに拙く、瞑想して死を待つことしかできない。彼の死はまた、美学的な審美対象となることによって、批判的エネルギーを失う(13)。これは結核の病理的特質がそうさせるので、また結核が「神話」となるために内包している必然的な奇態である。結核の美学は、元来理想の頓挫、追求の徒労からきている。この頓挫と徒労のすべてが、また理想の崇高さ、追求のかけがえのなさを証明している。

また従って、同じく理想追求型の知識青年の死が、もはや肺結核ではなくその他の病気による場合、そこに浮かび上がってくる意味はまた別の注意を払うに値する。「宵月」の彭英坤は、まさにこの例である。

彭英坤はもとは血気盛んで、有望で優秀な若者であった。語り手によれば、彼は中学時代に学校の弁論大会に参加し、情熱にあふれていた。またスポーツマンで、特に「幅跳び」では学校の記録保持者だった。運動会のたびに、「運動着に、鉢巻姿の彭英坤の美しい跳躍ぶりは、そのまゝ若人の象徴であつた」。しかし思いがけず、数年後彼は「眼は落ち窪んで、頰骨は岩石のように突兀としてみえ、唇はカサカサに乾いて薄く、蒼黒い顔色をしてゐた。そして大へん痩せて五十歳くらいのしょぼしょぼしたお爺さんという感じだつた」。間もなく彼は悪性のマラリヤにかかり、結核ではなかったが、早逝してしまう。*10

彭英坤の様々な行状を顧みれば、このような末路は偶然ではない――鬱々として志のかなわぬ環境のもと、彼は酒におぼれ、情婦をこしらえ、借金を踏み倒し、英語の教科書を破って子どもの尻を拭いたりするさまは、まさに理想の失墜、生命の堕落を表している。結核が常に「抑圧性のある習俗／規範を譴責し」、「新政治秩序に対する召喚」[*11]を隠喩するのに対して、彭英坤は単なる悪性のマラリヤで命を落とす。そこに含まれた意味は、さらに深層に至った絶望と悲哀ではなかろうか。(14)

これらから考察されるのは、青春の身体の病と死が反映するものは、単純な物理的現象にとどまらないということである。植民支配の圧迫と旧弊の入りまじった社会の現実と、無産階級社会への関心とブルジョア意識とが対峙する中での理想の挫折が、当時の台湾の身体を挟み撃ちにし、衰退のしるしを刻んだ。では、いかにして衰微から立ち上がり身体を強健にすることができるか、それはもちろん純粋な医薬衛生や、身体の鍛錬といった問題にとどまらず、政治制度からイデオロギーまで全面的な改造を総動員するのだ――いったい、台湾の病の身体は改造できるのか。どのように改造するのか。改造した後はどうするのか。これらの問題は、いわゆる「皇民文学」が出現すると、たちまち異なる方向へ曲折した。周金波の「水癌」がちょうど討論の起点となる。

前述のとおり、頼和の描いた「秦得参」以降、台湾小説における病気の身体はいたるところに転がっているのだが、それらの病状の中でも、周金波の「水癌」の描写ほど人々を驚かせたものはない。

彼はやつと半分開いた口の中を覗き込んで思はず唸り声をたてた。言ひやうのない悪臭が鼻を打つ。糠づけのやうなその嗅ひは忽ち辺りに拡がり、傍の者の嗅覚を奪ひ去るかと思はれた。下顎左側移頬部の顎堤が昇汞水の蒼黒い色に爛れて歯齦部は滅茶滅茶に喰ひ荒らされてゐた。第一期、第二期をとつくに越えた水癌の症状が蹲まるやうに口腔内の一角に独特の黒がりをつくつてゐて、普通の者は到底正視出来るものではなかつた。*12

これは台湾の少女の病気の身体である。彼女の母親は賭けごとに熱中して娘の病状を見過ごしてしまい、ついに娘は治らずに死んでしまう。そして診察をした「彼」は、前述したように、畳にねころんで日本人式の生活をしようと寝台を取りのけて畳敷に改造した、日本留学帰りの歯科医である。彼は日本びいきで、台湾に対して多くの不満を抱いている。従って、鼻をつく悪臭、ただれて青黒くなった歯茎は、むろん水癌にかかった少女の口腔の症状であるが、その診察の実況の背後に隠されているのは、台湾の「病んだ」身体をさげすんで嫌い、意欲的に優越感を持ってそれを改造する「医」者の気持ちなのだ。この気持ちは、少女が亡くなったのに母親は冷淡で、かえって堕落したのを医者が知ったとき、はっきりと表現される。

これが現在の台湾だ。しかしそれだからこそ、それだからこそ負けてはならん。ああいふ女に流れてゐる血は、俺の身体にも流れてゐる血でもあるんだ。黙つてみてはゐられない、俺の血も清めるんだ。俺はただの医者ぢやないぞ、同族の心の医者でもなければならんのぢやないか、負けてなるものか……。*13

自分の居住環境の改造から、同胞の心の病を治す決意に至るまで、この（作者の化身である）歯科医には明らかに強い意図がある。(15) そして彼が台湾の島民を教化し、治療しようとする指導の原則は、もちろんいわゆる「支那事変を機に、拍車をかけられた皇民錬成運動」である。彼の「血も清めるんだ」「同族の心の医者でもなければ」などの告白から考えれば、この「病気の身体」に対して発動される「治療」は、病弱な身体を強くするだけでなく、「血」から「心」にいたる徹底的な改造を含んでいる。事実、皇民化運動が関与した問題は四つあった。一、宗教と社会風俗の改革、二、国語運動、三、改姓名、四、志願兵制度。(16) 戦時作家の周金波、王昶雄、陳火泉、張文環はいずれもこれらの問題に関わる文章を書いているが、(17) 中でも特に「志願兵」および「徴兵制」をめぐるテーマが主流である。しかも、それは四つの中で唯一「若者」に対して行われる措置である。(18) 次節では、「志願兵」ないし「徴兵制」をめぐる「身体」問題を切り口に、「血」と「心」に論及し、これについて展開される若者の議論と台湾の想像を検討したい。

2　衰微を奮起させ弊を起こす?——志願兵と皇民の身体の錬成

多くの〝皇民〟の文章を調べると、戦時の「志願兵」と「徴兵」制度がもたらした様々な心身の鍛練が、若い「台湾の身体」を弱から強に転じる鍵となったことは明らかである。例えば張文環「頓悟」(一九四二)の青年王為徳は、兵隊になるために仕事を辞めようと決心し、「まず故郷で身体を鍛える」つもりであった。*14 そのほか周金波「助教」(一九四四)はさらに「模範」的なプロットを産み出した。主人公蓮本は、体格検査の段階ではねられ、医学専門学校を受験できなかった。しかし、徴兵制を実施するために作られた「国民道場」で訓練を受けて、班長となり、体質がにわかに改善され、数十里を行軍しても疲れを感じないばかりか、「生来、余り自信の持てない彼の脚は今度の強行軍で狂ひのない重宝な機械であることを立証され」、脚絆を巻いて出かける準備をしただけでも、「思ひなしか身がきりりと緊るのを覚えた」。彼の班で訓練を受けた者は、道場を離れた後も彼を忘れず、手紙をよこす。

小生ハ自別以来元気ヨク国家増産戦士ノタメ滅私奉公シテキマス。*15

このように、志願兵の選抜基準は厳しく、希望者が殺到し、一番競争が激しいときの合格率は六百分の一以下であったから、(19)強堅な体格と精神は必要条件であった。そして台湾全土の若者が嵐のように志願兵に志願し、生死を賭けたわけは、植民政府が「島民最高の栄誉」として人心を鼓舞したり、青年団を発動して青年男女の加入を動員したり、仲間どうしの刺激を促したり、若者の民族競争心理を利用してこれによって自分が日本人よりも優秀だと証明させる等の要素のほか、(20)当時の作家たちがこのテーマに言及する際に注目した傾向からみて、少なくともあと二つの要因が考えられる。

一、志願兵制度は、台湾全土の青年に特定の同じ目標の下で、誰かれの区別なく、密接に結合し、一体感を成就させることができた。

二、志願兵制度は台湾青年に大きな希望と指針を与え、男性を従軍によって完全な人間とし、植民地の若者の汚れた卑しい精神は、従軍あるいは戦死を経てはじめて浄化される。お国のために死んで靖国神社に英霊として合祀されれば、内台［訳注＝日本と台湾］一体の境地に達することができる。(21)

このうち第一項の要因については、周金波自らの経験を例にとることができる。周は青年時代をずっと日本で過ごし、二十一歳で台湾に戻り、終始台湾社会と距離を置いていたが、一九四一年六月二十日志願兵制度が実施されて以降、状況は大いに変わったと周は日記に記し、また講演で回想している。

私はこの日ほど自信に満ちた喜びを感じたことはない、私は長い孤独の殻の中から抜け出せそうだ。……

私は台湾の社会面とはいつも外れている。接触点などあっても密着しない。[16]

それが、六月二〇日、志願兵制度の発表によって一変しました。みんな生き生きとした表情になり、多弁になり、真実をさらけ出しました。私たちは、何のためらいもなく面と向って「密着」しました。……やっと、孤立の殻から抜け出した、と思いました。志願兵制度には台湾人の願望がかけられていて、皆、一途にある完全なるものを目指した、真剣な眼差しでした。[17]

まさにこの「自信に満ちた喜び」のために、彼は第一回「文芸台湾賞」大賞を受賞した小説「志願兵」（一九四一）を発表したのかもしれない。だからこそ、この小説の「身体」の表現は、特別に検討するに値する。

「志願兵」の主要人物は二人の若者であり、一人は日本留学から帰ってきた頼明貴、一人は彼の親友で、ずっと台湾にいる小学校の同級生高進六である。二人は会ったとき、「皇民化」問題について議論を始める。高進六は当時すでに「報国青年隊」に参加し、「神人一致の尊い人間修業」に力を入れ、「拍手の儀式」の重要性を強調し、これが皇民鍛錬運動の二つとない道だと思っている。

拍手を打つことは神々によつて導びかれ、神々に近づくことなんだ。至誠神明に祈つてはじめて神人一致といふことができる。古代祭《まつり》といはれたことはこの神人一致なんだ。祭ごともここから出発してゐる。祭政一致は皇道政治の根源ぢやないか。我々隊員は拍手を打つことによつて大和心に触れ、大和心を体験することに努めてゐるのだ。この体験は曾ての本島青年には希むべくもない尊い体験だ。

我々は拍手を打つことによつて一つの信念に生きてゐるんだ。信念の問題だ。日本人に立派になりうる信念だ。[*18]

頼明貴は現代文明の知識人だと自負しているため、このような神がかりの作法を受け入れることができず、「そんなもので台湾の中堅青年が育てられてゆくことに戦慄を覚える」。彼は台湾は現在でもなお「実にチツポケな人種」であり、「その欠けてゐたところの教養と訓練をはやく与へてやれば」、「内地と同じレベルに引き上げてやりやいゝぢやないか」[*19]と思っている。彼は進六のように「目かくしされた馬鹿みたいに盲目滅法に走り出す」のを望まず、なぜ台湾人は日本人になるべきなのか、仔細に算段している。その理由を彼は次のように述べる。

僕は日本に生れた。僕は日本の教育で大きくなつた。僕は日本語以外に話《マ》し《マ》ができない。僕は日本の仮名文字を使はなければ手紙が書けない。だから日本人にならなければ僕は生きていたつて仕様がないんだ。[*20]

この心情は、まず、日本留学した知識人たるエリート意識に呼応しており、次に、この意識の後ろに隠された、「東京で得たインテリの算盤で計算した」考えをさらけ出している。そのために、彼は高進六が後に引けなくなって「血書志願」を出したことを知ると、心服して負けを認めざるを得ない。

いつて進六にあやまつてきた。負けてきた。進六こそ台湾のために台湾を動かす人間だ。僕はやはり無力な、台湾のためにはなんにもならない人間なんだ。……小指をやつは切つた。さういふ真似は僕にはできないんだ。僕は男らしく頭を下げてきた。[*21]

頼明貴と高進六の論争は、あきらかに日本留学組と本島残留青年との路線の争いを表している。日本に留学した知識人のそろばん勘定と理論武装は、所詮台湾本島の若者の身体を張った主張には及ばなかったのである。[(22)]頼明貴は高進六に対して、「頭を下げ」た、これはそれまで何につけても日本びいきで、台湾を「病気の身体」と見なしていた日本留学知識青年に対する苦い風刺であるが、別の観点からすれば、「志願兵」が台湾本島の若者にとって特別な意義を持っていることを裏付けている。すなわち、たとえ台湾本島に身を置き、日本留学による知的基盤や文明的素養を備えておらず、神がかりの力を借りて大和魂を体験する努力を否定されても、なお「血(書)」によって忠義を宣誓し、皇国の戦争にささげられた「身体」は、自分と日本人が異ならないことを「体」現し、尊厳と尊敬を勝ち取ることができる。その極致は、「無題」に登場する志願兵の弟が「僕は死んでみせる、しかも高潔に栄光の中で死んでみせる」[(23)]と言い放ったとおり——自ら「皇民」たる身体を粉骨砕「身」し、国のために「肉体」を捧げることだ。

明らかに、「国に殉じる」ことを理想の極致とする皇民身体論は、精神文明、心の改造、国語運動などに着目して皇民精神を体現しようといった、そのほかの議論一切を凌駕し総括し、[(24)]終戦前の台湾本島の若者がこぞってひきつけられる帰結となった。これと同様の議論が陳火泉の代表作「道」(一九四三)に見られる。三十歳余りの男性青楠はいかにして皇民の「道」を遂げようかと日夜悩み、曲折を経て、やはり「君のために身を捧げる」ことが唯一の方法だとする。彼の年齢と腺病質な体格から、合格する可能性はないように見えたが、それでも彼はしきりと強調する。「勇敢に戦地へ赴いて死に、身を捨てると決意したからには欲望はなく、ただ皇民になることのみを願う」。小説の終盤、彼はとうとう友人の稚月女に次のように頼む。

もし戦死でもしたら、墓碑銘を頼みますよ。――〝青楠居士台湾に生まれ台湾に育ち日本国民となりて死す〟或ひは、〝青楠居士は日本臣民なりき。居士は天業翼賛のために生まれ、居士は天業翼賛のために働き、居士は天業翼賛のために死せり。〟といふ具合にね。[*22]

これより、いわゆる「皇民化運動」は、まずは病気で衰弱した台湾の身体を弱から強へと変えたが、この転換は、本来の台湾の身体を日本皇民の身体へと変質させたばかりでなく、容易には手に入らない「皇民」の身分を、自らの肉体を滅ぼすことによって保証しなければならなかった。ただ、この「身を捧げる」ことにこだわる若い身体は、日本と台湾の間をさまようほか、可能な帰結はないのだろうか。これに関連する主張が張文環の小説「頓悟」に見られ、意外な方向性を示している。

志願兵制度が実施されたあと、張文環はこれに関連した文章を多く発表している。意味深いことに、彼は志願兵がいかにして台湾青年を完璧な「男」とするかに比重をおいている。例えば次の引用である。

志願兵制度の施行が新聞に発表されたとき、台湾本島の青年は大部分がついに男となるに必要な面目を確立したのだと思ったであろう！

男の一生は、なぜかは知らぬが、ひたすら国家のために身を捧げて事をなしてこそ、初めて男が行くべき道なのである。そうすることができたら、台湾の青年もすなわち完全な日本青年になったと言ってよい。(25)

「頓悟」の中では、語り手の若者王有徳の視点から、これに対して生き生きとした描写がなされる。

六月末になつてから、本島人の志願兵の施行が発表されたので、何か知ら、私はどんと肩を叩かれたやうな思ひで、男としての姿を考へてみるのだつた。するとわけもなく涙が出てきて弱つた。……男泣きとはそんなにいけないのだらうか。もしさうなれば、自分と云ふ男はも早とことんまで沈められてゐる男であらうか。銃を肩に行進してゐる兵隊を見るにつけ、どんなに羨ましいことであるか。それで私は兵隊を志願することになつたが、……男は戦場を通じてみなければいけない。……この社会と云ふ密林を突き破るためには兵隊になることに限るのだ。戦死は病死よりも悶死よりも男としてどれぐらゐ男性的であるかわからない。同じ一つの気持ちで邁進する。そのたのしい気持ちが直接国家のために役立つのだから私は希望に燃えてゐた。と同時に、阿蘭と一言お別れの言葉が言へるのもたのしいことである。*23

表面的には、この言葉はやはり兵隊を志願できる喜びを描写しているが、仔細に分析すれば、味わい深い意味が含まれている。肝心なのは最後の一段である。「阿蘭と一言お別れの言葉が言へるのもたのしいことである」。阿蘭は王有徳が密かに恋している相手で、ずっと近づく機会がなくて悩んでいたが、今や自分は志願兵になるので、近寄って別れを告げるのは理にかなった話となる。しかしそう解釈すれば、彼が志願兵になる本当の目的を曖昧にしてしまってもいる――いったい彼が志願兵になるのは恋人のためなのか、国家のためなのか。日本のためなのか、台湾のためなのか。張文環は何度も「男」にとって兵隊になることの重要性を強調するとともに、「男性の身体」でもって「台湾の身体」あるいは「皇民の身体」にとってかわるもう一つの出口を意味しているのであろうか。実は、張文環は「一群鴿子」、「燃焼的力量」等、当局の宣伝の意味をもった随筆において、やはり再三志願兵は皇国のために身を捧げる偉大な事業であると強調しているが、小説の叙述には、曖昧なプロットが表れており、その間の曲折は慎重に考える必要がある。そして台湾の身体、皇民の身体から男性の身体にいたる文学的想像には、まさに植民地台湾の多重なアイデンティティの危機が投射されている。

国体から個体へ――身体／性的欲望とジェンダー・アイデンティティの葛藤

「頓悟」の例が示すように、「ナショナル・アイデンティティ」をめぐる葛藤はもとより日本統治期台湾小説の重要な命題であるが、ジェンダーという要素がいったん介入すると、さらに新しい側面が切り拓かれた。戦後から今に至るまで、「身体の政治学」と「青春想像」は、相変わらず各時期の台湾文学を貫く主軸である。中でも、八〇、九〇年代以後の文学創作の焦点は、脱構築、フェミニズム、クィア理論など、多元的な差異を強調する理論の出現に伴い、集合体としての「国体」から「個体」の問題へと移り変わり、様々なセクシュアルな想像を通じて、個人のジェンダー、性的欲望、アイデンティティなどの問題意識を深く探り続けてきた。とりわけ同性愛をテーマにするクィア文学は正面から「国／家」の問題に衝撃を与えるため、最も注目に値する。(26)

若者の思春期において、個人の物理的あるいは身体の変化は、性的好奇心や恋愛関係への憧憬、性的指向やジェンダーの追求とその確立など、様々な場面に始終現れてくる。しかし、「国／家」のナショナル・ナラティヴは常に国家や家庭を不変的な総体と見なして一元化するとともに、集合的記憶と血縁関係などの要素を介して、個人の共同体への想像を強化するため、個人の欲望と権益は抑圧され、歪曲され、無視されてきた。そのため、台湾文学が性的欲望をまったく強調しない状況は日本統治期にとどまらず、戦後の戒厳令時期に至っても続いていたのである。[*24] 例えば六〇、七〇年代、王文興の「欠缺」、李昂の「人間世」および白先勇の「寂寞的十七歳」などの作品には、性的欲望をめぐる描写があるものの、ひとたび性アイデンティティやジェンダーをめぐる躊躇いや焦燥感に触れると、言葉をにごして口を閉ざしてしまった。ところが、八〇年代の『孽子《げっし》』では冒頭から、主人公の一人である少年李青が、同性愛の行為に及んだかどで学校と家庭から放逐され、そこで展開される「暗黒王国［ゲイの世界］」と「クィア・ファミリー」の血縁的「根が断たれ跡継ぎがない」状況には、「（正常な）国体」存続への脅威がほのめかされ、「個体」と「国体」との衝突が見え隠れしている。[27] そもそも「孽[*25]」子という名自体が、当時の同性愛者がその呼称を自覚し、そう呼ばれることに自ら甘んずることを表明している一方、国体に容れられない悲哀を曝け出してもいるのである。九〇年代になると、朱天文の『荒人手記』がこれに続き、同性愛者の性的指向／性アイデンティティ／ナショナル・アイデンティティとがからみ、かつてなかった錯綜状況を展開した。とはいえ、成年後の「荒」人が自らを抑圧して自暴自棄になりながらもナルシストであり、また周縁的な性的欲望に悩むさまには、「孽」子の影がある。一方、邱妙津の『ある鰐の手記（鱷魚手記）』や『蒙馬特遺書［モンマルトル遺書］』、杜修蘭の『逆女』における強い性的欲望の告白もまた、強制的異性愛からの抑圧を意識した上で、従来知られていなかったレズビアンとしての苦痛と葛藤を曝け出し、世紀末のセクシュアルな想像に新たな色を添えた。注目すべきは、このような曲折を経て、隠蔽されてきた「個体」の性的欲望とアイデンティティの問題が、ついに国／家の想像に衝撃を与え、からみあい、正式に公の場に浮上し、それとともに同性愛者たちもやっと「同性愛者」や「同志［同性愛者を指す］」という呼称から離脱し、既成概念の顚覆を楽しむ「クィア」に変身することができたことである(28)。とりわけ新世代のクィア文学作家の筆によって、若者たちの性的指向の変化からジェンダー・アイデンティティの重層的な変容まで、またクィア・ファミリーのめまぐるしい進化から様々なクィア世界の展開まで、自己の探求と国／家に対する想像は何度も書き直されていった。こうして「身体」は、様々な問題を連結する輻輳点となったのである。

身体は人間が生きるための物質的基礎であり、あるいは男女を見分けるための根拠であり、さらにあらゆる欲望が錯綜し、様々な権力が交錯しながら拮抗する重要な場でもある。伝統文化のメカニズムは、異性愛中心主義にのっとり、男女陰陽、同性異性を明快に区別するだけではなく、その間の序列関係までも規定してきた。それは、多元的な差異性そのものを無視し、抑圧するのであるから、自己と他者のいずれにも属していないマイノリティを容認することはそもそも不可能である。孽子（ゲイ）と逆女（レズビアン）たちが自暴自棄に陥るのは、まさにこのような束縛に起因する。体質、体臭、体貌の相乗効果、肉体と欲望の交合、あるいは内外性器を変える「性転換」は、いずれも性的欲望とアイデンティティの変容のプロセスと連動し合いながら、文化的メカニズムを震撼させてきた。九〇年代以降の文学作品の発想が従来と違うのは、洪凌、紀大偉、陳雪、成英姝などの作品に登場する若者が、もはや生物学的・文化的既成観念にとらわれないからである。彼／彼女らは肉体の多様な交合によって魅力的な性的欲望の冒険を描き出し、肢体や器官あるいは服装、化粧などの変形によって、ジェンダー・アイデンティティの無限の可能性を引き出した。このような「性転換」は、別種の性的欲望の想像を作り出したり、満足させ（あるいは落胆させ）たりする方法の一つである。(29) したがって、女性に性転換した男性が、女性に対してレズビアン感情を抱くことはありうるし（紀大偉『膜』の黙黙）、男性たちと交際しながら「自分も男性だ」という自己認識をするのも可能である（成英姝『人類不宜飛行［人類は飛行に適さず］』の金妮）。性的指向（同性愛／異性愛／バイセクシュアル）、生物学的性別（男性／女性／中性）、ジェンダー・アイデンティティ（自分は男性と認識するか、女性と認識するか）、そして性役割（ブッチかフェムか）は各項目の「内」で流動し変容するかもしれず、それればかりか互いの「間」を重層的に交錯し繁雑で多面的な取り合わせを表すことができる。いわば性転換していなくても、身体パフォーマンスによって、性的欲望とアイデンティティ形成のプロセスを左右することができる（楊照『変貌』の湛子）。個人の性的欲望／生物学的性／性アイデンティティがそれほど流動的でありうるのだから、クィア・ファミリーも自然と多元的に変貌していき、さらに作家たちの想像力が高度に発揮されれば、メタ認識、ＳＦ、夢などの手法を借りて現実から解き放たれ、摩訶不思議な超現実世界にいたる。洪凌の『肢解異獣』と『異端吸血鬼列伝』はその代表的な作品であり、紀大偉と陳雪の作品も考察に値する。

本来、『孽子』は「クィア・ファミリー」のひな型をそなえていた。しかし、その間における性的欲望の流転は「擬似親子」、「擬似兄弟」という親族関係に依存しなければならない場面が多く、同性愛者が「擬似夫婦」の形を借りて家庭を作る場面はまだ見られなかった。ところが、『逆女』にいたると、若いレズビアン同士が愛の巣を作るため家を買おうとするエピソードが明白に描かれる。(30) もっとも、これらはまだ現実社会で見聞できるレベルであった。紀大偉にかかると、男、女同性愛者たちはみな、自分の家庭を作ることができ、自分と血縁関係のない子供たちを育てるようになり、さらにこれらのクィア・ファミリー出身の若者たちは、ＳＦの世界において奇想天外な人生を「身」をもって経験する。例えば「蝕」という作品では、主人公の「わたし」、父、母、弟ともに同性愛者である。「母」が性転換しようとしたため、「父」がそれに反対して家出した。彼らの住むところは昆虫に取りつかれた都市で、「わたし」は「食虫族」であり、最後に昆虫に変身した弟を食べてしまう。もぐもぐ咀嚼しながら、「わたし」は「幼い頃に弟の精液を飲み込んだことがある」と思い出す(31)。そこに「体」現される家族構成と家庭倫理は、まさに前述のとおりクィア・ファミリーが超現実的な進化を遂げた結果である。レズビアン作家陳雪は夢幻の世界を作り上げ、そこに生きる女たちが性的欲望を至上のものとする信念をもって、夢と現実の間をさまよう姿を描き出した。「天使が失くした翼をさがして（尋找天使遺失的翅膀）」の草草と阿蘇、「異色之屋」の「わたし」と陶陶、「夢遊1994」の「わたし」と慶……等々、それらには若い女性たちの激しいセックス・シーンや近親相姦的な欲望の発露がある一方、作品自体は現実と幻が交錯することによって、幻想的な魅力に溢れている。一見したところ、「主体」が性的欲望を満たすためには、「身体」を交わすよりほかはないように見えるが、展開される夢の世界や恋愛はすべて、書くという行為によってはじめて広がり、続いているらしい点を見逃してはいけない。以下に草草の告白を見てみよう。

「大好きな草草、私、あなたを喜ばせたい。女がどうやってここから快楽を得るのかを知りたい」／阿蘇は手を私の下着の中に滑り込ませて擦りながら、タバコをもう片方の手で持ち、目を細めて、ちょうど原稿を書いている私に向かって微笑んだ。／私はあやうく手からペンを落としそうになる。

「私が小説を書くのは、愛したいから」／（中略）だが、自分を取り戻す前の私は、ただ愛の無能者であることを知っていた。

それで私は小説を書き、書くことによって隠れ潜んでいる自分を掘り起こそうと考えた。私は書いた。マスターベーションをするように書き、気が変になりそうなくらい書いて、書き終えると、さながら射精をするように、それらを次々に引き裂き、強烈な破壊の中で性交では得られないオーガズムを得た。[*26]

これらの言葉は、「語られる欲望」と「欲望を語ること」との縦横な交錯、ないし「身体」と「テクスト」とのからみ合いを表している。また、若いクィアたちにとって、現実社会のアイデンティティの追求は束縛だらけであり、アイデンティティの確立を可能にするのは文学的想像に頼るしかないことが表れている。

こうしたクィア世界の構築は、紀大偉の「膜」によってクライマックスを迎えた。「膜」の「ヒロイン」黙黙は、レズビアン・カップルの希望で生まれた試験管ベビーであって、もとは男の子の身体であったが七歳で性転換手術を受け、以来ずっと自分はレズビアンの女性だと思い込んでいる。黙黙は若くして家を出て技術を学び、成人してからはエステティシャンの仕事を続けている。また彼女は、皮膚のスキャナを通して顧客のプライベートな経験を覗き見ることができる。「マミー」に対して、黙黙はずっと愛憎の入り混じった感情を抱いており、マミーのノートパソコンに隠された秘密を覗こうとする。しかし、伏線を張り巡らした後、小説は最後に種明かしをする。黙黙はエステティシャンではなかっただけではなく、肉体を持たない一つの脳に過ぎず、彼女の肉体は、試験管で受精した際に致命的なウィルスに感染したため、七歳のとき手術で切除されたのだ。その後、彼女にまつわる「身」の上話は、すべて「マミー」が虚構の記録を光ディスクに書き込み、彼女の脳に移植した、虚構の記憶に過ぎなかった。

この後、時間の進展につれて、マミーは（中略）忙しい中でも時間を見つけては、徹夜で黙黙のために光ディスク日記を編集製作した。彼女はその後に向けて黙黙の学生生活の一こまを書き、またさかのぼって黙黙の誕生を書いた。それは一つの童話で、内容はマミーと旧友の伊藤富江が山に行って桃を取る話だった……

これらの光ディスク日記は、すべて黙黙に送って読ませた。黙黙はずっと事情を知らず、彼女が読んでいるこれら偽りの日記を彼女の本当の生活だと思い込んでいた。[*27]

「孽子」、「荒人」、「逆女」、「鱷」のもがき苦しむさまから、「草草」、「黙黙」のクィアな夢幻の世界でのさまよいと戯れまでが、若者たちの自己の追求と性的欲望の実践の屈折したプロセスの標識である。個人への関心に基づき、若者たちは従来の（個人を抑圧する）伝統的なナショナル・ナラティヴの束縛に妥協せず、「体」を備え「身」を切る実存の苦しみから出発し、国／家を捨てて、きらびやかな性的欲望の冒険を遍歴することを願っている。しかし、ジェンダー批評と（ジェンダー・）アイデンティティの政治学、文学的想像が高度な発展を遂げた結果、性的欲望の行く先は魑魅魍魎の、把握不能な状態に陥ってしまう。個人の主体性も、きりのない模索と試行の中で瓦解していく――草草の異色の恋愛や黙黙の成長日記が示してくれたように、書く行為によって再現される青春の肉体はあくまでも虚構にほかならない。これはおそらく現代文学の「青春想像」と「身体の政治学」から派生する、最大のアポリアであろう。

結論——誰の身体か？　いかなる青春か？

日本統治期と八〇、九〇年代の台湾小説における「身体の政治学」と「青春想像」の分析が一段落する前に、台湾新文化と文学発展の記事をちょっと振り返っておいてもよいだろう。一九二〇年、日本に留学中の台湾学生が東京で「新民会」を設立し、『台湾青年』を発行した。一九二一年、渭水らが台北で「台湾文化協会」を創設した。一九二四年、張我軍が「台湾青年への一書簡」「めちゃくちゃな台湾文学界」等を相次いで発表し、その後「台湾青年の使命」を強調した。当時の台湾の若い学生たちは、意気盛んで勇壮であった。これらの声の訴えるもの、あるいは重点はそれぞれ違っていたが、「青春想像」を堅持して台湾を憧憬し、「青年の精神」をもって老人に対抗し、台湾を改造しようという目標を意図している点では、期せずして一致していた。

しかし、日本統治下の文化と文学によって、台湾ははたして本当に望み通りに啓蒙され、改造されたのであろうか。高められ、成長したのであろうか。「彼女は何処へ」以降の台湾小説を検証した結果、見えてきたものは次のとおりである。日本統治期のはじめ二十年余りの間、多くの「青春の身体」に刻印されたのは、なおも流転しつづけるアイデンティティであり、病弱な台湾の身体から強健な皇民の身体にいたる変質である。改造するか改造されるかは問わず、異なる政治／文化空間の中で揺れ動き、若者は「身」の往来と回避によって植民地台湾のアイデンティティの流転と、世の移り変わりの激しさを「体」現している。「治療」の観点からすると、病弱から強健になるのは、もとは医者と病人双方に共通する願いである。しかし近世以来、「病い」の隠喩がすでに国家／身体論の常套手段になってみると、病弱な台湾の身体から強健な皇民の身体への変質は、台湾文学の植民期における独特の方向性を明らかにするだけでなく、さらに複雑な思考を誘発する——変質を遂げた後は、誰の身体なのだろうか。台湾の、それとも日本の。そこに投射される青春想像は、どのような青春で、どのような想像なのだろうか。それは時間軸の上で成長しつづけ、繁栄に向かうのだろうか。それとも逆に自らを滅ぼし、命に永遠のピリオドを打つのだろうか。そして八〇、九〇年代の小説において、青春の「個体」は遂に性的欲望の主体の目覚めの中で「国体」のくびきから逃げ出し、自分ひとりの性的欲望と主体のアイデンティティを正視しはじめる。しかし身体は移ろいやすく、性的欲望は流動しやすく、書くことによって想像を繰り返せば、また逆にジェンダー・アイデンティティと自己構築の安定性が揺らいでしまう。主体が流動変化し、ひとつに定まらないのは、もともとポスト・モダン社会の重要な特徴であるけれども、黙黙のように脳しかなく身体がないという状態は疑問を呼ぶ。そもそも、身体を切り離してしまったから、黙黙の成長という一連の無駄を作り出したのではないか。あるいは、科学技術の高度な発展の下では、あらゆる青春想像と身体の変容のすべてが、実は虚構として作られ、インストールされた記憶の規格にすぎないのではないか。世紀の初めから世紀末にいたる、国家からジェンダーにいたる台湾小説の青春想像と身体の政治学の紆余曲折は、こうして我々を様々な深思へと引き込むのである。

原注

（1）フーコー（Michel Foucault), *The Birth of the Clinic: An Archaeology of Medical Perception*［臨床医学の誕生］(London: Tavistock, 1973), *Discipline and Punish: The Birth of Prison*［監獄の誕生——監視と処罰］(N.Y.: Vintage Books, 1979) 等。バフチン（M. M.

Bakhtin), *The Dialogic*［対話］(Austin: University of Texas, 1981), *Rabelais and His World*［フランソワ・ラブレーの作品と中世・ルネッサンスの民衆文化］(Bloomington: Indiana University Press, 1984) 等。

(2) 例えば張我軍は「致台湾青年的一封信［台湾青年への一書簡］」で、次のように声高く呼びかけている。「敬愛する青年諸君よ！ 私は不純な年寄りたちの支持を受けようとは敢えて思わない。ささやかに願う、諸君が青年の社会における地位に目ざめ、出てきて奮闘し、たゆまず邁進し、ついに目的を達する一日が来ることを。」(『台湾民報』第二巻第七号、一九二四年四月二十一日)。

(3) 台北の街を例にとれば、日本当局は大屯山の南山麓に台湾で唯一の官立神社である日本神社を建立し、「神域」と見なし、また町に日本から遊廓、歌舞伎、桜などを移植した。その他に、自動車、ネオン、ショー・ウィンドウ、喫茶店、映画館など近代都市の景観もいたるところに見られた。それぞれ陳連武「風水——空間意識携帯実践：台北個案」(淡江大学建築研究所修士論文、一九九三年)、郭水潭「日據初期北市社会剪影」『郭水潭』(台南県立文化中心、一九九四年) 所収、柯瑞明「台北日據時代日本娼妓物語」「台北風月滄桑」『台湾風月』(台北：自立晩報、一九九一年) 所収。

(4) 施淑教授は多くの論文でこれに対して鋭い論考を発表している。「日據時代小説中的知識分子」「感覚世界——三〇年代台湾另類小説」「日據時代台湾小説中頽廃意識的起源」『両岸文学論集』台北：新地出版社、一九九七年、二九－四八頁、八四－一〇一頁、一〇二－一一六頁所収。

(5) 楊逵「郵便配達夫」張恆豪編『楊逵集』台北：前衛出版社、一九九一年、五八頁。

(6) 一九四〇年以降、日本植民政府は戦時需要に適合して、台湾で皇民化運動を強化し、文学的奉公と、増産建設を求めた。楊逵、張文環、呂赫若などの作家は、皆各地の生産現場を見学するため派遣され、関連するルポを書いた。「山川草木」の中で、宝連は次のように表明している。「再び東京に戻れないこと、芸術志願を中挫せねばならないこと、これ以上の苦しみはないと思ひましたわ。夜な夜な思ひ出しては泣きましたけど、いまではこのまま田舎にゐても生きてゆけそうな気がしますの。勇気が出てきたやうにも思ひます。いま増産が叫ばれてゐますけど、あたしは音楽を農業に置きかへて増産戦士になつてゐますわ。立派な増産戦士でせう」［呂赫若「山川草木」『日本統治期台湾文学集成5 台湾純文学集一』星名宏修編、東京：緑蔭書房、二〇〇二年、三七四頁］。このくだりはまさに当時「増産」を鼓吹していた政策の要求に応えている。

(7) 許俊雅『日據時期的台湾小説研究』(台北：文史哲、一九九五年) 第四章第五節「以死亡或瘋狂為小説的叙事架構」五九〇

—六〇〇頁。

(8) 頼和「一桿称仔」張恆豪編『頼和集』台北：前衛出版社、一九九一年、五七頁。
(9) 張文環「閹雞」張恆豪編『張文環集』台北：前衛出版社、一九九一年、二三四頁。
(10) 王詩琅「青春」張恆豪編『王詩琅・朱点人合集』台北：前衛出版社、一九九一年、二七—三一頁。
(11) これは林氏の長男が陳有三に向かっていう言葉である。
(12) 林氏の長男の遺書。
(13) 施淑教授はこれによって「左派憂鬱症」を分析している。「龍瑛宗思想初論」『台静農先生百歳冥誕学術研討会論文集』(台湾大学中文系編、台北、二〇〇一年、二六三—二七四頁所収)参照。
(14) 龍瑛宗の小説「黄家」にも類似の状況がある。主人公若麗は音楽の才能があり、東京へ行って才能を伸ばしたいとずっと思っていたが、願いかなわず、後に酒浸りとなり、自暴自棄になってついに罹ったのは胃疾患である。
(15) この気持ちを抱いていたのは、小説中の医者だけではなく、周金波本人でもある。周自ら語ったことによれば、「水癌」は実は彼が台湾に帰省した際に自ら見たことに取材している。「帰省した際に見た、重症の少女を顧みない賭博好きの母親を憎む気持ちを、そのまま「水癌」に書きました」。周金波「我走過的道路——文学・戯劇・電影」中島利郎・周振英編、宋子紜ら訳『周金波集』台北：前衛出版社、二〇〇二年、二七九頁[周金波「私の歩んだ道——文学・演劇・映画」中島利郎・黄英哲編『周金波日本語作品集』東京：緑蔭書房、一九九八年、二五二頁]。
(16) Wan-yao Chou, "The *Kominka* Movement: Taiwan under Wartime Japan, 1937–1945," Ph.D. dissertation, Yale University, 1991. 周婉窈「従比較的観点看台湾与韓国的皇民化運動(一九三七—一九四二)」『海行兮的年代——日本殖民統治末期台湾史論集』台北：允晨文化出版、二〇〇三年、三四—七三頁。
(17) 関連研究として、垂水千恵と星名宏修の論文を参照。垂水千恵『台湾の日本語文学——日本統治時代の作家たち』東京：五柳書院、一九九五年、黄英哲編、涂翠花訳『台湾文学研究在日本』台北：前衛出版社、一九九四年。星名宏修「「血液」の政治学——台湾「皇民化期文学」を読む」『日本東洋文化論集』第七号、琉球大学法文学部、二〇〇一年。
(18) 一九四二年一月十六日総督府情報部が発布した「陸軍志願者訓練所生徒募集要綱」によれば、その「入所資格」は十七歳以上とはっきり規定されている。『台湾時報』第二六六号(一九四二年二月)参照。一九四三年に募集が始まった海軍志願兵は、年齢は「十六歳以上二十五歳未満」と定められている。『台湾甲斐郡特別志願兵準備読本』（台北：高雄警備府、一九四三年）二〇五―二一〇頁参照。その他の三項目については、いずれもすべての民を対象とする運動であり、年齢制限はなかった。

(19) それぞれ『興南新聞』一九四二年六月十日、一九四三年二月十三日、および周振英「我的父親――周金波」前掲『周金波集』三七四―三七五頁。

(20) 周婉窈、前掲「従比較的観点看台湾与韓国的皇民化運動（一九三七―一九四二）」七〇―七二頁。

(21) 柳書琴「植民地文化運動与皇民化――論張文環的文化観」江自得編『植民地経験与台湾文学』台北：遠流出版、二〇〇〇年、一―四三頁。

(22) 周金波自身が次のように述べている。「私の「志願兵」と云ふ作品も、その同じ世代の中の二つの違つた考へ方――その一つをひつくるめて云へば打算的な考へ方であり、他の一つはもう理窟なしに、自分はもう日本人だと云ふ、この時代を代表する二人の本島青年が、結局どちらが正しく此の時代に生きてゆくかと云ふのが、即ち「志願兵」のテーマだつたのです。それで私は、後者の理窟なしの、自分は日本人であると云ふ、さふいふ人達こそ、将来の台湾を背負つてゆくものだと信じてゐます。」（「徴兵制をめぐって」昭和十八年十月十七日「関於徴兵制」座談会における発言、前掲『周金波集』二三六頁参照）。

(23) 前掲『周金波集』一五三頁。

(24) 関連する議論が次の論文に見える。劉紀蕙「従「不同」到「同一」――台湾皇民主体「心」的改造与精神的形式」、「二十世紀台湾男性書写的再閲読――完全女性観点学術研討会」論文、台北：政治大学、二〇〇三年十月。

(25) それぞれ張文環「一群鴿子」、「燃焼的力量」『張文環全集 随筆集（一）』台中：台中県立文化中心、二〇〇三年、一〇二―一〇五頁、一七三―一八三頁。

(26) 梅家玲「少年台湾――八、九〇年代台湾小説中若者的自我追尋与家国想像」『漢学研究』第一六巻第二期、一一五―一四〇頁参照。

(27) 「クィア・ファミリー」に関して、張小虹「不肖文学妖孽史――以《孽子》為例」（陳義芝編『台湾現代小説史綜論』台北：聯経出版、一九九八年所収）一六五―二〇二頁を参照されたい。

(28) 基本的に、「同性愛者」ではなく「同志」という言葉を用いるのは、「同性／異性」の二元論的な思考枠組みを乗り越えることを目的とし、差異性を否定し、マイノリティを抑圧する伝統的な価値観に挑戦することである。「クィア」は性の政治学への批判に焦点をあて、アイデンティティの変容と欲望の多様性を強調する。周華山『同志論』（香港：同志研究社、一九九五年）と紀大偉編『酷児啓示録』（台北：元尊文化、一九九七年）を参照されたい。

(29) 劉亮雅「怪胎陽陰変──楊照、紀大偉、成英姝、洪淩小説裡男変女変性人想像」『中外文学』第二六巻第一二期（一九九八年二月）一一―三〇頁を参照されたい。劉は、楊照ら四人の作家の性転換想像にはジェンダーとセクシュアリティの政治学を正当化する意図があると評価している。それに対して筆者は、明白な立場を持つクィア作家である紀大偉と洪淩の作品に描かれた性転換のエピソードが性の政治学への強い批判性に富んでいる点には賛成するが、楊照と成英姝は必ずしもそうではないと思う。特に成英姝の狡猾な語り口、あるいは皮肉は、紀と洪二人のクィア政治学の強度を弱めてしまう側面を持っている。

(30) ヒロイン丁天使の恋人美琦は天使と一緒に自分の家を買うことを人生最大の願望としている。彼女の考えでは、二人が一緒に家を買うことができれば、正常な家庭も作れる（『逆女』台北：皇冠文化出版、一九九六年、一九一頁）。

(31) 「蝕」『感官世界』台北：皇冠文化出版、一九九五年、二〇四頁。それに関する評論は劉亮雅「酷怪的慾望迷宮──評紀大偉的《感官世界》」『中外文学』第二四巻第九期（一九九六年二月）参照。

訳注

＊1 『台湾』第三年第六号、六六頁。
＊2 周金波「水癌」、前掲『周金波日本語作品集』三―四頁。
＊3 龍瑛宗「パパイヤのある街」『日本統治期台湾文学台湾人作家作品集 第三巻・龍瑛宗』下村作次郎編、東京：緑蔭書房、一九九九年、一八頁、四九頁。
＊4 呂赫若「山川草木」、前掲『日本統治期台湾文学集成5 台湾純文学集一』三七六頁。
＊5 同前「山川草木」三七四―三七五頁。
＊6 浪石生「頽」、前掲『日本統治期台湾文学集成5 台湾純文学集一』二二九頁。
＊7 スーザン・ソンタグ「隠喩としての病い」『隠喩としての病い・エイズとその隠喩』富山太佳夫訳、みすず書房、一九九二年、

二〇頁、二四頁、二八頁。
＊8　龍瑛宗、前掲「パパイヤのある街」六二頁。
＊9　同前「パパイヤのある街」六六頁。
＊10　龍瑛宗「宵月」、前掲『日本統治期台湾文学台湾人作家作品集　第三巻・龍瑛宗』一四二頁、一四四頁。
＊11　ソンタグ、前掲「隠喩としての病い」一一六頁。
＊12　周金波「水癌」、前掲『周金波日本語作品集』六頁。
＊13　同前「水癌」一二頁。
＊14　張文環「頓悟」『日本統治期台湾文学台湾人作家作品集　第四巻・張文環』下村作次郎編、東京：緑蔭書房、一九九九年、二二九頁。
＊15　周金波「助教」、前掲『周金波日本語作品集』一二八頁。
＊16　周金波「私の歩んだ道」、前掲『周金波日本語作品集』二五三―二五四頁。
＊17　同前「私の歩んだ道」、前掲『周金波日本語作品集』二五四頁。
＊18　周金波「志願兵」『日本統治期台湾文学台湾人作家作品集　第五巻・諸家合集』河原功／中島利郎編、東京：緑蔭書房、一九九九年所収、三四五―三四六頁および三四八頁。
＊19　同前「志願兵」三四六―三四七頁。
＊20　同前「志願兵」三四九頁。
＊21　同前「志願兵」三五〇頁。
＊22　陳火泉「道」、前掲『日本統治期台湾文学台湾人作家作品集　第五巻・諸家合集』六三頁。
＊23　張文環、前掲「頓悟」二二九頁。
＊24　台湾の戒厳令の実施は一九四九年から一九八七年までである。
＊25　「孽子」は庶子、邪悪、災い、厄介者など、多義的な言葉であるが（山口守「解題」、白先勇『孽子』陳正醍訳、国書刊行会、二〇〇六年）、ここでは原注(28)にあるようにゲイ／レズビアンが自称として積極的に選択した「Queer」の意味合いで解釈できようか。

＊26　陳雪著、白水紀子訳「天使が失くした翼をさがして」白水紀子編『台湾セクシュアル・マイノリティ文学3　小説集「新郎新〃夫〃」（ほか全六篇）』作品社、二〇〇九年、二四九―二五一頁。
＊27　紀大偉「膜」（白水紀子訳『台湾セクシュアル・マイノリティ文学2　中・短篇集　紀大偉作品集「膜」（ほか全四篇）』作品社、二〇〇八年、一七〇頁。

あとがき

この論文集『台湾文化表象の現在《いま》』は、二〇〇九年の九月から十二月にかけて、横浜・名古屋・大阪・奈良で開催された計十二回の「台湾文化講座」の講演録である。一連の「講座」は、台湾・行政院文化建設委員会（Council for Cultural Affairs, Taiwan R.O.C.）の後援を受け、黄がコーディネーターとなって、日本の作家や研究者のほか、台湾・ドイツ・アメリカから合計十一名の講師を迎えて行われた。本書はその時の講演原稿をもとにしたものであるが、編集にあたっては、時系列に並べるのではなく、テーマ別に三つの章に分けることにした。

横浜の神奈川近代文学館での台湾文学連続講演会「越境しあう日本と台湾の文学」では、神奈川近代文学館と横浜国立大学の協賛を得た。講演会の企画には横浜国立大学教授の白水紀子氏と垂水千恵（編者）のほか、神奈川近代文学館の当時の事務局長国正道夫氏また同文学館職員の齊藤泰子氏の協力を得た。

名古屋大学で開催した「台湾文化の現在——連続講演会とシンポジウム」は、同大学の大学院国際言語文化研究科の主催によるもので、同研究科長の前野みち子（編者）と星野とで企画を進めた。シンポジウムでは一橋大学准教授の星名宏修氏（当時は琉球大学）の協力を得た。

関西学院大学において開催した講演会「台湾セクシュアル・マイノリティ文学の今」は、同大学文学部教授の成田靜香氏の支援によるもので、神戸大学文学部准教授の濱田麻矢氏の協力も得た。奈良女子大学で開催した「台湾女性研究者によるジェンダー講演会」では同大学文学部教授の野村鮎子氏の支援を得た。これら関西での講演会は、ともに関西中国女性史研究会の協力によるところが大きい。

論文集の編集にあたった前野、星野、垂水、黄は、幾度も討論を重ねてこの書を成したが、講師から戴いた玉稿と翻訳者による優れた翻訳文、および上記の方々の協力がなければ、本論文集は生まれなかった。謹んでここに謝意を表したい。

最後に、出版にあたっては台湾・行政院文化建設委員会の出版助成金を得たこと、また本書の出版をお引き受けいただいた株式会社あるむと編集担当の吉田玲子氏にも感謝申し上げる。

編者を代表して　黄英哲・星野幸代　記す

執筆者紹介

津島佑子（Tsushima Yuko）　作家
一九四七年、東京生まれ。白百合女子大学英文科卒業。在学中より「文芸首都」同人となり、二十代で短篇が相次いで芥川賞候補になる。一九七六年、『葎の母』で田村俊子賞、一九七七年、『草の臥所』で泉鏡花文学賞、一九七八年、『寵児』で女流文学賞、一九八三年、「黙市」で川端康成文学賞、一九八七年、『夜の光に追われて』で読売文学賞、一九九八年、『火の山――山猿記』で谷崎潤一郎賞、野間文芸賞、二〇〇二年『笑いオオカミ』で大佛次郎賞等、文学賞を多数受賞。近刊に『あまりに野蛮な』（講談社、二〇〇八）、『電気馬』（新潮社、二〇〇九）など。

陳玉慧（Chen Yu-hui）　作家・脚本家
台湾生まれ。大学卒業後、フランスに留学。フランス高等社会科学研究院歴史学修士および文学修士、言語研究科博士課程修了。十七歳から創作を開始し、演劇活動、新聞社の特派員をするかたわらドイツ語、中国語での創作活動に活躍。現在、ドイツ在住。主な著書：『徴婚啓事』（台湾：遠流出版、一九八九）、『我的霊魂感到巨大的餓』（台湾：聯合文学出版、一九九七）、『巴伐利亜的藍光』（台湾：二魚文化、二〇〇二）、『海神家族』（台湾：印刻出版、二〇〇六。台湾文学長編小説金典賞等を受賞）、『China（磁器）』（台湾：印刻出版、二〇〇九）。

朱天心（Chu Tien-hsin）　作家
一九五八年、台湾高雄県鳳山生まれ。台湾大学歴史系卒業。父は作家、母は日本文学の翻訳家、姉も作家という環境のもと、十代より創作活動を始める。十五歳のとき、小説「梁小琪的一天」でデビューし、その後、新聞・雑誌に小説を発表。大陸出身の父と台湾出身の母を持つ、いわゆる外省人第二世代の女性作家として、記憶・歴史・アイデンティティーを問う作品群で注目を集めている。『古都』（台湾：麦田出版、一九九七）で、一九九七年度中国時報十大好書、聯合報最優秀図書賞などを受賞（邦訳、清水賢一郎訳、国書刊行会、二〇〇〇）。

劉亮雅（Liou Liang-ya）

一九五九年生まれ。台湾大学外国語文学系卒業後、テキサス大学オースティン校で博士号を取得。専門は英米二十世紀文学、台湾当代小説、フェミニズム理論、セクシュアル・マイノリティ理論。現在、台湾大学外文系および同研究所教授。主な著書：『慾望更衣室――情色小説的政治与美学』（台湾：元尊文化、一九九八）、*Race, Gender, and Representation: Toni Morrison's The Bluest Eye, Sula, Song of Solomon, and Beloved*（Taipei: Bookman, 2000）、『情色世紀末――小説、性別、文化、美学』（台湾：九歌、二〇〇一）、『後現代与後殖民――解厳以来台湾小説専論』（台湾：麦田出版、二〇〇六）、『想像的壮遊――十場台湾当代小説的心霊饗宴』（共著、台湾：台湾文学館、二〇〇七）ほか。

小谷真理（Kotani Mari）　SF&ファンタジー評論家

一九五八年、富山生まれ。日本SF作家クラブ会員。日本ペンクラブ女性作家委員会委員長。一九九二年、共訳書『サイボーグ・フェミニズム』（ダナ・ハラウェイほか）で第二回日本翻訳大賞思想部門、一九九四年、『女性状無意識〈テクノガイネーシス〉――女性SF論序説』で第十五回日本SF大賞受賞。主な著書に、『聖母エヴァンゲリオン』（マガジンハウス、一九九七）、『ファンタジーの冒険』（ちくま新書、一九九八）、『おこげノススメ』（青土社、一九九九）、『ハリー・ポッターをばっちり読み解く七つの鍵』（平凡社、二〇〇二）、『エイリアン・ベッドフェロウズ』（松柏社、二〇〇四）、『テクノゴシック』（ホーム社、二〇〇五）、『星のカギ、魔法の小箱』（中央公論新社、二〇〇五）など。

紀大偉（Chi Ta-wei）

一九七二年、台湾台中県生まれ。台湾大学修士課程修了後、カリフォルニア大学ロサンジェルス校で比較文学博士号を取得。専門は台湾、香港、中国、米国のセクシュアル・マイノリティ研究、およびセクシュアル・マイノリティ文学、二十世紀後半の台湾文学、障害学、マイノリティグループの研究。コネチカット大学准教授を経て、現在、台湾・政治大学台湾文学研究所助理教授。一九九五年、「赤い薔薇が咲くとき（他的眼底、你的掌心、即将綻放一朶紅玫瑰）」で幼獅文藝SF小説賞佳作賞、一九九六年、「膜」で第十七回聯合報中篇小説賞第一位を受賞し、一躍文壇で脚光を浴びる。今最も注目される台湾クィア作家のひとり。主な著書：『感官世界』（台湾：平氏、一九九五）、『膜』（台湾：聯経出版、一九九六）ほか多数。

白水紀子（Shirouzu Noriko）
一九五三年、福岡生まれ。東京大学大学院博士課程単位取得退学。専門は中国・台湾近現代文学およびジェンダー、セクシュアリティの研究。現在、横浜国立大学教育人間科学部教授。主な著書：『中国女性の二十世紀――近現代家父長制研究』（明石書店、二〇〇一）、『台湾セクシュアル・マイノリティ文学2 中・短篇集 紀大偉作品集「膜」（ほか全四篇）』、『台湾セクシュアル・マイノリティ文学3 小説集「新郎新〝夫〟」（ほか全六篇）』（編訳書、作品社、二〇〇九）ほか。

垂水千恵（Tarumi Chie）
一九五七年、高松生まれ。お茶の水女子大学大学院修士課程修了。博士（人文科学）。専門は台湾文学および日本近代文学。現在、横浜国立大学留学生センター教授。主な著書：『呂赫若研究――一九四三年までの分析を中心として』（風間書房、二〇〇二）、『台湾の日本語文学――日本統治時代の作家たち』（五柳書院、一九九五）、『台湾セクシュアル・マイノリティ文学4 クィア／酷児評論集「父なる中国、母（クィア）なる台湾？」（ほか全七篇）』（共編著、作品社、二〇〇九）、『記憶する台湾――帝国との相剋』（共編著、東京大学出版会、二〇〇五）ほか。

張小虹（Chang Hsiao-hung）
一九六一年、台湾台北市生まれ。台湾大学外国語文学系卒業後、ミシガン大学で博士号を取得。専門は女性主義文学と文化研究。現在、台湾大学外文系特聘教授。主な著書：『後現代／女人――権力、欲望与性別表演』（台湾：時報文化出版、一九九三）、『性別越界――女性主義文学理論与批評』（台湾：聯合文学出版、一九九五）、『怪胎家庭羅曼史』（台湾：時報文化出版、二〇〇〇）、『假全球化』（台湾：聯合文学出版、二〇〇七）ほか。

張小青（Zhang Xiaoqing）
一九八三年、中国四川省生まれ。名古屋大学大学院博士後期課程在学中。専門は中国文学、映画研究およびジェンダー・セクシュアリティの研究。主な論文：「映画・京劇・異性装表現」（『多元文化』第九号、二〇〇九）。映像作品：「アライ」（アジアクィア映画祭2010、二〇一〇）。

翻訳者紹介

梅家玲（Mei Chia-ling）
台湾大学中国文学研究所で博士号を取得。専門は中国六朝文学および中国・台湾近現代文学。現在、台湾大学中文系教授、台湾文学研究所教授兼所長。主な著書：『性別、還是家国？——五〇与八、九〇年代台湾小説論』（台湾：麦田出版、二〇〇四）、『晩清文学教室——従北大至台大』（台湾：麦田出版、二〇〇五）、『文化啓蒙与知識生産——跨領域的視野』（主編著、台湾：麦田出版、二〇〇六）。

許時嘉（Hsu Shihchia）
一九七八年、台湾台北市生まれ。名古屋大学大学院博士後期課程在学中。専門は台湾文化および植民イデオロギー研究。主な論文：「植民地体制における「文明」の両義性——『台湾協会会報』の二言語使用の明暗構造への分析を通して」（『日本台湾学会報』第九号、二〇〇七）、「文体と国体の狭間で——日清戦争後の漢詩文意識の一端」（『日本思想史学』第四二号、二〇一〇）ほか。

赤松美和子（Akamatsu Miwako）
一九七七年、兵庫県生まれ。お茶の水女子大学大学院博士課程修了。博士（人文科学）。専門は台湾文学および東アジアにおける日本文化の受容の研究。現在、大妻女子大学比較文化学部助教。主な論文：「戒厳令期の台湾における「文学場」構築への一考察——救国団の文芸活動と編集者瘂弦」（『日本中国学会報』第五九号、二〇〇七）、「朱天心「想我眷村的兄弟們」にみる限定的な「私たち」」（『お茶の水女子大学中国文学会報』第二七号、二〇〇八）ほか。

星野幸代（Hoshino Yukiyo）
一九六八年、東京都福生市生まれ。東京大学大学院博士課程修了。文学博士。専門は中国近現代文学、台湾文化および中国バレエ。現在、名古屋大学大学院国際言語文化研究科准教授。主な著書：夏暁虹著『纏足をほどいた女たち』（共訳、藤井省三監修、朝日新聞社、一九九八）、『徐志摩と新月社』（東京大学人文社会学博士論文ライブラリー、二〇〇二）、『ジェンダーを科学する』（共著、ナカニシヤ出版、二〇〇四）。

小笠原　淳（Ogasawara Jun）
一九七四年、熊本県生まれ。神戸大学大学院博士後期課程在学中。専門は中国語圏の同時代文学。若手研究者インターナショナル・トレーニング・プログラムによる台湾大学中文系への留学では、白先勇や王文興などの「現代文学」派の小説を研究。主な論文：『文學雑誌』と『現代文學』』（『季刊中国』第一〇〇号、二〇一〇）、「王蒙小説に見られるソヴィエト文学的表現について」（『日本中国学会報』第六二集、二〇一〇）ほか。

西端　彩（Nishibata Aya）
一九八一年、和歌山県生まれ。お茶の水女子大学大学院博士後期課程在学中。立教大学非常勤講師。黄春明を中心とした台湾現代文学を研究。主な翻訳論文：張志維著「『仮声借題』から「仮身借体」へ——紀大偉のクィアSF小説」（『台湾セクシュアル・マイノリティ文学4　クィア／酷児評論集「父なる中国、母（クィア）なる台湾？」（ほか全七篇）』垂水千恵編、作品社、二〇〇九）。

濱田麻矢（Hamada Maya）
一九六九年、兵庫県生まれ。京都大学大学院博士課程単位取得退学。専門は現代中国語圏の女性文学。現在、神戸大学大学院人文学研究科准教授。主な著書・論文：「三人の越境する女たち」『帝国主義と文学』（王徳威他編、研文出版、二〇一〇）、「白頭の宮女古都を説く——大きな歴史と小さな記憶」『越境するテクスト』（松浦恆雄他編、研文出版、二〇〇八）、「「内助の功」という自己表現——表現主体としての許広平」『一九三〇年代と接触空間——ディアスポラの思想と文学』（緒形康編、双文社、二〇〇八）、「災厄の物語は共有されうるか——王安憶『おじさんの物語』から」『共生の人文学——グローバル時代と多様な文化』（昭和堂、二〇〇八）ほか。

羽田朝子（Haneda Asako）
一九七八年、福島県生まれ。奈良女子大学大学院博士課程修了。博士（文学）。専門は中国近現代文学。現在、奈良女子大学アジア・ジェンダー文化学研究センター特任助教。主な著書・論文：「恋するノラ」（『季刊中国』第八二号、二〇〇五）、「胡適の結婚と『四十自述』の母親像」（『女性史学』第一九号、二〇〇九）、「ノラの叛逆——廬隠の近代家庭批判」（『奈良女子大学人間文化研究科年報』第二五号、二〇一〇）ほか。

編者紹介

前野みち子（Maeno Michiko）
一九四九年、神奈川県生まれ。東京大学大学院人文科学研究科博士後期課程中退。専門は女性観をめぐる近世・近代ヨーロッパ文化史、明治期の西欧文化受容。現在、名古屋大学大学院国際言語文化研究科教授。主な著書：『恋愛結婚の成立——近世ヨーロッパにおける女性観の変容』（名古屋大学出版会、二〇〇六）。

星野幸代（Hoshino Yukiyo）
翻訳者紹介参照

垂水千恵（Tarumi Chie）
執筆者紹介参照

黄英哲（Huang Yingche）

一九五六年、台湾台北市生まれ。立命館大学大学院博士課程修了。博士（文学）。専門は台湾近現代史および台湾文学。現在、愛知大学現代中国学部教授。主な著書：『記憶する台湾――帝国との相剋』（共編著、東京大学出版会、二〇〇五）、『「去日本化」「再中国化」――戦後台湾文化重建 1945–1947』（台湾：麦田出版、二〇〇七）、『越境するテクスト――東アジア文化・文学の新しい試み』（共編著、研文出版、二〇〇八）、『帝国主義と文学』（共編、研文出版、二〇一〇）ほか。

台湾文化表象の現在《いま》——響きあう日本と台湾

2010年11月10日　第1刷発行

編者＝前野みち子・星野幸代・垂水千恵・黄英哲

発行＝株式会社あるむ
〒460-0012 名古屋市中区千代田3-1-12　第三記念橋ビル
Tel. 052-332-0861　Fax. 052-332-0862
http://www.arm-p.co.jp　E-mail: arm@a.email.ne.jp

印刷＝松西印刷　　製本＝渋谷文泉閣

ISBN978-4-86333-032-0　C3090